Von Katja Maybach sind bereits folgende Titel erschienen:

Eine Nacht im November	Das Haus ihrer Kindheit
Irgendwann in Marrakesch	Die Nacht der Frauen
Melodie der Erinnerung	Dem Himmel entgegen
Die Stunde der Schwestern	Die Stunde unserer Mütter
Das Haus unter den Zypressen	

Über die Autorin:
Katja Maybach war bereits als Kind eine echte »Suchtleserin«, was beinahe automatisch zum eigenen Schreiben führte. Schon mit zwölf Jahren schrieb sie ihren ersten Roman und einige Kurzgeschichten. Doch sie hatte immer schon eine zweite Leidenschaft: die Mode. Und so gewann sie mit fünfzehn Jahren den Designerpreis einer großen deutschen Frauenzeitschrift für den Entwurf eines Abendkleides. Mit siebzehn ging sie nach Paris und wurde zuerst Model in einem Couture-Haus, später eine erfolgreiche Designerin.
Nach einer schweren Krankheit begann sie erfolgreich, Romane zu schreiben. Bereits ihr Debüt-Roman *Eine Nacht im November* war ein großer Erfolg und wurde in Frankreich ein Bestseller. Heute lebt die Autorin in München, sie hat zwei erwachsene Kinder.

Katja Maybach

Der Mut zur Freiheit

Roman

Besuchen Sie uns im Internet:
www.knaur.de

Originalausgabe Mai 2018
Knaur Taschenbuch
© 2017 Knaur Verlag
Ein Imprint der Verlagsgruppe
Droemer Knaur GmbH & Co. KG, München
Alle Rechte vorbehalten. Das Werk darf – auch teilweise –
nur mit Genehmigung des Verlags wiedergegeben werden.
Redaktion: Antje Nissen
Covergestaltung: Patrizia Di Stefano, Berlin
Coverabbildung: Elisabeth Ansley / Trevillion Images;
tomograf / Getty Images
Satz: Wilhelm Vornehm, München
Druck und Bindung: CPI books GmbH, Leck
ISBN 978-3-426-52008-6

2 4 5 3 1

*Für alle Großmütter, Mütter
und Töchter dieser Welt*

Kapitel eins

Margarita

Madrid, 8. Juni 1947

»Sie ist da! Sie ist da! Endlich! Evita Perón ist gelandet!« Die Stimme des Radiosprechers überschlug sich, als er ins Mikrofon schrie. »Vierzig Jagdflugzeuge geben der Douglas Skymaster mit der Ehefrau des argentinischen Staatspräsidenten Juan Perón das Geleit.«

Es wurde live vom Flughafen *Barajas* gesendet, und im Hintergrund hörte man begeisterte »Evita! Evita!«-Rufe, Schreien und Lachen.

»Tausende Madrilenen erwarten die Präsidentengattin. Es öffnet sich die Tür des Flugzeugs. Da! Jetzt erscheint sie, Evita Perón!«

Margarita Serrano García schaltete das Radio aus und schloss die Fenster. Auf den Straßen Madrids drängten sich die Menschen, um einen Blick auf Evita Perón zu werfen, wenn sie in Begleitung von General Franco und dessen Frau Carmen Polo de Franco vom Flughafen aus zum *Palacio Real,* dem früheren Königspalast, fuhr. Tausende warteten bereits seit Stunden auf dem Platz davor, um ihr zuzujubeln, wenn sie sich auf dem Balkon zeigte.

Seit Tagen herrschte in Madrid der Ausnahmezustand, die Menschen befanden sich in einem Taumel der Begeisterung. Fotos der schönen Evita hingen in Schaufenstern und in Cafés.

»Wir gehen jetzt, *señora*«, rief Elena in den ersten Stock der Wäscherei herauf. »Wir müssen uns beeilen. Hoffentlich bekommen wir noch einen Platz vor dem Palast, um Evita zu sehen.«

»Ist gut«, rief Margarita zurück. »Vergesst nicht, das Schild in die Tür zu hängen. Und viel Spaß.«

»Ja, danke«, war Elenas Antwort, dann hörte Margarita, wie die melodische Türglocke bimmelte und ihre drei weiblichen Angestellten mit aufgeregtem Gekicher die Wäscherei verließen. Margarita schüttelte lächelnd den Kopf. Drei verheiratete Frauen mittleren Alters, die sich wie junge Mädchen benahmen. Stille trat ein, die Maschinen liefen nicht mehr, und auch das Radio im Erdgeschoss war ausgeschaltet. Margarita atmete auf. Sie wollte noch warten, bis der größte Rummel vorbei war, bevor sie sich auf den Heimweg machte.

Sie setzte sich auf die Kante des Tischs und griff nach der aufgeschlagenen Zeitung, die sie bereits gelesen hatte. *Evita in Madrid*. Berichte über Juan Peróns Frau, die Margarita gedankenverloren noch einmal überflog.

Evita, aufgewachsen in ärmlichsten Verhältnissen, war heute die First Lady von Argentinien, *La Primera Dama*. Eine Frau mit großem politischen Einfluss, von der Oberschicht Argentiniens wegen ihrer Herkunft und ihrer Vergangenheit als Schauspielerin verachtet. Doch das Volk liebte sie. In mancher Hinsicht fühlte sich Margarita mit ihr verbunden, denn auch sie hatte Armut und Verachtung erlebt.

Margarita stand auf, warf die Zeitung achtlos in den Papierkorb, ging zum Spiegel und strich sich nachdenklich übers

Haar, das sie im Nacken zu einem Knoten geschlungen trug. In dem Zeitungsbericht wurde auch erwähnt, dass es in der Hauptstadt noch niemals so viele Frauen gegeben habe, die ihre Haare rotblond färbten, ganz wie Evita Perón. Mit einem kleinen Kopfschütteln dachte Margarita daran, dass auch sie ganz kurz in Versuchung geriet, vor allem, da ihr schwarzes Haar bereits von Grau durchzogen war. Ein Anfall weiblicher Eitelkeit, und das in ihrem Alter.

Unter dem Spiegel mit dem verschnörkelten Goldrahmen standen drei gerahmte Fotos. Eines war die Aufnahme von Margaritas Elternhaus. Klein, aus grauen, groben Steinen gebaut, stand es direkt an einer sandigen schmalen Straße des kleinen Orts Dos Torres, die zu einem Fluss hinunterführte. Im Erdgeschoss gab es nur zwei Räume, die Küche mit dem rußigen Kamin, vor dem sich die Familie bei kaltem Wetter zusammendrängte, und dann noch das Elternzimmer, der Küche gegenüber. Direkt neben der Tür führte eine dunkle, steile Holztreppe in den ersten Stock zu den beiden Kinderzimmern hinauf. Eines für die beiden Mädchen, Margarita und Yolanda, das andere für die beiden Söhne, Basilio und Darío.

Neben dem Foto des Elternhauses stand eine Aufnahme der Familie Serrano García in Sepia längst verblasst. Es war das einzige Foto der Familie, das noch existierte. Margaritas Vater Urbano hatte damals eigens einen Fotografen aus der Stadt beauftragt, zu ihnen zu kommen. Eine Aufnahme für die Ewigkeit, wie er betont hatte. Ein Foto, das man in einem kostbaren Rahmen an die Wand hing, direkt neben das Kreuz des heiligen Jesus Christus und einem Bild der heiligen Mutter Maria. Das war im Jahr 1902 gewesen, und Margarita, die Älteste, war gerade neunzehn Jahre alt geworden und seit fünf Wochen schwanger, ohne dass ihre Eltern davon wussten. Sie sah schmal aus auf dem Foto, der Gesichtsausdruck gequält, das Lächeln missglückt. Ein Mädchen, das viel zu früh erwachsen geworden war, da es die drei jüngeren Geschwister versorgen musste, während ihre Mutter Rosa im Weinberg arbeitete, der durch die hohe Pacht die Familie kaum ernähren konnte.

Schwanger. Damals glaubte Margarita, es stünde ihr ins Gesicht geschrieben. Eine Woche danach, einen Tag nachdem der Fotograf die Aufnahme brachte, hatte sie sich ihren Eltern anvertraut.

»Wer ist er? Dieser Verbrecher, dieser Verführer meiner Tochter!«, hatte ihr Vater geschrien.

Es war Ramón, Sohn des reichen Weinbauern José López Pérez, dem sie sich hingegeben hatte. »Ramón?«, hatte ihre Mutter ängstlich geflüstert. »Ramón heiratet doch, hast du das nicht gewusst? Er heiratet ...« Sie kam nicht weiter, da Margarita in Tränen ausbrach.

»Das sind Gerüchte, nur Gerüchte, er liebt doch mich.«

Aber ihr Vater Urbano hatte sich voller Wut aufs Rad geschwungen und war zu Ramóns Eltern gefahren, nur um von ihnen zu erfahren, dass ihr Sohn gar nicht daran denke, seine Verlobung mit einem anständigen Mädchen zu lösen. Margarita habe sich seinem Sohn geradezu an den Hals geworfen, erklärte Ramóns Vater, ein liederliches Mädchen eben, das wohl kein junger Mann heiraten würde und das bloß die Tochter seines Pächters sei.

Margarita vergaß nie, wie ihr Vater sie nach seiner Rückkehr schlug, so hart, dass sie taumelte und zu Boden stürzte. Ihre Mutter warf sich über sie, doch Urbano schlug und schlug wie von Sinnen auf Tochter und Ehefrau ein. Auch vergaß Margarita niemals den heißen Nachmittag, an dem sie allein das Haus verließ, während ihre Geschwister ihr aus dem oberen Fenster nachsahen und verstohlen winkten. Der Vater hatte ihnen verboten, sich von ihr zu verabschieden. Doch ihre Mutter lief ihr hinterher und steckte ihr schnell die Adresse ihrer Tante Leonora und ein wenig Geld zu. »Leonora betreibt in Madrid eine kleine Wäscherei, sie wird dich aufnehmen«, hatte sie ihr zugeflüstert.

Als Margarita in der glühenden Sonne zum Bahnhof gegangen war, hatte sie sich noch einmal umgedreht. Ahnte sie damals schon, dass sie nie mehr zurückkehren würde? Niemals, schwor sie sich, niemals, solange der Vater lebte. Ihr einziger kleiner Triumph war gewesen, dass sie das teure Familienfoto heimlich mitgenommen hatte. Dieses Foto, das sie an die dunkelsten Stunden ihres Lebens erinnerte, war zu ihrer Motivation geworden, hatte ihren Willen gestärkt. Nie mehr arm sein, nie mehr geschlagen werden, verachtet, beschimpft, das hatte sie sich damals geschworen.

Das dritte Foto war eine Aufnahme von Rosa Serrano García. Es war eine von Margaritas kostbarsten Erinnerungen: ihre Mutter in einem roten Kleid mit Volants an Ärmeln und Rock, die auf den Weinfesten Flamenco tanzte, während die Leute auf die Bänke stiegen, klatschten und sie begeistert anfeuerten. Ihre Mutter, die offenbar nur im Tanz sie selbst sein durfte. Rosa, die vier Kinder zur Welt gebracht und sie unter schwierigen Bedingungen großgezogen hatte, die im Weinberg arbeitete und den Haushalt mit Margaritas Hilfe versorgte. Rosa, die die Launen ihres Mannes schweigend ertrug, da sie seine Gewalttätigkeit fürchtete. Der Vater sei nicht immer so gewesen, hatte sie den Kindern zugeflüstert. Erst seit er den Weinberg der Familie verkaufen musste und nur noch Pächter auf dem eigenen Land war. Für Urbano hatte das den Verlust seiner Ehre bedeutet, doch das verstanden die Kinder noch nicht.

Sie litten unter seinen Wutausbrüchen und versuchten, sich vor dem Vater zu verstecken, sich unsichtbar zu machen. Eine schwere Kindheit, geprägt von Gewalttätigkeit und Armut.

Aber es war gut, sich diese Fotos immer wieder anzusehen, sich zu erinnern, wo sie, Margarita, herkam, wo ihre Wurzeln lagen. Stolz auf das zu sein, was sie im Leben erreicht hatte. Nachdenklich fuhr sie mit ihrem Zeigefinger über den angestaubten Rand der Fotorahmen, dann aber horchte sie auf. Jemand klopfte zum wiederholten Mal unten an die Tür der Wäscherei.

Margarita griff nach ihrem Schal und legte ihn rasch um. Er war neu, schwarze Seide, bedruckt mit gelben Zitronen, und passte gut zu ihrem schlichten schwarzen Leinenkleid. Dann lief sie die Treppe hinunter und öffnete die Tür einen Spaltbreit. Vor ihr stand ein unbekannter Mann.

»Wir haben bereits geschlossen«, erklärte Margarita. »Haben Sie das Schild nicht gesehen?«

»Doch, *señora,* aber ich habe gehofft, dass noch jemand öffnet. Entschuldigen Sie, dass ich so aufdringlich bin. Ich war ganz in meine Arbeit versunken und habe die Welt vergessen. Auch, dass heute Madrid kopfsteht, war mir nicht bewusst. Es tut mir leid«, fügte er noch hinzu, da Margarita ihn nur schweigend ansah. Er trug einen leichten grauen Sommerhut, den er jetzt abnahm, um sich mit der Hand durch seine grau melierten Locken zu fahren, sodass sie ein wenig abstanden. Unwillkürlich lächelte Margarita. Ein Mann, der die Eleganz der Zwanzigerjahre ausstrahlte und etwas altmodisch wirkte. Doch gerade das gefiel ihr.

»Kommen Sie herein«, schlug sie vor. »Sicher wollten Sie zu Elena? Sie ist mit den anderen schon weg. Evita Perón bewundern.«

»Offenbar will das die ganze Stadt.«

Er schien ein wenig verlegen zu sein, als er die Wäscherei betrat.

»Was möchten Sie abholen?«, fragte Margarita.

»Meine Hemden«, antwortete er rasch. »Sechs Stück. Niemand bügelt sie so schön wie Elena. Sie hat gesagt, sie mache es selbst. Heute sollten sie fertig sein.«

»Ich hole sie Ihnen«, schlug Margarita vor. »Haben Sie einen Abholschein, eine Nummer?«

Er schüttelte den Kopf und hob bedauernd die Schultern. »Nein.«

»Und Ihr Name?«

»Bartolomé«, war seine kurze Antwort.

»Und weiter?«, fragte Margarita verwundert.

»Nur Bartolomé«, betonte er.

Das war ungewöhnlich. Legte er so wenig Wert auf Umgangsformen und auf seinen Familiennamen? Oder kannte Elena ihn näher?

Alte Veteranen aus dem Bürgerkrieg gaben ihre Sachen stets bei Elena ab, und sie ließ die Hemden reinigen oder waschen und bügelte sie selbst. Bei ihr fanden diese oft einsamen Männer seelischen Trost, und da sie kein Geld hatten, machte Elena ihnen einen Sonderpreis oder verlangte nichts, und Margarita gab vor, es nicht zu bemerken. Aber wie ein Kriegsveteran sah dieser Mann mit dem altmodischen Vornamen nicht aus.

»Einen Moment, ich hole Ihr Paket«, erklärte sie nach kurzem Zögern. Sie ging in den hinteren Teil der großen Wäscherei, vorbei an den Waschmaschinen, den Bergen von Bügelwäsche und den Stangen mit Kleidern, Mänteln und Blusen. Die Hemden wurden nach dem Bügeln stets sorgsam gefaltet, zusammengelegt und dann vorsichtig in Papier eingeschlagen.

Endlich fand Margarita das Paket mit der Aufschrift »bezahlt« und darunter den Namen »Bartolomé«. Jetzt erinnerte sie sich auch wieder, dass Elena von einem Dichter berichtet hatte, der regelmäßig seine Hemden brachte. Jemand mit einem altmodischen Vornamen, der ein Geheimnis aus seinem Familiennamen mache. Wohl die Marotte eines Künstlers.

Als sie das Paket nach vorne brachte, griff Bartolomé danach und blieb einen Moment unschlüssig stehen. Dann aber drehte er sich um und ging zur Tür. Margarita folgte ihm.

»Also vielen Dank, dass Sie mich hereingelassen haben.« Wieder zögerte er, hatte er etwas vergessen? »Sie sind *Señora* Serrano, die Besitzerin, nicht wahr? Hier in der Gegend reden die Leute mit großem Respekt über Sie und Ihren Erfolg als Geschäftsfrau.«

Margarita wurde misstrauisch. Nachdenklich sah sie ihn an. Er wollte seine Hemden abholen, warum machte er ihr Komplimente? »Das Ergebnis harter Arbeit«, erklärte sie kurz angebunden.

Bartolomé nickte, als könne er ihren jahrelangen Kampf um Erfolg und Respekt nachempfinden. Vielleicht ging es ihm als Dichter ähnlich.

»Der Schal steht Ihnen wunderbar«, sagte er in das Schweigen hinein, während er sich den Hut wieder aufsetzte.

»Ach, danke«, antwortete Margarita und strich über die kühle Seide, als habe sie vergessen, dass sie den Schal trug. Seine Bemerkung machte sie verlegen. Es war lange her, dass ein Mann ihr ein Kompliment gemacht hatte.

Immer noch sahen sie sich an, bis Bartolomé fragte: »Bis bald?« Offensichtlich von seiner eigenen Kühnheit überrascht, nahm er den Hut wieder ab und fuhr sich noch einmal durch die Haare. Das verlieh seiner Frage eine gewisse Bedeutung.

»Ja, warum nicht?«, antwortete sie leichthin. Hatte er wirklich Interesse an ihr? Immer noch zögerte Bartolomé, suchte offenbar nach einem Gesprächsthema. »Wieso hatten Sie am heutigen Sonntag geöffnet? Ich war überrascht, als Elena mir diesen Tag als Abholtermin nannte.«

»Nur ausnahmsweise. Wir waren völlig überlastet. Viele unserer Kundinnen brauchten für den heutigen Abendempfang zu Ehren von Evita Perón ihre *Haute-Couture*-Modelle.« Margarita wurde lebhaft, sie erzählte gern über ihre berühmte *Una* und den exklusiven Kundenkreis.

»Sie haben insgesamt acht Reinigungen, richtig?«, fragte Bartolomé, neugierig geblieben. »Und diese hier war Ihre erste? Ich frage nur deshalb«, setzte er hastig hinzu, »da über der Eingangstür *Una* steht.«

Margarita wurde jetzt doch zurückhaltend. Sein Interesse schien groß, aber war es auch echt? Oder wollte er sie aushorchen? War er deshalb erst nach Geschäftsschluss gekommen? Man hörte immer wieder von Bespitzelungen der Bürger, von Denunzierungen, oft auch aus Neid heraus. Doch als sie in das offene Gesicht Bartolomés sah, verwarf sie ihr Misstrauen und erzählte, dass sie diese Wäscherei von ihrer Tante Leonora geerbt habe, bei der sie vor vielen Jahren angefangen hatte zu arbeiten. »Das hier war die erste Wäscherei, und so habe ich sie auch genannt. *Una*.«

»Und was ist mit Ihren anderen Filialen? Entschuldigen Sie«, fügte er rasch hinzu. »Aber ich bin Schriftsteller und berufsbedingt neugierig, mich interessieren Schicksale, Menschen. Und Ihre Erfolgsgeschichte als Frau ist außergewöhnlich.«

»Das ist schon in Ordnung.« Seine offene Art nahm sie für ihn ein. »Viele Leute können nicht glauben, dass ich es als Frau geschafft habe. Aber, um es kurz zu machen, meine Filialen arbeiten schwerpunktmäßig für die großen Hotels, waschen Tafel- und Bettwäsche. Auch übernehmen sie die Reinigung für die Garderobe der Gäste. Das muss schnell gehen, morgens geholt, abends zurückgebracht. Die *Una* aber ist und bleibt für mich etwas ganz Besonderes.«

Bartolomé wartete einen Moment, und nachdem Margarita jetzt schwieg, wandte er sich zum Gehen. »Vielen Dank, *señora*, und verzeihen Sie mir noch mal meine Neugierde an Ihrer unglaublichen Erfolgsgeschichte. *Buenas tardes* und ...«, ein Zögern, dann ein nochmaliges, »... bis bald?«

»*Buenas tardes*«, gab Margarita zurück. Was wollte er mit seinem »bis bald« sagen? Nur höflich sein? Auf eine etwas ungeschickte Weise? Den ganzen Tag in einer Wohnung zu sitzen und zu schreiben, das war sicher eine einsame Tätigkeit und ließ ihn redselig werden, wenn er außer Haus ging. Aber auch liebenswert, setzte sie in Gedanken hinzu.

Sie beobachtete durch die Scheibe der geschlossenen Tür, wie er die Straße überquerte und sich dann zwischen den vielen Leuten verlor. Wie alt mochte er sein, Ende fünfzig? Dann war er jünger als sie, denn Margarita feierte bald ihren vierundsechzigsten Geburtstag. Als ihre Tochter sie gefragt hatte, wie sie feiern wolle, hatte sie spontan geantwortet: »Gar nicht, warum sollte ich? Ein Geburtstag in meinem Alter bedeutet doch nur wieder ein Jahr weniger.«

Sie wandte sich von der Tür ab, und ihre Gedanken beschäftigten sich mit dem Mann, der nur Bartolomé genannt werden wollte. Er machte ein Geheimnis aus seinem Namen, und das erregte ihre Neugierde. Was verbarg er? War sie zu abweisend gewesen? Hätte sie freundlicher sein sollen? Sie hatte ihm viel erzählt, doch letztendlich nur das, was hier in der Gegend jeder wusste und auch kannte. Er war nett, er hatte sie angelächelt, als sei sie eine junge Frau, eine Frau, die ihm gefiel.

Leichtfüßig lief sie die Treppe hoch und öffnete die Fenster, die sie eben erst geschlossen hatte. Lärm, Hitze, das Hupen von Autos drang herauf. Die Müdigkeit schien verschwunden. Es kam Margarita vor, als ließe sie das Leben wieder herein, das sie gerade noch ausgeschlossen hatte. Bartolomés Neugierde ließ ihre Gedanken an die Vergangenheit wieder aufleben. Die schwere Zeit, als sie schwanger in Madrid angekommen war, verzweifelt, gedemütigt, ohne Freude auf das Kind, das in ihr wuchs. Auch wenn Tante Leonora ihr half und sie tröstete, hatte Margarita die Ablehnung, die Verachtung der Nachbarn gespürt. Ein unverheiratetes, schwangeres Mädchen, Nichte einer Frau, die für andere in einer kleinen stickigen Wäscherei die Wäsche wusch. Mehr war die *Una* damals nicht gewesen. Doch Margarita hatte die Zähne zusammengebissen, die Fäuste geballt. Sie wollte es allen zeigen, wollte eines Tages dazugehören, wollte reich sein, Ansehen genießen, für ihr Kind eine bessere Zukunft schaffen.

Wohlhabend war sie geworden, doch das Ansehen der Gesellschaft blieb ihr verwehrt. Obwohl sie bereits vor fünfundvierzig Jahren von ihrem Heimatort Dos Torres nach Madrid gekommen war, blieb sie über all die Jahre hinweg auch während des Bürgerkriegs eine Außenseiterin. Freunde gab es keine, Einladungen erhielt sie nicht. Doch heute war ihr das nicht mehr wichtig, sie fühlte sich frei von Zwängen, und sie lächelte, wenn andere sie geflissentlich übersahen. Das war wohl das Vorrecht des Alters.

Aber war heute dieser Bartolomé schuld daran, dass sie sich besonders gut fühlte, dass ihr Herz ein wenig schneller schlug? Erwartete sie denn, dass er noch einmal zurückkam? Unsinn, rief sie sich zur Ordnung, aber ihr Lächeln blieb, als sie die Fenster nach einer Weile wieder schloss. In einem Impuls ging sie zu dem Foto ihrer Familie und drehte es um. Mit einem befreiten Auflachen griff sie nach ihrer Handtasche, lief die Treppe hinunter und verließ die Wäscherei. Die vielen Leute, die lauten Stimmen, der heiße Sommerabend, plötzlich schien sie ein Teil des spannenden Lebens zu sein.

Kapitel zwei

Valentina

»*Doña* Carmen Polo de Franco lässt Ihnen ausrichten, dass Sie nicht an der Ordensverleihung für Evita Perón teilnehmen können. Es tut mir wirklich leid«, betonte Marina Lozano Calvo. Sie hatte nach einem kurzen Anklopfen Valentinas Büro betreten, war aber an der Tür stehen geblieben. Marina war die Sekretärin von Carmen Polo de Franco, der Frau des Staatschefs Francisco Franco, des *Generalísimo*.

Valentina war gerade dabei, ein paar Fotos und fertig geschriebene Protokolle in die Schublade ihres Schreibtischs zu schieben. Jetzt sah sie kurz hoch. Marina konnte ihre Boshaftigkeit kaum verbergen, auch wenn sie rasch den Blick senkte, als Valentina auf sie zukam.

Valentina wusste, dass Francos Ehefrau gegen sie intrigierte, ja sogar den Beichtvater ihres Mannes eingeschaltet hatte, um sich für Valentinas Entlassung auszusprechen. Denn Valentina war der zutiefst katholischen Carmen Polo de Franco ein Dorn im Auge.

»Sie ist unehelich geboren, ihre Mutter arbeitet im Dienstleistungsgewerbe, und das Schlimmste: Valentina Serrano selbst hat auch eine uneheliche Tochter. Ist das nicht Grund genug? Ist eine solche Frau nicht eine Zumutung für alle Katholiken dieses Landes? Ich verstehe bis heute nicht, wie der Personalchef sie vor sieben Jahren einstellen konnte.«

Doch auch der Beichtvater winkte bereits im Vorfeld ungeduldig ab. Und Francisco Franco selbst kannte Valentina kaum, er wusste nur, dass sie die Abteilung für die Betreuung von Staatsgästen sehr erfolgreich führte.

»Im Übrigen«, fuhr Marina jetzt fort, »möchte *Doña* Carmen Polo de Franco auch nicht, dass Sie Evita Perón bei den offiziellen Anlässen begleiten. Sie sind freigestellt.«

Die Ehefrau von Juan Perón hatte einen straffen Terminplan. Sie bekam die höchste Würde Spaniens verliehen, den Orden *Isabel la Católica,* zudem waren für sie Theater- und Museumsbesuche geplant und glanzvolle Einladungen. Doch sie hatte auch den Wunsch geäußert, in die Armenviertel zu gehen, in Hospitäler, mit Schwerkranken zu reden und ihnen Hoffnung zu geben. Valentina hatte diese Termine organisiert und sollte die Ehefrau Peróns bei diesen Besuchen begleiten. Alles war sorgfältig vorbereitet worden, die Hospitäler in aller Eile renoviert, die Betten ausgetauscht, und es durften nur ganz bestimmte Kranke Evita begrüßen, nur überzeugte Anhänger Francos. Auch die ausgewählten Familien hatten genaue Anweisungen bekommen, wie sie der Frau von Juan Perón begegnen sollten.

»Ich werde natürlich mitgehen, das ist meine Aufgabe, ich erfülle damit nur meinen Vertrag.«

Marina zog den Atem scharf ein und nestelte an dem runden weißen Kragen ihres dunkelblauen Kleides herum. Valentina griff nach ihrer Handtasche, ging an Marina vorbei.

»*Buenas tardes*«, sagte sie, freundlich lächelnd, bevor sie ihr Büro verließ. »Bis später.«

*

Evita Perón wohnte während ihres Aufenthalts im Hotel Ritz. Valentina wollte noch schnell dort vorbeifahren, falls es Fragen hinsichtlich des Ablaufs gab. Dann aber änderte sie ihren Plan.

Kurze Zeit später stand sie vor einem schmalen vierstöckigen Haus in der Nähe der *Calle de San Sebastián,* in der sich viele Ateliers und Cafés aneinanderreihten, in denen sich Maler und Schriftsteller trafen. Im ersten Stock befand sich die Foto- und Presseagentur von Javier Morales, und im obersten Stockwerk hatte er sein Atelier und seine Wohnung eingerichtet. Vor vielen Jahren hatte er Valentina zur Fotografin ausgebildet und anschließend als seine Assistentin auf Reisen innerhalb Europas mitgenommen, bevor sie sich entschloss, den Beruf zu wechseln.

Jetzt stieß Valentina die blau gestrichene Haustür auf, die sofort hinter ihr zufiel, tastete sich im Halbdunkel an der Wand bis zur Holztreppe entlang und stieg in den vierten Stock hinauf. Sie hoffte, Javier in seinem Atelier anzutreffen. Sie musste unbedingt mit ihm sprechen.

Valentina läutete. »Javier?«, rief sie ungeduldig durch die geschlossene Tür und hieb mit der Faust dagegen. Wenn er in der Dunkelkammer war, überhörte er oft die Türglocke. »Javier, bitte mach auf.«

Die Tür öffnete sich, und Javier stand vor ihr. Groß, schmal, mit offenem Hemd, eine Lupe in der Hand.

»Valentina, das ist ja eine Überraschung, komm rein.« Er trat zur Seite, um ihr Platz zu machen.

»Bist du allein?«, wollte sie wissen, während sie sich im Atelier umsah. Javier antwortete mit einem Nicken.

»Ich wollte noch schnell die Akkreditierung für euch abgeben«, erklärte Valentina. »Für den Empfang der Künstler im Ritz in drei Tagen.« Sie kramte aus ihrer großen Tasche ein

Kuvert heraus, das sie auf den Tisch legte, auf dem ein Chaos aus Kontaktstreifen, Fotos und Negativen herrschte.

»Deswegen kommst du selbst?«, meinte Javier, ein wenig verwundert. Er legte die Lupe auf den Tisch und griff nach dem Kuvert. »Ich gebe sie an Zacarías weiter.«

»Willst du nicht hinkommen, Fotos von Evita machen?«

»Warum sollte ich? Fotos einer mondänen Frau, die, mit Schmuck behängt, sich den Fotografen stellt? Da hilft auch nicht, dass sie einige Schiffsladungen Weizen ›mitbringt‹, ›denn kein Haushalt in Spanien sollte hungern müssen‹, wie sie betonte.«

Javier lachte spöttisch auf. »Zacarías kann hingehen«, setzte er hinzu. Da Valentina unschlüssig stehen blieb, bot er ihr einen Platz auf dem durchgesessenen Ledersofa an. Bevor sie sich setzte, räumte er rasch weitere Zeitungen, Fotos und Kuverts zur Seite, legte sie auf die Wendeltreppe, die hinauf in Javiers Dachwohnung führte. Valentina ließ sich ein wenig steif auf dem Sofa nieder. »Du warst lange nicht mehr hier.« Javier zog einen Stuhl heran und setzte sich ihr gegenüber. »Bist du wegen Olivia gekommen?«, wollte er wissen.

Erstaunt sah Valentina ihn an. »Wie kommst du darauf?«

»Weißt du's nicht? Es stand gestern groß in allen Zeitungen, und Olivia hat es mir auch bestätigt, als sie am Nachmittag bei mir vorbeikam.«

»Was meinst du, Javier?«

»Viele Sponsoren der *organización* drohen, sich zurückzuziehen.« Javier spielte auf die *O. P. A.* an, die *Organización Protectora de Animales*.

»Das wusste ich nicht. Meine Mitarbeiter und ich sind nur noch mit dem Besuch Evitas beschäftigt, alles andere läuft an uns vorbei.«

»Den Sponsoren gefällt nicht, dass deine Tochter die *organización* für ihren persönlichen Kampf gegen die *corrida* missbraucht.«

Valentina war zutiefst betroffen. »Ich denke, Olivia ist die Galionsfigur dieser Organisation geworden und hat durch ihre Berühmtheit genau diese Sponsoren gewinnen können.«

»Ja, das schon, aber jetzt geht es nicht mehr um Katzen, Hunde, Esel oder alte Pferde, sondern um den Stierkampf. Damit bringt sie ganz Spanien gegen sich auf. Und das gerade jetzt, wo ganz Madrid dem Kampf von José Díaz, *El Vencedor,* am 27. Juli entgegenfiebert. Der Stierkampf ist seit Monaten das große Thema. *El Vencedor* hat über ein Jahr lang nicht gekämpft. Deine Tochter hätte sich keinen schlechteren Zeitpunkt auswählen können.«

»Olivia hat mir nicht erzählt, dass sie ihre Abneigung gegen die *corrida* öffentlich gemacht hat, aber warum gerade jetzt? Kennst du den Grund dafür?«

»Sie war immer schon dagegen, aber jetzt will sie die Leute ›wachrütteln‹, wie sie es nennt. Und ich fürchte, der Auslöser dafür sind einige meiner alten Fotos.«

»Welche Fotos?« Valentina war immer noch erstaunt und auch enttäuscht, dass ihre Tochter nichts erzählt hatte.

»Vor Jahren habe ich für ein Magazin Fotos von Ernest Hemingway in der Arena von Pamplona gemacht, er war geradezu verrückt nach Stierkämpfen. Diese Bilder bedeuteten damals für mich den beruflichen Durchbruch. Und vor einigen Wochen sind mir diese Aufnahmen zufällig wieder in die Hände gefallen. Olivia hat sie gesehen und war entsetzt, vor allem über jene Fotos, die zeigen, wie ein gereizter Stier seine Hörner in eines der Pferde stieß und es verblutete. Man hatte dem armen Tier auch noch die Augen verbunden. Olivia war vollkommen verstört.«

»Ich hatte ja keine Ahnung.« Valentina reagierte tief betroffen. »Ich bekomme gar nichts mehr mit, und das alles wegen Evita Peróns Besuch, den wir so akribisch vorbereiten müssen. Ich habe Olivia auch schon länger nicht mehr gesehen.« Unruhig sprang sie vom Sofa auf, auch Javier erhob sich und stellte den Stuhl zurück an den Tisch.

»Valentina, beruhige dich, bitte. Deine Tochter kam gestern kurz hier vorbei. Sie will versuchen, auf dem Künstlerempfang mit Evita Perón zu sprechen. Schließlich setzt sich die Frau des argentinischen Präsidenten für viele Minderheiten ein, vielleicht dann auch für den Tierschutz. So wenigstens hofft Olivia.«

»Ach, Javier, da ist sie zu naiv. So kenne ich meine Tochter gar nicht. Evita Perón kämpft für das Frauenwahlrecht in ihrem Land, für Gleichberechtigung, aber sicher nicht für Tiere, das wüsste ich.«

»Das sag mal deiner Tochter«, war Javiers Antwort. »Sie setzt große Hoffnungen in ihre Begegnung mit Evita bei dem Künstlerempfang.«

»Ich habe keinen Einfluss auf Olivia«, seufzte Valentina.

»Ich rede mit ihr, wenn sie das nächste Mal vorbeikommt«, schlug Javier vor.

»Siehst du, ich wusste nicht einmal, dass sie dich so oft besucht.« Valentina presste die Lippen aufeinander. Für Javier sah es fast so aus, als wolle sie ein Schluchzen unterdrücken. Sie machte ein paar Schritte auf den Tisch zu und lehnte sich dagegen. Javier beobachtete sie nachdenklich, als sie sich mit beiden Händen das Haar glatt strich.

»Also, Valentina, wenn du nicht über Olivia sprechen wolltest, warum bist du dann gekommen? Doch nicht wegen der Akkreditierung, oder?« Valentina fühlte sich ertappt.

»Du hast recht«, gab sie zögernd zu. »Ich wollte etwas mit dir besprechen. Aber jetzt mache ich mir Sorgen um Olivia.«

»Das musst du nicht, sie betont nur ihren Standpunkt, dass sie als Tierschützerin auch gegen den Stierkampf ist. Mehr nicht, das wird sie nicht zur nationalen Verräterin machen.« Als Valentina nicht wirklich beruhigt schien, lächelte er. »Valentina! Du musst dir nicht immer Sorgen machen. Sorgen um deine Mutter, Sorgen um deine Tochter, um eure alte Haushälterin Pía, um den Kater Quijote, um …«

Valentina konnte nicht anders, sie musste lachen. Javier verstand es, sie aufzuheitern, ihr zu vermitteln, dass das Leben viel einfacher war, als sie es sah. »Ach Javier, du kennst mich zu gut«, seufzte sie, und da nahm er mit einem Lächeln ihr Gesicht in beide Hände. Eine zarte Berührung, eine Erinnerung an die Zeit der Liebe und der Zärtlichkeit mit ihm.

»Also, was beschäftigt dich?«, flüsterte er, ließ seine Hände aber wieder sinken.

»Es fällt mir immer schwerer, mich im Büro gegen die Intrigen zu wehren, es zermürbt mich.«

»So plötzlich?«

Valentina schüttelte den Kopf. »Nein, eigentlich schon lange. Ich werde immer dünnhäutiger und gehe jeden Tag mit mehr Widerwillen ins Büro. Ich überlege schon seit einiger Zeit, ob ich die Stelle aufgeben soll.«

Valentina blickte bei ihren Worten auf ihre Hände hinunter, bis Javier ihr Kinn hob, sodass sie ihm direkt in die Augen sehen musste.

»Und was hält dich dann noch dort?«, war seine direkte Frage.

Valentina seufzte. »Ich verdiene sehr viel Geld zum Beispiel.«

»Und das ist alles? Nur wegen des Geldes?«

»Eigentlich ist mein Beruf auch sehr interessant«, gab Valentina zu. »Aber in der letzten Zeit erhöht sich der Druck. Es wird hinter meinem Rücken intrigiert und getuschelt, jeder scheint sich die Frage zu stellen, wieso ich damals diese Position bekommen habe.«

»Und?« Javiers Stimme klang angespannt. »Wieso hast du sie bekommen?«

»Javier, das ist sieben Jahre her, ich weiß nicht, wer dieses Thema plötzlich wieder hat aufleben lassen. Aber es wird gemunkelt, der Grund dafür sei gewesen, weil ich eine Affäre mit Franco hatte.« Valentina lachte, doch als sie Javier ansah, las sie in seinen Augen Überraschung, Verwunderung und dann Ablehnung. »Das ist doch nur ein dummes, hartnäckiges Gerücht«, erklärte sie hastig. »Ich arbeite doch nicht für ihn, sehe ihn auch nur selten. Und du weißt doch, dass es nicht stimmt.«

»So? Weiß ich das?« Javiers Stimme klang gepresst.

»Javier, ich kannte ihn gar nicht, als ich eingestellt wurde«, betonte Valentina, ungeduldig geworden. »Aber mir ist klar, dass ich großes Glück hatte und mir die Position viele Möglichkeiten eröffnete. Erinnerst du dich? Über die Abteilung bekam ich sogar einen Mietvertrag«, setzte sie noch hinzu, da Javier schwieg. War er eifersüchtig? Aber letztendlich hatten sie sich damals vor sieben Jahren getrennt. Endlich löste sich die Anspannung auf Javiers Gesicht. »Ja, da hast du Glück gehabt«, betonte er, während Valentina auf ihre Armbanduhr sah und aufsprang.

»Es ist spät, ich muss gehen.«

»Schade. Ich muss in die Dunkelkammer, und wenn du willst, kannst du mitkommen.«

Da überlegte Valentina nicht lange, sie hatte die Entwicklung der Fotos schon immer aufregend gefunden.

Die rote Lampe brannte und tauchte Valentina und Javier in unwirkliches Licht. Javier arbeitete konzentriert, hängte die entwickelten Fotos mit Wäscheklammern an eine Leine, und Valentina sah ihm dabei zu. Sie standen nahe beieinander, Javier arbeitete schweigend und sehr konzentriert.

»Es tut gut, bei dir zu sein«, flüsterte Valentina. Das rötliche Licht, die Intimität dieses Augenblicks ließ sie diese Worte aussprechen.

»Ja«, Javier drehte sich ihr zu, »das finde ich auch.«

Und dann beugte er sich zu ihr hinunter und küsste sie zart auf die Lippen.

Kapitel drei

Olivia

Der Empfang für Künstler im Salon des Hotels Ritz war für vierzehn Uhr angesetzt. Jetzt war es kurz davor, und langsam füllte sich der kleine Saal. Die Gästeliste war von Valentinas Assistenten Miguel zusammengestellt worden, Valentina hatte darauf bestanden. Sie wollte nicht, dass man ihr vorwarf, sie habe Olivia eine Einladung zukommen lassen, weil sie ihre Tochter sei. Aber letztendlich war Olivia eine berühmte Tänzerin, der Star des *Teatro Montero,* bekannt in ganz Europa.

Draußen vor dem Hotel riefen die Schaulustigen nach Evita und hofften, einen Blick auf sie werfen zu können, falls sie sich am Fenster ihrer Suite zeigen oder sogar das Hotel verlassen würde. Überall wimmelte es von Sicherheitsleuten, und in dem kleinen Saal des Ritz drängten sich mittlerweile Presse, Fotografen und geladene Gäste. Valentina hatte trotz des Einspruchs von Carmen Polo de Franco an allen bisherigen Terminen teilgenommen, hatte Evita in Krankenhäuser und Fabriken begleitet, Gespräche geführt, Evita Perón viel über Madrid erzählt. Immer umgeben von ihrem Stab, wurde die Frau des argentinischen Staatsoberhaupts überall von Fotografen und begeisterten Menschen bedrängt. Gekleidet in die exklusivsten Kreationen der Pariser *Haute Couture,* behängt mit Brillantschmuck und meist eingehüllt in Capes, Stolen oder Mäntel aus Nerz, wurde Evita geliebt und angebetet, aber von den armen Leuten niemals beneidet.

Valentina hatte sich ein wenig an den Rand des Saals zurückgezogen, Miguel sollte heute an der Seite Evitas die Vorstellung der Künstler übernehmen. Er war ein hübscher junger Mann, und Valentina war überzeugt, dass er diese Aufgabe mit Charme absolvieren würde. Miguel stellte sich neben sie und reichte Valentina die Liste der geladenen Künstler. Ein Name war durchgestrichen.

»Wer ist das?«, fragte sie, neugierig geworden. »Wer wurde da ausgeladen oder wollte nicht kommen?«

»Ein berühmter Schriftsteller, der viele Jahre im Ausland gelebt hat. Er ist erst vor einem Jahr nach Madrid zurückgekommen.«

»Und?«

»Aus Versehen geriet er auf die Gästeliste. Er ist ein scharfer Regimegegner und gehört seit Kurzem zu den verbotenen Autoren. Offenbar steht sein Name auf einer anderen Liste«, flüsterte Miguel ganz nahe an Valentinas Ohr.

»Was meinen Sie?«

»Auf der Verhaftungsliste.«

Während er noch flüsterte, kam Bewegung in die Wartenden, die Spannung stieg, als Evita den Raum betrat. Valentina sah ihr mit Neugier entgegen und vergaß den verbotenen Schriftsteller. Die akkreditierten Fotografen hoben die Kameras, und Miguel eilte nach vorn, um seinen Pflichten nachzukommen. Valentina beobachtete konzentriert, wie Evita die Reihe der Künstler abschritt, bei jedem ein wenig verharrte, sich kurz unterhielt, bevor sie sich dem Nächsten zuwandte. Olivia stand ebenfalls bei den Wartenden, und als sie die Blicke ihrer Mutter spürte, drehte sie sich um und warf ihr unbekümmert eine Kusshand zu. Sie trug ein grünes Kleid, das ihr zu den roten Haaren wunderbar stand. Sie wirkte strahlend und gut gelaunt, doch Valentina war sich sicher, dass Evita Perón ihren großen Einfluss nicht nutzen würde, um sich gegen den Stierkampf zu stellen. Valentina hatte ihre Tochter noch warnen, sie vor einer Enttäuschung bewahren wollen, doch sie hatte Olivia vor dem Empfang nicht mehr sprechen können.

»Ihre Tochter ist an der Reihe.« Valentinas zweite Assistentin Julieta kam zu ihr herüber. »Miguel wird sie als Meisterin des spanischen Tanzes, des Flamencos und des Paso doble vorstellen, als eine Ikone. Obwohl sie keine Spanierin ist«, fügte sie noch hinzu.

»Meine Tochter ist Spanierin, auch wenn sie einen deutschen Vater hat«, betonte Valentina nachdrücklich. Julieta warf ihr einen schnellen Seitenblick zu. Es war ungewöhnlich, dass Valentina überhaupt den Vater ihrer Tochter erwähnte. In diesem Moment begrüßte Evita Olivia, ließ sich aber offensichtlich nicht auf ein längeres Gespräch ein, sondern lächelte in Richtung der Filmkameras und Fotoapparate der Presseleute, während sie der Tänzerin die Hand schüttelte. Sie nickte zwar, während Olivia sprach, zuckte dann aber die Schultern, lächelte wieder und blickte erneut in die Kameras. Schon wandte sie sich ab und bereits dem nächsten Künstler zu.

Olivia war blass geworden, sie presste die Lippen aufeinander, machte ihrer Mutter ein Zeichen in Richtung Ausgang und drängelte an den vielen Presseleuten, von denen sich einige bereits am Buffet bedienten, vorbei zum Ausgang. Valentina folgte ihr bis ins Foyer des Hotels. Vor dem Gebäude hatte sich eine Reihe Sicherheitsleute postiert, um die vielen Menschen zurückzuhalten, die das Ritz stürmen wollten.

»Was hat Evita gesagt?«, wollte Valentina wissen, als sie neben ihrer Tochter stand. Olivia zuckte mit den Schultern, dann lachte sie auf.

»Sie hat mich gefragt, ob meine Haarfarbe echt sei, sie habe noch niemals ein so schönes Rot gesehen.«

»Und sonst?«

»Evita Perón hat mir erklärt, der Stierkampf sei eine heilige Tradition in unserem Land, und das müsse man respektieren.«

»Du hast zu viel von dieser Frau erwartet.« Valentina blieb vorsichtig. »Sie setzt sich für die Rechte der Frauen in ihrem Land ein, wieso sollte sie das für Tiere in Europa machen?«

»Stierkampf gibt es auch in Südamerika.«

»Ja, aber sich für die Rechte der Frauen einzusetzen, bringt ihr Bewunderung ein. Tierschutz ist kein wirklich großes Thema. Vielleicht war es ein Fehler, sich der *organización* anzuschließen«, gab Valentina vorsichtig zu bedenken. »Das bringt dich nur in Gefahr. Es reicht doch, dass du dich für gequälte und alte Tiere einsetzt. Lass es dabei. Man muss im Leben nun einmal Kompromisse machen«, fügte sie noch hinzu.

»Ach ja? So wie du es seit Jahren machst?«, fuhr Olivia ihre Mutter an. »Du arbeitest im Umfeld von Franco, betreust seine Gäste, obwohl du ihn zu Hause einen Faschisten nennst.«

Valentina war blass geworden, sah sich ängstlich um, doch Olivia sprach nicht weiter. Sie war enttäuscht über das Gespräch mit Evita, von dem sie sich so viel versprochen hatte. Gereizt verabschiedete sie sich von Valentina und verließ das Hotel, vor dessen Ausgang ihr die Sicherheitsleute den Weg frei machten.

»Da ist Olivia Serrano!«

»Olivia! Bitte ein Foto!«

»Olivia!«

Valentina hörte die Rufe vor dem Hotel. Sie blieb noch im Foyer, horchte nach draußen, wartete, ob Olivia vielleicht zurückkam, sich entschuldigte. Doch ihre Tochter war gegangen, und draußen vor dem Hotel rief die Menge wieder nach Evita.

*

Olivia blickte auf ihre Armbanduhr und erschrak, wie spät es geworden war. Hatte sie tatsächlich so lange vor dem Bild gestanden und es angestarrt, ohne es wirklich zu sehen? Sie war vom Ritz aus direkt ins *Museo Nacional del Prado* gelaufen, erleichtert, dass sich die Menge vor dem Hotel wieder auf Evita konzentriert hatte. Sie liebte es, sich Bilder alter Meister anzusehen, und sie liebte die Atmosphäre der Säle, die Stille, die Ehrfurcht vor den großen Malern vergangener Jahrhunderte.

Es war kurz vor acht, und so verließ sie den Saal, grüßte den Wärter Bruno, der Olivia bereits kannte, seit sie an der Hand ihrer Großmutter hier durch die Säle gehüpft war. Rasch lief Olivia die Treppe hinunter ins Freie und zog ihren Chiffonschal über den Kopf. Da ertönte plötzlich ein lautes Bellen. Ein Schäferhund, der die Leine hinter sich herzog, rannte auf sie zu und sprang an ihr hoch.

»Rex, komm sofort zurück!«

Olivia lachte und kraulte den Hund hinter den Ohren, was dieser mit einem Schwanzwedeln quittierte. Jetzt stand der Besitzer vor ihr, doch die tief stehende Abendsonne blendete Olivia, sodass sie die Hand über die Augen halten musste, um ihr Gegenüber anzusehen.

»Entschuldigen Sie! Rex ist noch jung, er weiß noch nicht, dass man nicht einfach tun kann, was man will.«

»Sie werden es Ihrem Rex schon beibringen«, lächelte sie.
»Ein Deutscher Schäferhund, nicht wahr?«

»Ja, aber er muss gehorchen lernen.« Die Stimme des Hundehalters klang gereizt.

»Sie müssen Geduld mit ihm haben.«

Jetzt lachte der Mann, erklärte, sie habe recht, aber Geduld sei nicht seine Stärke. Er erwarte, dass man ihm sofort gehorche.

»Meinen Sie damit nur Tiere?«, frage Olivia ein wenig spöttisch. Allmählich gewöhnten sich ihre Augen an das gleißende Licht, und sie erkannte in dem Hundehalter einen sehr gut aussehenden Mann.

Er beantwortete ihre Frage mit einem Lachen, dann beugte er sich zu seinem Hund hinunter und nahm ihn an der Leine.

»Er spürt, dass Sie Tiere mögen.«

»Ja, das tue ich«, antwortete Olivia spontan. »Ich selbst habe einen Kater, einen weißen Perser mit blauen Augen.«

»Und wie heißt er?«

»Quijote, Don Quijote.«

»Ein ziemlich ungewöhnlicher Name für eine Katze.«

»Aber er passt zu ihm. Wie der Held Don Quijote in Cervantes' Roman kämpft er gegen die scheinbaren Widrigkeiten des Lebens, setzt Kraft ein, wo sie umsonst ist.«

»Wo zum Beispiel?«

»Jeden Morgen versucht er, die Staubkörnchen in dem Sonnenstrahl zu fangen, der durch mein Fenster scheint. Er versteht nicht, dass es ihm nie gelingen wird.«

Der Mann lachte, und es klang amüsiert und ansteckend, sodass sie einstimmte, während sie sich wieder aufrichtete.

»Gehen Sie öfter in den Prado?«, wollte er wissen.

»Ja, sehr oft sogar.«

»Dann bis bald, *Señorita* Serrano.«

Er hatte sie erkannt, offenbar war der Chiffonschal nicht genug der Tarnung, denn sie hatte ihre Sonnenbrille vergessen, die sie sonst trug, wenn sie unterwegs war. Jetzt nahm er seinen Hund direkt am Halsband und lief auf zwei Männer zu, die in der Nähe auf ihn warteten. Als Olivia ihm nachsah, fiel ihr seine aufrechte Haltung auf, die Eleganz seiner Bewegungen.

Jetzt drehte er sich noch einmal um und winkte. Zwar kannte er sie, aber er selbst hatte sich nicht vorgestellt.

Kapitel vier

Olivia

Der Vorhang war gefallen, doch die Pfiffe und Buhrufe waren noch längst nicht verebbt, als Olivia in ihre Garderobe hastete. Dort erwartete sie ihre Garderobiere, Fanny. Das achtzehnjährige Mädchen war die Tochter des Inspizienten und verehrte Olivia hemmungslos. Doch heute blieb sie stumm und warf Olivia unsichere Blicke zu. Durch die Sprechanlage hatte sie die Reaktion auf Olivia, die vielen Buhrufe mitgehört.

»Darf ich?«, fragte sie schüchtern, und erst als Olivia nickte, knöpfte sie ihr das rote Kleid auf und half Olivia, es sich über den Kopf zu ziehen. Schweigend hängte Fanny die Robe an den Ständer. Olivia schlüpfte in ihren Bademantel, legte sich ein Handtuch um die Schultern und setzte sich an ihren Schminktisch, auf dem eine aufgeschlagene Zeitung lag. »*Señora* Montero hat sie bringen lassen, Sie sollen sie lesen.« Aus Fannys Stimme hörte Olivia Mitgefühl heraus. Olivia warf ihr einen kurzen Blick zu und beugte sich über die Zeitung. Ein großes Foto stach sofort ins Auge: Evita Perón mit Olivia Serrano. *Stierkampf ist Mord! Olivia Serrano stellt sich gegen die spanische Tradition.*

Olivia wandte sich ab, ohne den Artikel zu lesen. Langsam begann sie mit dem Abschminken. Durch den Spiegel fiel ihr

Blick auf zwei Blumensträuße, die auf dem Tisch neben dem Schminkregal standen. »Heute nur zwei?«, fragte sie.

»Ja, *señorita,* aber sie sind besonders schön«, beeilte sich Fanny mit einer Erklärung. Offensichtlich schien Olivias Einsatz gegen die *corrida* auch bei ihren Bewunderern auf Ablehnung zu stoßen.

»Ach ja, und diese einzelne gelbe Rose wurde auch abgegeben, aber ohne Karte«, fügte Fanny eifrig hinzu.

»Danke.« Olivia sah das junge Mädchen an, und verlegen wandte Fanny ihren Kopf zur Seite. »Und was meinst du? Kannst du nicht verstehen, dass ich mich gegen grausame Tierquälerei einsetze?«, fragte Olivia.

Fanny wurde rot und nestelte verlegen an dem roten Flamenco-Kleid herum, das sie gerade an den Kleiderständer gehängt hatte.

»Ich weiß nicht«, antwortete sie unsicher. »Mein Vater und meine Brüder gehen immer in die Arena. Man sagt doch, die Stiere hätten ein sehr schönes freies Leben bis zu ihrem Kampf. Außerdem essen wir doch alle Fleisch von geschlachteten Tieren.«

Es waren genau diese Argumente, die Olivia dauernd zu hören bekam, wenn sie über ihren Einsatz gegen den Stierkampf sprach. Sie schwieg, denn sie mochte Fanny, und sie erkannte die Sinnlosigkeit einer Diskussion mit dem jungen Mädchen. So nahm sie die gelbe Rose und sog tief ihren Duft ein. Er beruhigte sie, und für einen kurzen Moment schloss sie die Augen.

Was passierte gerade mit ihr? Niemals hätte sie geglaubt, dass ihr Einsatz für den Tierschutz sogar im Theater auf Ablehnung und Aggression stieß. Wie nahm das Ensemble es auf und vor allem Marisa Montero, die Besitzerin des Theaters, das sich seit Generationen im Besitz ihrer Familie befand? Sie hatte ihr die Zeitung bringen lassen, um sicherzugehen, dass Olivia diesen Artikel lesen würde. Ein Wink, dass sie ein politisches Engagement in ihrem Theater nicht dulden wollte?

Während sich Olivia abschminkte, zog Fanny ihr vorsichtig die Kämme aus dem kunstvollen Knoten und bürstete die langen Haare aus. Anschließend half sie Olivia in ihr leichtes Sommerkleid.

Da klopfte es draußen an der Garderobentür, und der Regieassistent Ricardo steckte den Kopf zur Tür herein. Er war beliebt bei dem ganzen Ensemble, denn er besaß die Fähigkeit, jede Katastrophe wie eine Lappalie aussehen zu lassen, die man selbstverständlich meistern könne. Keinen internen Streit im Theater, den er nicht mit Diplomatie schlichten konnte.

»Am Bühneneingang ist die Hölle los«, erzählte er. »Eine Menge Leute stehen mit Schildern dort, sie demonstrieren gegen dich. Es wäre sinnvoll, wenn Diego dich am Seiteneingang abholt, ist dir das recht?«

»Ja, natürlich, Ricardo.«

»Gut, dann sage ich ihm Bescheid. Bleib hier, ich hole dich gleich ab.« Schon war er verschwunden. Sollte sie sich wirklich heimlich davonschleichen oder nicht besser mit den Demonstranten reden, sie versuchen zu überzeugen?

Während sie wartete, fragte Fanny, ob die beiden Sträuße auch heute Abend wie üblich ins Altersheim für Künstler gebracht werden sollten. Es war Olivias Idee gewesen, denn diese Geste freute die alten, längst vergessenen Künstler und erinnerte sie an ihre eigene Glanzzeit.

Olivia schüttelte den Kopf. »Es rentiert sich nicht, aber wenn du magst, nimm du sie mit, ich will nur die Rose, sie ist so besonders schön und duftet herrlich.«

»Oh, danke, *señorita*«, strahlte Fanny und schickte sich sofort an, die beiden Blumensträuße aus den Vasen zu nehmen und in Seidenpapier einzuwickeln.

»Heute kam das Gerücht auf, José Díaz sei in der Vorstellung gewesen, *señorita*«, erzählte sie, während ihre Stimme zu einem ehrfürchtigen Flüstern erstarb. »Er soll wohl in der Königsloge gesessen haben, doch ganz versteckt hinter ein paar anderen Männern.« Die Loge mit dem eigenen Eingang war im vorigen Jahrhundert für Mitglieder des Königshauses erbaut worden, jetzt wurde sie von hohen Ministern oder prominenten Gästen aus der ganzen Welt benutzt. Bevor Olivia antworten konnte, klopfte es kurz an der Tür, Ricardo war zurück. Er nahm Olivia am Arm und begleitete sie zum Seiteneingang.

Dort warteten bereits Alejandro, Olivias Tanzpartner, und andere Mitglieder des Ensembles auf sie. »Es ist eine Katastrophe, was du uns antust, Olivia!« Alejandro schien außer sich zu sein. »Du ziehst uns in deine Kampagne gegen die *corrida* hinein, obwohl wir nicht auf deiner Seite stehen. Du schadest uns und dem Theater. Wir wollen nichts damit zu tun haben!«

»Alejandro hat recht, wir sind der gleichen Meinung, tut uns leid, Olivia«, äußerten sich jetzt auch die anderen Tänzer.

»Und diese Buhrufe haben wir auch nicht verdient!« Alejandros Stimme kletterte eine Oktave höher.

Olivia blieb stehen. »Das tut mir wirklich leid, bitte glaubt mir. Mit solchen Reaktionen konnte ich nicht rechnen.« Aber bevor eine emotionale Diskussion entbrannte, nahm Ricardo sie am Arm, führte sie an Alejandro vorbei und zur Tür.

»Du triffst mit deinem Protest das Herz Spaniens, du triffst *unser* Herz. Das hättest du wissen müssen!«, rief Alejandro ihr noch hinterher.

»Sie werden sich beruhigen«, meinte Ricardo zu Olivia, »aber versuche, sie zu verstehen. Sie fürchten um ihre Engagements, und auch Marisa will sicher nicht hineingezogen werden.«

Bevor sie antworten konnte, tauchte Diego neben ihr auf und führte sie rasch zum Wagen, indem er sie mit seinem massigen Körper geschickt abschirmte. Er schob sie auf den Rücksitz, lief um das Auto herum und fuhr mit quietschenden Reifen los, gerade noch rechtzeitig, bevor einige Demonstranten und die vielen Fotografen Olivias Wagen entdeckten. Aufseufzend lehnte sie sich in die Polster zurück. Diego nickte ihr im Rückspiegel zu. War auch er ein Anhänger des Stierkampfs? Verurteilte auch er sie? Diego, ihr »Beschützer«, wie sie ihn als Kind genannt hatte. Er hatte sie schon in die Schule gefahren und abgeholt, dann zum Ballett, später in die Tanzschule. Er war da, wenn sie ihn brauchte, auch heute noch. Schweigend, selbstverständlich.

In einem plötzlichen Impuls beugte sie sich nach vorne. »Danke, Diego, danke.«

Er drehte sich kurz zu ihr um. »Danke für was?«

»Für alles, Diego, einfach für alles.«

»Das mache ich doch gern, außerdem bezahlt mich Ihre Großmutter dafür.« Diego versuchte mit einem Grinsen, seine Verlegenheit zu überspielen, doch Olivia kannte ihn zu gut, um seine Freude über ihr Dankeschön nicht zu bemerken.

»Es tut mir leid, was gerade passiert ist«, meinte er dann.

Olivia zuckte ratlos die Schultern. »Wenn ich ehrlich bin, ich habe mit so einer massiven Anfeindung nicht gerechnet, das tut weh.« Sie wandte den Kopf zur Seite und starrte durch das Fenster auf die Straße. Jetzt fuhren sie an der hell angestrahlten Arena *Las Ventas* vorbei. Überall hingen Plakate, die *El Vence-*

dor den Superstar unter den Matadoren zeigten, gekleidet in eine perlenbestickte, eng anliegende Hose aus goldenem Stoff mit passendem Bolero dazu. Elegant verharrte er im Anblick des herankommenden Stiers in der Bewegung. Das Foto war offenbar während eines Kampfs aufgenommen worden.

Er war ein Star, dessen Privatleben durch sein Management und Leibwächter komplett abgeschirmt wurde. Und genau das machte seinen Mythos aus.

»Die Leute spielen verrückt«, erzählte Diego. »Die Karten für seinen Kampf am 27. Juli sind bereits seit Monaten ausverkauft, und auf dem Schwarzmarkt werden die letzten noch zu horrenden Preisen angeboten. Er hat ein Jahr lang nicht mehr gekämpft, weil er sich den Fuß angebrochen hatte. Jede Zeitung jagt ihn, versucht, ein Interview mit ihm zu bekommen, aber José Díaz will nicht, er ist eben eine Diva.« Diego lachte.

Mit einem Ruck beugte sich Olivia vor. »Wer?«

Da plötzlich fiel es ihr ein, sie hatte nicht reagiert, als Fanny ihr zugeflüstert hatte, José Díaz sei in der Vorstellung gewesen.

»José Díaz«, erwiderte Diego schlicht.

Natürlich. José Díaz, *El Vencedor*. Der Matador. Elegant, schön. Ein grausamer Schlächter, wie ihn Olivia in Gedanken nannte, ein Mann, der sich auf die Tradition berief und dem die Menschen zu Füßen lagen.

Ein Gefühl der Müdigkeit, der Hilflosigkeit überfiel sie.

»Ich will doch nur das Beste für die Tiere.«

»Das Beste ist nicht immer für alle das Beste, zumindest in der Meinung der Leute«, war Diegos Antwort. »Morgen gibt es sicher wieder ein anderes Thema«, versuchte er Olivia zu trösten, da sie schwieg. »Die Aggressionen werden sich legen, und die Leute werden sich beruhigen.«

Olivia sah auf die gelbe Rose in ihrer Hand. Tief atmete sie deren schweren Duft ein. Dann hob sie den Kopf, und ihre Blicke trafen sich im Rückspiegel, und beide wussten, dass er sich täuschte.

Kapitel fünf

Margarita

Menschen, die ein erfülltes Leben haben, können die Vergangenheit leichter vergessen.

Doch was war, wenn das nicht gelang? Oder hatte sie, Margarita, kein wirklich erfülltes Leben gehabt? Schließlich empfand sie immer wieder Selbstzweifel, auch ein gewisses Bedauern, vielleicht im Leben etwas versäumt zu haben. Zu viel gearbeitet, nur an das Weiterkommen gedacht zu haben, mit eisernem Willen raus aus der Armut der Jugend gewollt zu haben und eine Zukunft für ihre Tochter zu schaffen. Ständig zu kämpfen. In einem Staat, unter einem Regime, das den Frauen kaum Rechte zuerkannte. Hürden hatte sie überwinden müssen, Schleichwege gehen, Ängste ausgestanden, auf der Gratwanderung nicht in die Fänge der Justiz zu geraten. Margarita lebte nicht wie eine Frau von bald Mitte sechzig, die sich überlegen sollte, wie sie den Rest ihres Lebens verbringen wollte. Hektik, ständige Termine, lange Arbeitsstunden, das machte ihr Leben aus. War es eine Alterserscheinung, dass sie sich in letzter Zeit so müde fühlte, so resigniert? Oder machte ihr ihr bevorstehender Geburtstag am fünfzehnten Juli zu schaffen? Aber es waren noch knapp drei Wochen bis zu diesem Termin, und vierundsechzig ist auch nicht viel anders als dreiundsechzig, wehrte sie sich gegen die aufkommende Panik. Aber hatte sie in ihrem Leben alles erreicht, was sie gewollt hatte, alle Pläne verwirklicht? Und war es nicht so, dass sie sich oft einsam fühlte?

Margarita stand am Fenster ihres Schlafzimmers und sah in den Morgenhimmel hinauf, der sich langsam erst zartgelb, dann rosa färbte. Sie sollte nicht so viel nachdenken, sich auch nicht so oft mit der Vergangenheit beschäftigen. Trotzdem schweiften ihre Gedanken auch jetzt in die Zeit ihrer Jugend zurück. Sie konnte sich nicht dagegen wehren. Vor allem dachte sie an die kurze Zeit ihrer Liebe, jenen heißen Sommer mit Ramón, dem jungen Mann mit den Augen eines Zigeuners, leidenschaftlich in seiner Umarmung, wenn er ihr Liebesworte zuflüsterte, die der jungen Margarita die Röte ins Gesicht trieben. Sie hatte sich ihm vollkommen ausgeliefert, in dem Glauben, diese Liebe könne nur zum Traualtar führen. Doch er hatte eine andere geheiratet, und sie war vom eigenen Vater aus dem Haus gejagt worden. Was wohl aus ihm geworden war? Wie lebten ihre Geschwister seit dem Tod der Mutter? Rosa war fünf Jahre nach Margaritas Abschied tödlich verunglückt.

Als Margarita die Heimat verließ, hatte sie geglaubt, nie mehr glücklich werden zu können, nie die Umarmungen eines anderen Mannes als Ramón ertragen zu können. Doch es hatte einen anderen Mann gegeben, Umarmungen, Berührungen, die oft schwer zu ertragen waren. Wieso dachte sie heute daran? Weil sie sich insgesamt nicht gut fühlte? Sie sollte sich nicht in diese Erinnerung verlieren, nicht an die Verbitterung, die Wut denken, an die Hilflosigkeit, diesem Mann ausgeliefert zu sein. Doch sie hatte ein Ziel vor Augen gehabt, und diese Beziehung hatte es möglich gemacht, ihre Pläne zu verwirklichen.

Was würde Valentina sagen, wenn ihre Mutter ihr von diesem Teil ihrer Vergangenheit erzählte? Valentina, die ihre Mutter bewunderte für das, was sie erreicht hatte. Und doch wusste Margarita, irgendwann würde sie ihrer Tochter die Wahrheit sagen müssen, vielleicht war es sogar schon zu spät dazu.

Margarita richtete sich kerzengerade auf und wandte sich vom Fenster ab. Es war lange her, viel Zeit war vergangen, und man konnte nichts mehr ändern. Sie hatte Geld verdient und ihrer Tochter gute Schulen ermöglicht. Sie hatte getan, was sie für richtig hielt. Margarita verließ ihr Zimmer, und auf dem Weg in die Küche horchte sie nach oben, doch nichts rührte sich. Oft trainierte ihre Enkelin Olivia bereits um diese Zeit in ihrem Probenraum. Dafür hatte Margarita zwei Zimmer zusammenlegen lassen, damit Olivia möglichst viel Platz für ihr tägliches Training zur Verfügung stand.

Aber heute war alles still, und auch das Radio in der Küche schien noch nicht eingeschaltet, also schlief Pía, ihre Haushälterin, ebenfalls noch. Ein wenig unschlüssig blieb Margarita in der Diele stehen, bis sich die Küchentür einen Spalt öffnete und sich Quijote, Olivias weißer Perserkater, durch den Spalt zwängte und um Margaritas Beine strich.

»Du bist ja hier.« Verwundert beugte sich Margarita zu ihm hinunter und streichelte ihn. »Nicht oben bei Olivia?«

Ein Schnurren war die Antwort, ein bezwingender Blick aus blauen Katzenaugen.

»Du musst noch ein bisschen Geduld haben«, flüsterte Margarita ihm zu, »sicher kommt Pía gleich und gibt dir dein Frühstück.«

Sollte sie auf ihre Haushälterin warten? Oder schon mal Kaffee kochen? Dann aber entschloss sie sich, zu Fuß in die

Una zu gehen, das Laufen in der frühen Morgenstunde würde ihr sicher guttun.

Es war noch kühl, als sie aus dem Haus auf die stille Straße trat. Auf dem Weg sah Margarita, dass in den Schaufenstern der Geschäfte immer noch große Fotos von Evita Perón standen, obwohl sie bereits am Tag zuvor nach Rom abgeflogen war. Wenn auch Argentiniens *Primera Dama* Madrid verlassen hatte, blieben die Menschen noch im Taumel um Evita verfangen; nur schwer konnte man sich in Gedanken von ihr losreißen, nachdem sie achtzehn Tage lang dem Land Glanz verliehen hatte.

Jetzt bog Margarita in die schmale, kurze Straße ein, in der die *Una* lag. Direkt gegenüber befand sich das *Café Ana,* in dem sich bereits viele Leute drängelten. Die meisten standen an der Bar, tranken ihren *café con leche* oder einen *café solo*. Die Gäste hatten es sehr eilig, sie arbeiteten in den Büros oder den Geschäften rundum und kamen nur schnell vor der Arbeit hierher. Am späten Vormittag dann fanden sich Schriftsteller bei Ana ein, unterhielten sich angeregt oder saßen einfach nur an den kleinen Marmortischen und schrieben an ihren Gedichten oder Romanen, während sie einen Kaffee bestellten. Ana und auch ihr Mann, Geschäftsführer der Bar, sahen großzügig darüber hinweg, denn sie waren stolz auf die Intellektuellen, die ihnen großen Respekt einflößten und ihrem Café einen besonderen Charme verliehen. Hier sei jeder willkommen, betonte Ana gern, auch wenn er nur ein Getränk bestellte, aber Stunden blieb.

Kurz entschlossen zwängte sich Margarita zwischen den Gästen hindurch bis zur Theke. Jetzt wurde sie von Ana entdeckt, die Margarita begrüßte und bedauerte, dass ihr Tisch am Fenster leider besetzt sei. Als Margarita sich umdrehte, saß dort ein Mann mit grau melierten Locken. Er sprang sofort auf, verbeugte sich und lud Margarita mit einer Handbewegung ein, sich zu ihm zu setzen. Margarita erkannte ihn wieder, er war der späte Kunde gewesen, der am Tag von Evitas Ankunft an die Tür der *Una* geklopft und sich nur mit Vornamen vorgestellt hatte. Wie hieß er doch gleich wieder? Margarita hatte ein schlechtes Namensgedächtnis, doch als sie jetzt auf ihn zuging, fiel er ihr wieder ein: Bartolomé. Als sie vor ihm stand, rückte er ihr den Stuhl zurecht und behandelte sie mit großem Respekt, als sei sie eine Señora aus Madrids bester Gesellschaft. Das gefiel ihr, selten brachte man ihr diese Hochachtung entgegen.

Sie nahm Platz und strich, ein wenig verunsichert, die Tischdecke glatt. Bartolomé lächelte sie an, während auch er wieder Platz nahm.

»Ich habe gehofft, Sie zu sehen.«

Ein wenig verlegen winkte Margarita dem Kellner und bestellte einen *café con leche*.

»Ich glaube«, wandte sie sich an Bartolomé, »hier gibt es den besten Kaffee in ganz Madrid.«

Es klang ein wenig hölzern, aber ihr fiel im Moment nichts Witziges, Lockeres ein. Bartolomé lachte, nickte und erklärte, genauso empfinde er es auch. »Er schmeckt ein wenig nach einem guten Pariser *café au lait*«, erklärte er. Der Kellner brachte den *café con leche,* und nachdem Margarita einen Schluck getrunken hatte, fragte sie Bartolomé, ob er denn Paris kenne, da er so bestimmt erklärte, der Kaffee schmecke französisch.

»Ja.« Bartolomé nickte. »Ich liebe Paris, ich habe lange dort gelebt.«

»Schon während des Kriegs?«

Wieder nickte er. »Seit dem Jahr 1935, um genau zu sein. Aber jetzt bin ich seit ungefähr einem Jahr wieder zurück.

Zurück zu meinen Wurzeln«, setzte er hinzu. Es klang ein wenig traurig, so empfand es Margarita jedenfalls. Sie wartete, bis er nach einem kurzen Schweigen fortfuhr: »Madrid ist meine Heimat, aber sehr oft denke ich an Paris, so wie es vor dem Krieg gewesen ist.« Seine Stimme hatte einen anderen Klang bekommen, und Margarita horchte auf. Er war jetzt nicht mehr der verbindlich lächelnde, höfliche Mann, sondern jemand, der offenbar viel Schmerz und Verlust erlebt hatte. Seine Stimme klang ernst, und das Lächeln war aus seinem Gesicht verschwunden. Margarita trank ihren *café con leche* und wartete schweigend, bis Bartolomé das Gespräch wieder aufnahm. Sie hatte sich im Lauf der Jahre eine sehr gute Menschenkenntnis angeeignet, und so spürte sie, dass es etwas gab, das ihn zu einem traurigen Mann gemacht hatte.

Als Bartolomé wieder sprach, wechselte er das Thema. »Wussten Sie, dass *Señora* Ana Rodríguez ganz wunderbare Quiches macht?«

Margarita schüttelte den Kopf. Sie hatte keine Ahnung, was eine Quiche war. »Ich weiß zwar, dass die Señora zwei französische Gerichte auf die Speisekarte gesetzt hat, aber ich habe sie noch nie probiert.«

Bartolomé lachte und erklärte, da habe sie etwas versäumt. Und dann schlug er ihr vor, doch gleich an diesem Abend eine Quiche zu probieren. Mit einem schönen Glas Wein.

»Ich möchte Sie sehr gerne dazu einladen«, setzte er noch hinzu, als sie zögerte. Langsam stellte Margarita ihre Tasse ab. Sie überlegte, wann war sie zum letzten Mal von einem Mann eingeladen worden? Es war lange her. Manchmal hatte ein Kunde vor der Wäscherei auf sie gewartet und sie belästigt, Männer, die glaubten, sie sei leicht zu haben. Nun, da sie älter wurde, war diese Art Männer aber verschwunden.

»Oder haben Sie schon etwas vor?«, hakte Bartolomé nach, da sie schwieg.

Margarita verneinte. Was tat sie schon groß an den Abenden? Meist saß sie mit Pía in der Küche oder auf der kleinen Terrasse ihres Hauses, Quijote auf dem Schoß, und trank ein Glas Rioja. Oft kam Valentina dazu, und dann verbrachten sie zu dritt die Abende, drei einsame Frauen.

»Ja«, antwortete sie und sah ihm in die Augen, die sie erwartungsvoll hinter den Brillengläsern ansahen, »das wäre sehr schön. Ich freue mich darauf.«

*

In der Wäscherei lief den ganzen Tag lang das Radio. Elena, Carmen und Josi, Margaritas Angestellte, sogen gierig jedes Wort auf, das der Sprecher über die Ankunft Evita Peróns in Rom berichtete, über ihre Privataudienz am heutigen Tag, dem 27. Juni, bei Papst Pius VII. Nicht zuletzt beschrieb er, was Evita getragen hatte, nämlich einen weißen Nerz und ein Brillantcollier. Die Frauen bedauerten zutiefst, dass Juan Peróns Gattin Madrid verlassen hatte, um ihre Europareise fortzusetzen. Allein das Wissen, dass diese Frau einige Tage in derselben Stadt gewesen war, in der auch sie lebten, hatte sie beflügelt. Und in der Tageszeitung lesen zu können, was Evita trug, welches Kleid, welchen Hut, und wer sie begleitete, brachte jeden Morgen neue Aufregung. Madrid sei seines Glanzes beraubt, erklärte der Kommentator bedauernd. Damit sprach er Elena und ihren Kolleginnen aus tiefster Seele.

Den ganzen Tag über beschäftigte sich Margarita in Gedanken mit Bartolomé. Er hatte seit 1935 in Paris gelebt, offenbar verließ er Spanien noch vor Francisco Francos Militärputsch und dem Bürgerkrieg. Hatte er seine Heimat aus politischen Gründen verlassen, war er ein Gegner Francos? Diesen Gedanken aber verwarf sie wieder. Er wirkte so weltfremd, versponnen in seiner eigenen Welt des Schreibens, des Dichtens.

Um neun Uhr abends war Margarita mit Bartolomé verabredet. Sie hatte kaum Zeit gefunden, sich frisch zu machen, geschweige denn, nach Hause zu fahren, um sich umzuziehen. Sie war nur ganz schnell in eine Parfümerie um die Ecke gelaufen, um einen Duft zu kaufen, von dem die Verkäuferin sagte, er passe so gut zu ihr. Sandelholz und Patschuli. Genau ihre Note.

Zurück in der Wäscherei, kurz vor neun, öffnete Margarita den Flakon und tupfte sich ein wenig Parfüm auf den Hals. Ein Hauch von Luxus, ein Hauch von Weiblichkeit. Eine Frau zu sein, dieses Gefühl hatte sie schon lange nicht mehr empfunden. Sie zog ihre Lippen mit einem Lippenstift nach und legte sich ein Seidentuch, bedruckt mit Rosen, um, das sie ein paar Tage zuvor gekauft hatte. Margarita liebte Tücher, sie besaß jede Menge davon.

Sie war in ihr schwarzes Leinenkleid geschlüpft, das Elena kurz zuvor noch aufgebügelt hatte. Es machte sie schlank, darum trug sie es gern, sie fühlte sich gut darin. Dann rief sie noch schnell Pía an, erklärte, sie käme nicht zum Essen, und bat die Haushälterin, sie solle Olivia viele Grüße ausrichten. Anschließend aber setzte sie sich noch kurz auf das breite Sofa in ihrem Büro, atmete durch und versuchte, ihre Aufregung unter Kontrolle zu bekommen. Wann hatte sie jemals ein richtiges Rendezvous gehabt? Noch niemals in ihrem Leben. Versonnen strich sie über die weichen Kissen, dann aber erhob sie sich und lief die Treppe hinunter.

Als Margarita die Tür der Wäscherei verschlossen hatte, blieb sie stehen. Nervös nestelte sie an ihrem Seidentuch herum, war sie überhaupt bereit für ein Rendezvous? Ein kurzes Durchatmen, dann überquerte sie die schmale Straße. Eine Kirchturmuhr schlug gerade neun Mal, als sie die voll besetzte und laute Bar betrat.

Bartolomé saß an ihrem Tisch am Fenster und sprang wieder sofort auf, als sie hereinkam. Margaritas Herz schlug ein wenig schneller, und sie gestand sich ein, sie hatte befürchtet, er könne ihre Verabredung vergessen haben. Er trug jetzt wieder seinen altmodischen grauen Anzug, aber statt einer Krawatte hatte er sich einen gemusterten Schal um den Hals gebunden.

Ein Gefühl der Freude ergriff Margarita, es war schön, einen Mann zu treffen, der ihr gefiel und mit dem sie eine Quiche essen würde, was auch immer das sein mochte.

Nach der Begrüßung bestellte Bartolomé einen frischen Weißwein, und während sie auf das Essen warteten, wunderte sich Bartolomé darüber, dass sie beide, offenbar Stammgäste, sich noch nie begegnet waren. »Wenn ich hierherkomme«, erzählte Margarita, »ist es meist am frühen Morgen, kurz nachdem die Bar öffnet.«

Bartolomé lachte. »Dann ist es klar, ich komme immer sehr viel später, ich bin ein Langschläfer.«

Der Wein wurde von einem Kellner in einer Karaffe gebracht, Bartolomé schenkte ein und hob sein Glas. »*Salud*«, prostete er Margarita zu. Sie erwiderte die Geste.

»Aber auch drüben in der Wäscherei habe ich Sie nie gesehen«, fuhr Bartolomé fort, nachdem er sein Glas wieder abgestellt hatte. Warum wollte er unbedingt wissen, wieso er sie noch nie getroffen hatte? War er so neugierig? Wieder dieses leichte Misstrauen. Doch als sie in seine freundlichen Augen hinter den Brillengläsern sah, lächelte sie, sie war sicher, sie konnte ihm vertrauen.

»Wenn ich in der Wäscherei bin, bleibe ich meist oben im Büro, ich kenne die Kunden nicht, dafür ist Elena zuständig, sie ist die Leiterin.«

»Ja, mit Elena unterhalte ich mich oft, sie ist sehr freundlich und nett. Sie hat mir übrigens erzählt, dass Ihre Enkelin Olivia Serrano ist. Ich war neugierig wegen des großen Plakats an der Wand in der Wäscherei, und da erfuhr ich von ihr, dass die darauf abgebildete Flamencotänzerin Ihre Enkelin ist.«

Margarita nickte. »Ja, das stimmt.«

»Aber?« Erwartungsvoll sah er sie an, da sie nicht weitersprach. Margarita zuckte mit den Schultern. »Nichts aber«, betonte sie. Sie warf ihm einen kurzen Blick zu, entschloss sich dann, weiterzureden. »Sicher haben Sie bereits gelesen, dass sich meine Enkelin für den Tierschutz engagiert. Aber jetzt, da sie sich gegen den Stierkampf stellt, wird sie angefeindet, sie erfährt zum ersten Mal Ablehnung, sogar starke Aggression. Sie wurde in ganz Spanien bewundert, fotografiert, verehrt, und plötzlich trifft sie auf massiven Hass. Eine so große Karriere zu machen, war für sie schon mit enormer Disziplin und harter Arbeit verbunden. Die wenige Zeit, die ihr da noch blieb, galt dem Tierschutz. Und jetzt dieser Hass. Manchmal wünsche ich ihr, sie hätte sich einen leichteren Weg ausgesucht. Im Ganzen gesehen«, setzte Margarita noch hinzu. »Nicht nur wegen der momentanen Anfeindung.«

»Ein leichteres Leben ist nicht unbedingt ein schöneres Leben«, antwortete Bartolomé vorsichtig.

Jetzt lächelte Margarita. Die Sanftheit seiner Stimme hatte etwas Beruhigendes. Er wirkte sehr einfühlsam, als verstehe er ihre Sorge um die Enkelin.

»Ich habe zwar das Talent meiner Enkelin von Anfang an gefördert, aber manchmal wünsche ich ihr eben ein etwas anderes Leben.«

»Ein Star zu sein, ist doch der Wunsch vieler junger Mädchen, sie wird bewundert, verehrt, auch wenn es im Moment für sie nicht einfach ist. Aber ich kann Sie verstehen«, sprach er weiter, da Margarita stumm blieb. »Wie alle besorgten Mütter oder Großmütter hatten Sie sich vielleicht für sie eine gute Ehe und Kinder gewünscht. Und dadurch auch Sicherheit, Achtung der Gesellschaft.« Margarita senkte den Kopf. Er hatte ihre Gedanken erraten, und doch gefiel es ihr nicht, dass er sie so auf den Punkt brachte. Aber letztendlich hatte sie selbst dieses Thema angeschnitten. Margarita dachte an Valentina, war ihre Tochter glücklich? Sie war erfolgreich, aber letztendlich blieb ihr der Respekt der Gesellschaft versagt. Oder war auch sie versessen auf etwas, das im Grunde keine Bedeutung hatte? Sie sah Bartolomé an, in dessen Gesicht sie Verständnis und Interesse erkannte, darum sprach sie jetzt weiter.

»Vielleicht überschätze ich die Anerkennung unserer Gesellschaft, in letzter Zeit kommen mir immer mehr Zweifel. Aber die Vergangenheit prägt einen Menschen nun einmal«, erklärte sie lebhaft. »Als ich nach Madrid kam, konnte ich kaum lesen und schreiben, ich musste alles lernen, mir alles erarbeiten.«

»Umso mehr sind Sie zu bewundern, *señora*.«

Ana unterbrach die Unterhaltung, als sie die duftende Quiche servierte, die, wie sie erklärte, ganz frisch für sie beide gebacken worden sei.

»Jetzt bin ich neugierig, wie sie schmeckt.« Margarita lächelte Bartolomé zu, und er verstand, dass sie das Gespräch beenden wollte, da es ihr zu persönlich wurde.

»*Bon appétit*«, wünschte er ihr auf Französisch.

»Ihnen auch.« Margarita war hungrig und auch irgendwie befreit. Sie konnte sich nicht erinnern, wann sie überhaupt jemals so viel von sich und ihrem Leben erzählt hatte.

Nach den ersten Bissen wechselte Bartolomé das Thema und erklärte ihr die Zubereitung einer Quiche. »Sie wird mit Käse und Schinken, Eiern und Sahne gebacken, und das auf einem Mürbteig. Es handelt sich dabei um eine sehr beliebte, elsässisch-lothringische Spezialität«, erzählte er weiter. »Es gibt in Paris an der *Place du Terne* eine Brasserie, da schmeckt sie besonders gut. Wir sind sehr oft dorthin gegangen.«

»Wir?«

»Wir«, wiederholte er und sah Margarita in die Augen. »Das heißt, meine Frau und ich. Sie ist tot«, setzte er nach einer kleinen Pause hinzu.

»Das tut mir leid«, bedauerte Margarita. Da er nicht antwortete, fragte sie weiter: »Dann haben Sie beide den Krieg in Paris mitgemacht?«

»Ja, von Anfang an. Ich erinnere mich auch noch sehr genau, als die deutsche Wehrmacht in Paris einmarschiert ist, meine Frau und ich standen an der *Champs-Élysées* … aber lassen wir das«, blockte er ab. Er wollte nicht darüber reden.

»Wir in Spanien erlebten den Bürgerkrieg«, betonte Margarita.

»Ich weiß, ich weiß, ich habe so sehr in diesen Jahren an mein Vaterland gedacht. Jetzt aber bin ich wieder zurück, ich konnte nicht anders.«

»Ich denke«, hob Margarita an und zögerte, da sie eine direkte Anrede vermeiden wollte. Letztendlich kannte sie ja nur seinen Vornamen. »Ich denke«, wiederholte sie, »wir haben offensichtlich beide kein leichtes Leben gehabt.«

»Das glaube ich auch, *señora,* und es ist sehr schön, mit Ihnen hier zu sitzen. Es ist das erste Mal seit dem Tod meiner Frau, dass ich ausgehe, und es fühlt sich wunderbar an.«

»Für mich ebenso«, bekannte Margarita.

Durch das offene Fenster der Bar hörte man Lachen und die Stimmen der Gäste, die draußen an den Tischen auf dem Bürgersteig saßen.

»Lassen Sie uns anstoßen«, schlug sie vor.

»Aber dazu bestelle ich noch eine zweite Karaffe Wein.«

Er machte Ana ein Zeichen, dann wandte er sich Margarita zu.

»Sie können mich gerne Margarita nennen. Bartolomé, so darf ich Sie doch anreden, oder?«, schlug sie jetzt, kühn geworden, vor und lächelte ihn an. Und Bartolomé lächelte zurück.

Es wurde ein langer Abend, an dem Margarita vieles aus ihrem Leben erzählte und Bartolomé ihr aufmerksam zuhörte. Sie sprach über ihr Elternhaus, die Armut, und über den Tag, an dem ihr Vater sie verstieß.

»Leben Ihre Eltern noch?«

»Meine Mutter ist schon lange tot, aber mein Vater lebt noch, er ist bereits neunzig Jahre alt.«

»Und Ihre Geschwister?«

»Ich habe keinen Kontakt zu ihnen. Sie haben sich auch nie bei mir gemeldet. Nur meine Tante Leonora hat mich über alles auf dem Laufenden gehalten, die aber ebenfalls bereits seit Jahren tot ist.«

Und dann erzählte sie weiter und weiter, über Valentina, ihre Tochter, die ebenfalls alleinerziehende Mutter war. Löste ihr der Wein die Zunge, oder war es das große Interesse und das Verständnis, das ihr von Bartolomé entgegenkam?

Sie erzählte auch, dass ihre Angestellten fast ausnahmslos Frauen mit unehelichen Kindern waren, Frauen, denen sie eine Möglichkeit gab, ohne eine Familie ihr Kind großzuziehen. Die von ihren Familien verstoßen worden waren und die das gleiche Schicksal erleben mussten wie auch sie, Margarita.

»Aber Elena ist verheiratet, oder?«, wollte Bartolomé wissen. Margarita nickte. »Ja, meine Frauen in der *Una* sind verheiratet, kinderlos und arbeiten mit der Erlaubnis ihrer Ehemänner, wie es verlangt wird.«

Bartolomé und Margarita tauschten einen schnellen Blick.

»Also alles ganz nach dem Gesetz«, fügte Margarita mit Nachdruck hinzu.

Bartolomé aber kam wieder auf Margarita zu sprechen. »Sie und Ihre Tochter haben bewiesen, dass Sie tief lieben können, ohne sich irgendwelchen gesellschaftlichen Zwängen zu unterwerfen. Den Mut zur Freiheit zu besitzen und sie offen leben. Das ist sehr bewundernswert.«

Margarita senkte nachdenklich den Kopf. Bartolomé wusste natürlich nicht alles, aber er musste es ja auch nicht erfahren. Es war schön, einem Mann gegenüberzusitzen, der sie verstand, jetzt sogar nach ihrer Hand griff und einen Kuss darauf hauchte.

Es war eine überraschende, eine intime Geste, und als sie den Kopf hob und in seine Augen sah, fiel etwas von ihr ab, ihre Härte, das Gefühl, sich ständig rechtfertigen, verteidigen und sich wehren zu müssen. Sie hatte nach ihren eigenen Entscheidungen gelebt. Sie war die Mutter gewesen, die sie sein konnte, sie hatte alles getan, was sie für richtig hielt. Und es war gut so, wie alles gekommen war. Hätte sie es denn anders gewollt?

Kapitel sechs

Valentina

Der Film war zu Ende, und Valentina erhob sich aus ihrem Sessel. Nur wenige Leute hatten sich an diesem Freitagabend ins Kino verirrt, obwohl *Cover Girl* gezeigt wurde, ein Film mit der Leinwandgöttin Rita Hayworth. Valentina hatte eigentlich nur die Wochenschau sehen wollen, die über Evitas Abflug und die Tage ihres Besuchs in Madrid berichtete, unter anderem noch einmal über den Künstlerempfang im Hotel Ritz. Der Sprecher kommentierte auch das Zusammentreffen Evita Peróns mit Olivia Serrano, der berühmten Tänzerin, die versucht hatte, die Frau des argentinischen Staatschefs zu überreden, sich gegen die Brutalität des Stierkampfs auszusprechen. Doch Evita habe sich zurückhaltend gezeigt. Die *corrida* sei eine Tradition, und das nicht nur in Spanien, sondern auch in ganz Südamerika. Bei diesem Satz hatten die wenigen Zuschauer im Kino geklatscht und »Bravo, Evita!« gerufen.

Im Anschluss gab es einen Bericht über die Demonstration gegen Olivia Serrano vor dem *Teatro Montero,* die in einem Tumult der Gewalt ausartete, bis die Polizei aufmarschiert war und die Leute auseinandertrieb. Valentina war tief betroffen von der reißerischen Berichterstattung. Die Demonstration vor dem Theater hatte Konsequenzen für Olivia. Marisa Montero, die Besitzerin des Theaters, hatte einige Tage danach eine Presseerklärung abgegeben, Olivia Serrano sei erschöpft und habe sich auf ärztlichen Rat eine Auszeit nehmen müssen.

In Gedanken an ihre Tochter verließ Valentina das Kino und ließ sich durch die belebten Straßen treiben, ohne Ziel, ohne den Vorsatz, nach Hause zu gehen, umgeben von gut gelaunten Paaren, die zum Abendessen gingen, lachten und sich unterhielten.

Vor einem Fotogeschäft blieb sie stehen. Im Schaufenster waren auf einer roten Samtdecke Kameras in verschiedenen Preislagen ausgestellt. Dazwischen standen in silbernen Rahmen einige Fotos, Landschaften bei Sonnenuntergang und lächelnde Hochzeitspaare. Schlechte Fotos, wie Valentina fand. Sie konnte es besser. Javier hatte stets betont, sie habe das Gespür, genau den richtigen Moment zu erfassen, um auf den Auslöser zu drücken. Das war immer ihre Stärke gewesen, Stimmungen zu erkennen und sie auf ein Foto zu bannen. Während sie vor dem Schaufenster stand, erkannte sie, wie groß ihr Wunsch, ihre Sehnsucht war, eine Kamera in den Händen zu halten und zu fotografieren. Aber wenn sie diese Sehnsucht zuließ, würde das dann nicht bedeuten, eine Entscheidung zu treffen? Dazu war sie nicht bereit. Oder noch nicht?

Die Luft hatte sich nicht abgekühlt, brütende Hitze lag über der Stadt, aber trotzdem ließ sie sich treiben, ging weiter und immer weiter. Sie wollte nicht in ihre Wohnung zurückkehren. Niemand erwartete sie dort und machte sich Sorgen, wenn sie sich verspätete. Schließlich blieb sie stehen und sah sich erstaunt um. Was hatte sie hierhergeführt, an die *Plaza de Cibeles,* zum ersten Mal seit sechsundzwanzig Jahren?

Viele Leute saßen auf dem Rand des imposanten Brunnens in der Mitte des Platzes, der *Fuente de Cibeles,* manche von ihnen schleckten Eis aus Waffeltüten. Das Rauschen des Wassers und der Autos auf den Straßen, die den Platz umgaben, schluckte jedes andere Geräusch.

Valentina blieb stehen und sah in die Mitte des Brunnens zu der angeleuchteten Göttin Kybele auf ihrem Thron hoch, der auf einem von Löwen gezogenen Wagen stand. In der einen Hand hielt sie das Zepter, in der anderen die Schlüssel der Stadt.

Prompt drängten sich in Valentina die Erinnerungen auf.

Vor sechsundzwanzig Jahren war sie an einem heißen Nachmittag mit der Kamera unterwegs gewesen, um geeignete Motive zu finden. Sie wollte ein Foto machen, das sie verkaufen konnte, das Aufmerksamkeit erregen würde. Dann erst, so glaubte sie, durfte sie sich Fotografin nennen. Als Valentina jetzt daran dachte, schüttelte sie mit einem Lächeln den Kopf, sie war so naiv gewesen, naiv in jeder Hinsicht.

Sie war damals hier vorbeigeschlendert und verwundert stehen geblieben, als sie einen jungen Mann sah, der in aller Ruhe seine Schuhe und Strümpfe auszog. Valentina hatte sich rasch umgesehen, aber niemand war in dieser Mittagshitze unterwegs gewesen und hatte ihn beachtet, als er die Hosenbeine hochkrempelte und in den Brunnen stieg. Die Schuhe hatte er auf der untersten Stufe abgestellt. Dann war doch noch eine Gruppe junger Leute vorbeigekommen, kurz stehen geblieben und lachend weitergegangen. Nur Valentina hatte sich nicht von dem Anblick des jungen Mannes lösen können, der große Unbekümmertheit ausstrahlte. Er sah gut aus, hatte rötliches Haar, das in der Sonne schimmerte. Er war groß und schien sehr sportlich zu sein, denn seine Bewegungen waren ruhig und locker. Sicher spielte er Golf oder Tennis, und wahrscheinlich war er Engländer, denn es war bekannt, dass man auf der Insel diese Sportarten ausübte, so überlegte die junge Valentina.

Sie starrte ihn weiter an, wie er jetzt seine Jacke auszog und sie gezielt auf die Balustrade des Brunnens warf. Dann krempelte er die Ärmel seines weißen Hemds hoch, beugte sich hinunter und kühlte seine Arme bis zu den Ellbogen ab. Schon wollte sie die Kamera hochheben, doch da spürte er, dass er beobachtet wurde, sah hoch und fragte sie lachend, ob sie nicht auch in den Brunnen steigen wolle.

»Das Wasser ist wunderbar kalt.«

Unwillkürlich sah Valentina an sich herunter. Sie trug Strümpfe und Spangenschuhe, einen wadenlangen Rock und eine stark taillierte Jacke. Sie nahm ihren Hut ab und schüttelte ihre Haare, eine kleine Erleichterung bei dieser Hitze. Dann aber verneinte sie und antwortete, es sei doch verboten, ob er das Schild nicht gesehen habe.

Der junge Mann stieg aus dem Brunnen heraus und schlüpfte mit nassen Füßen in seine Schuhe, die Socken stopfte er in die Taschen seiner Jacke, die er wieder an sich genommen hatte.

»Haben Sie noch nie etwas Verbotenes getan?«, fragte er sie mit einem Augenzwinkern, während er auf sie zukam. Valentina spürte, wie ihr die Röte in das ohnehin erhitzte Gesicht stieg. Er sprach ein gutes Spanisch, sichtlich darauf bedacht, sich korrekt auszudrücken, aber er hatte einen Akzent, der nicht zu überhören war.

»Nein«, antwortete sie rasch und sehr bestimmt, worauf er sie anlachte. Sicher hielt er sie jetzt für schrecklich langweilig, aber vielleicht war sie das ja auch in den Augen eines Mannes. Schüchtern, ein wenig linkisch, immer die Außenseiterin, auch schon in der Klosterschule.

Dorthin gingen sonst nur die Töchter reicher und angesehener Familien. Ihre Mutter war so stolz gewesen, als man Valentina aufnahm. Nie sollte Margarita erfahren, wie sehr ihre

Tochter bemitleidet und verspottet wurde, weil sie keinen Vater hatte und ihre Mutter die Kleider fremder Leute reinigte und deren Wäsche wusch. Diesen Spott hatte Valentina niemals vergessen, auch wenn sie die Klassenbeste war. Aber sie hatte geschwiegen, denn sie hatte gespürt, wie sehr diese Worte ihre Mutter verletzen würden.

»Du gehörst nicht zu uns!« Dieser Satz ihrer Mitschülerinnen hatte Valentina dennoch geprägt. Auch heute noch, nach so langer Zeit, reagierte sie überempfindlich auf Ablehnung. Und sicher war das auch der Grund dafür gewesen, dass sie ihr Leben ein wenig »korrigiert« hatte, als sie diesem jungen Mann, der aus dem Brunnen gestiegen war und ihr zugelacht hatte, von sich erzählte.

In Gedanken an dieses erste Zusammentreffen beugte sich Valentina hinunter und hielt spielerisch ihre Hand ins Wasser. Damals hatte sie nur dagestanden und den jungen Mann beobachtet und sich auch nicht vom Fleck gerührt, als er sich vorstellte.

»Johannes Bachmann, ich komme aus Berlin, Deutschland, und bin ein Jahr hier, um an der Universität Ihre schöne Sprache zu lernen.«

Nur zögernd nahm Valentina seine Hand, die er ihr entgegenstreckte, zog sie aber schnell wieder zurück.

»Sie sprechen aber schon sehr gut«, sagte sie verlegen.

»Ich bin ja auch bereits neun Monate hier, drei bleiben mir noch.«

»Aurelia«, sagte sie, »Aurelia Serrano.« Aus einer Laune heraus nannte sie ihm einen falschen Namen, gab dem schon lange gehegten Wunsch nach, anders zu heißen als Valentina, auch anders zu sein, selbstsicherer. Und der Name Aurelia hatte ihr schon immer gut gefallen.

»Aurelia.« Er betonte jede Silbe. »Was für ein schöner Name! Und, *Señorita* Aurelia, darf ich Sie auf einen Kaffee einladen? Oder haben Ihre Eltern etwas dagegen, wenn Sie mit einem fremden Mann in eine *cafetería* gehen?« Er hatte sie einfach mit Vornamen angesprochen, doch Valentina lachte, sie fühlte sich plötzlich frei und selbstbewusst, schüttelte den Kopf und erklärte, aber nein, nein, schließlich sei sie doch bereits einundzwanzig Jahre alt. Das war die nächste Lüge, denn Valentina war noch nicht einmal zwanzig, aber was bedeutete schon ein Jahr, wenn ihr die Einundzwanzig das Gefühl gab, sehr erwachsen zu sein?

So folgte sie Johannes Bachmann in eine kleine Bar in einer Nebenstraße, und dort tranken sie *café con leche,* und Johannes erzählte, er wohne im Hotel Excelsior ganz in der Nähe. Ob sie es kenne? Valentina schüttelte den Kopf, nein, aber sie sei schon einmal daran vorbeigegangen, es sei ein sehr exklusives Hotel. Und dann berichtete er, dass er das gesamte Jahr seines Aufenthalts im Excelsior wohne. Ein ganzes Jahr im Hotel leben, das war für Valentina damals kaum vorstellbar. Sie unterhielten sich über die Hitze, über Madrid, eine Stadt, die ihn restlos begeisterte.

In Erinnerungen versunken, sah Valentina zu der steinernen Göttin hoch. Johannes hatte antike Brunnen geliebt, und so waren sie in diesem heißen Sommer bei glühender Hitze durch die Stadt gelaufen, um sich Brunnen anzusehen, darunter auch jene, die er bereits kannte, aber noch einmal mit ihr bewundern wollte.

Vernarrt war Johannes beispielsweise in den Brunnen *La Fuente del Ángel Caído* im *Retiro*-Park. Der gefallene Engel. Dort hatte er sie zum ersten Mal geküsst.

Valentina war damals bereit gewesen, bereit, die Liebe mit ihm zu entdecken. Und sie wollte mehr, nicht nur einen Kuss.

Nach dem Kuss aber hatte er sie beiläufig gefragt, ob ihre Eltern wüssten, dass sie sich nachmittags mit einem Mann treffe. Er habe gehört, dass die Töchter aus spanischen Familien sehr streng erzogen würden, wesentlich strenger noch als in Deutschland.

Da erzählte sie ihm, ihre Eltern seien zu sehr mit dem eigenen Leben beschäftigt, ihr Vater sei ein sehr erfolgreicher Bankier, und ihre Mutter engagiere sich bei vielen Wohltätigkeitsveranstaltungen. Und sie leben in *El Viso,* einem der besten Viertel Madrids. Sie erfand eine ganz neue Identität für sich, ein Leben, wie sie es gern gelebt hätte, übernommen von einer ehemaligen Mitschülerin. Nichts entsprach der Wahrheit, nur das Haus in *El Viso,* dort wohnte sie mit ihrer Mutter, seit sie zehn Jahre alt war.

Johannes hörte interessiert zu, erklärte, auch sein Vater sei Bankier, doch zum Glück wollte er keine Einzelheiten wissen. Valentina verdrängte ihr richtiges Leben, denn sie war so schrecklich verliebt. Er sollte der erste Mann in ihrem Leben sein.

Valentina schüttelte in Gedanken daran den Kopf, wie naiv sie gewesen war, wie vernarrt in seine blauen Augen, die helle Haut und die rötlichen Haare.

Sie erhob sich wieder und schlenderte weiter, an der Post vorbei, sah sich um, bis sie in die Straße einbog, an deren Ende das Hotel Excelsior lag.

Sie war enttäuscht gewesen, als sie das erste Mal mit ihm schlief. Sie hatte sich Leidenschaft erträumt, gehofft zu hören, dass er sie liebe, sie heiraten werde. Dazu kam die Angst vor einer Schwangerschaft. Doch Johannes versicherte ihr, er würde aufpassen, sie könne nicht schwanger werden. Sie wusste nicht genau, was das bedeutete, aber sie vertraute ihm.

Was war von dieser kurzen Liebe in den heißen Monaten des Sommers 1921 geblieben? Waren es die Erinnerungen an die Nachmittage im abgedunkelten Hotelzimmer oder jene an das Ende, die bittere Demütigung, die sich ihr eingeprägt hatte? Denn eines Tages war alles anders geworden. Johannes hatte sie vor dem Hotel erwartet, sie in ihre Bar in der Nähe gezogen und ihr erklärt, er müsse Madrid verlassen.

»Wann?«

»Heute Abend.«

Sie war zutiefst erschrocken. Seine Stimme klang kühl, auch sehr beherrscht, als er sagte, es sei eine unvergessliche Zeit mit ihr gewesen. Dabei sah er auf seine Hände, die auf dem Marmortisch lagen. Valentina spürte, wie jede Farbe aus ihrem Gesicht wich und ihr Herz schnell und dumpf schlug.

»Du hast doch gewusst, dass ich gehen werde«, betonte er und sah ihr in die Augen. Sie konnte nur stumm nicken, als er bereits weitersprach.

»Ich werde heiraten.« Seine Hände zitterten, als er sich durch die Haare fuhr. Sein Mund hatte sich verspannt, und das Blau seiner Augen war undurchdringlich geworden. Sie musste sehr elend ausgesehen haben, denn er griff nach ihrer Hand. »Wir haben beide gewusst, dass es bald vorbei sein würde, dass jeder von uns zurück in sein Leben gehen muss. Das hast du doch gewusst, oder?«, fragte er drängend.

Valentina nickte stumm. Nein, sie hatte es nicht gewusst, und trotzdem nickte sie.

»Du bist jetzt in mich verliebt, aber irgendwann wird es einen Mann geben, der dich liebt und du ihn auch, und die Umstände werden so sein, dass ihr heiraten könnt. Du wirst eine große Hochzeit feiern. Und dann denkst du kurz an mich, und mehr als ein angenehm trauriges Gefühl wirst du nicht haben, glaube mir.«

»Was redest du da für einen Unsinn.« Es war nur ein Flüstern, mehr nicht, denn Johannes hatte etwas gesagt, das sie zutiefst getroffen hatte. *Irgendwann wird es einen Mann geben, der dich liebt ...*

»Du hast mich also nicht geliebt?« Ihre Stimme versagte ihr fast. Er ging, doch wenn ihr das Gefühl blieb, von ihm geliebt worden zu sein, war der Abschied zu ertragen. Er schwieg, strich sich erneut durch die Haare und erhob sich, ohne darauf zu antworten.

»Ich muss gehen«, sagte er nur. »Es tut mir so leid. Du wirst es eines Tages verstehen. Es ist besser so.«

Kapitel sieben

Olivia

Das *Museo del Prado* war zu dieser späten Stunde fast leer. Niemand beachtete die junge Frau, die im Saal mit den Gemälden von Diego Velázquez auf einer Bank saß. Sie trug einen Chiffonschal um den Kopf und betrachtete das Bild *Las Meninas,* die Hoffräulein, auf denen Kinder in Kleidern mit ausladenden Reifröcken posierten und mit großem Ernst und Aufmerksamkeit den Maler ansahen. Wie lange mussten sie so still gestanden haben? Mit dieser Frage hatte Olivia vor vielen Jahren ihre Großmutter gelöchert, die manchmal mit ihr hierhergekommen war. »Was meinst du, wie lange, *querida aba?*«

Doch Margarita hatte die Schultern gezuckt und über die zärtliche Anrede ihrer Enkelin gelacht, sie wisse es wirklich nicht. *Aba* war die Abkürzung von *abuela,* Großmutter, für die ungeduldige kleine Olivia war das Wort zu lang, und auch heute noch nannte Olivia Margarita manchmal *aba.* Im Alter von sechs Jahren hatte der Gedanke sie sehr beschäftigt, dass diese Mädchen stundenlang für den Maler Modell stehen mussten und sich nicht bewegen durften. Ruhig zu stehen oder zu sitzen war für sie eine Qual. Auch in der Schule rutschte sie auf ihrem Stuhl hin und her und handelte sich damit oft ein paar schmerzhafte Schläge ihrer Lehrerin mit einem Stock auf die Innenfläche der Hand ein. Eine der üblichen Fragen, mit denen Journalisten ein Interview begannen, lautete: »Wann haben Sie mit dem Tanzen begonnen?«

Darauf antwortete sie jedes Mal: »Bereits im Alter von sechs Jahren, aber mit klassischem Tanz.«

»Wann haben Sie sich dann für den Flamenco und den Paso doble entschieden? Gab es ein Ereignis, das Ihre Entscheidung beeinflusst hat?«

»Nein, es hat sich ergeben, ich entwickelte mich in diese Richtung, wandte mich nach und nach vom klassischen Ballett ab.«

Doch das letzte Interview, das sie vor Kurzem gegeben hatte, war weitergegangen, der Journalist aggressiver geworden.

»Aber Sie wissen doch sicher, dass der Paso doble, der Ihr Lieblingstanz ist, wie Sie schon oft betonten, die Musik der Arena und des Stierkampfs ist. Und trotzdem lieben Sie ihn?«

»Das ist Musik und hat für mich mit den Grausamkeiten eines Stierkampfs nichts zu tun.«

»Sie haben sich der *Organización Protectora de Animales* erst vor zwei Jahren angeschlossen, aber schon sehr viel bewirkt, vor allem Banken und Firmen als Sponsoren gewinnen können. Ist das für Sie ein großer Erfolg?«

»Natürlich ist es das. Wir haben viel erreicht, nicht nur für den Schutz der Tiere, sondern es ist für uns zu einer großen Aufgabe geworden, auch ihre Rechte zu verteidigen. Und meine Popularität half uns dabei.«

»Und was hat Sie dazu veranlasst? Gab es irgendein einschneidendes Erlebnis für Sie?«

»Als ich vier Jahre alt war«, erklärte Olivia ruhig, »habe ich miterleben müssen, wie man ein Schwein zum Schlachten trieb, und das hat mich als Kind so entsetzt, dass ich von dem Moment an bereits Vegetarierin wurde.«

»Und das war alles?«

»Nein, ich habe mich schon als junges Mädchen darüber informiert, wie grausam man gerade mit alten Tieren umgeht, mit Pferden, Eseln, auch Katzen und Hunden. Das hat in mir den Wunsch reifen lassen, mich für ihren Schutz einzusetzen. Und so schloss ich mich vor zwei Jahren dann der *Organización Protectora de Animales* an, mein Status als berühmte Tänzerin hat mir geholfen, Aufmerksamkeit auf den Tierschutz zu ziehen.«

»Bis jetzt aber ging es nur um Tierschutz, und ganz plötzlich benutzen Sie die *organización,* um mit den Spendengeldern gegen die *corrida* zu kämpfen?«

»Das war schon immer mein großer Wunsch, und mit den Spendengeldern werden andere Aktionen bezahlt, auch das Heim für alte Tiere, Pferde, Esel und andere. Niemals aber mein ganz persönlicher Einsatz gegen den Stierkampf, das ist Unsinn.«

Olivia starrte immer noch auf das Bild, ohne es wirklich wahrzunehmen. Sie saß bewegungslos da, die Hände im Schoß gefaltet. Heute Nachmittag war sie im Büro der *organización* gewesen. Dort hatte sie erfahren müssen, dass eine spanische Großbank und mehrere Firmen gedroht hatten, ihre Gelder zurückzuziehen, falls Olivia Serrano nicht in einer Pressekonferenz erklärte, sie sei nur falsch zitiert worden. Sie sei nicht gegen den Stierkampf. Und der Geschäftsführer der Tierschutz-Organisation hatte erklärt, er könne nicht anders, als ohne Olivia, aber mit den Sponsoren weiterzuarbeiten, falls sie diese Erklärung nicht abgeben wollte. Sie müsse das im Sinne der *organización* bitte verstehen. Aber je länger sie mit einer Erklärung wartete, desto unglaubwürdiger wurde sie mit einem Dementi. Sie müsse sich entscheiden. Und zwar bald. Nachdenklich warf sie einen Blick auf ihre Armbanduhr. Es war bereits halb acht, das Museum schloss in einer halben Stunde. Doch sie konnte sich nicht entschließen, aufzustehen und zu gehen. Es war die Zeit, in der sie im Theater in ihrer Garderobe sitzen und geschminkt werden sollte. Es war die Stunde des Lampenfiebers, des Sich-lebendig-Fühlens.

Wenn sie nicht dementierte, würde dies auch berufliche Konsequenzen für sie nach sich ziehen. Das Theater würde ihren Vertrag für die nächste Saison nicht mehr verlängern.

War ihr Einsatz gegen die Grausamkeit der *corrida* es wert, alles zu verlieren?

Olivia drehte gedankenverloren am Rädchen ihrer Uhr, als sie spürte, dass jemand neben ihr stand. Erschrocken fuhr sie hoch. »Ah, der Mann mit dem Hund«, brachte sie überrascht heraus.

»*Buenas tardes*«, antwortete er und lächelte sie an. »Darf ich?«

Als Olivia nickte, setzte er sich neben sie. Er war ganz nahe, zu nahe, und doch rückte sie nicht von ihm ab.

»Leandro«, stellte er sich vor. Er sah sie erwartungsvoll an, doch Olivia nickte nur, sie erinnerte sich an die Erzählung ihrer Großmutter, ein Kunde von ihr habe sich nur mit dem Vornamen vorgestellt. War das jetzt modern, ohne dass sie es wusste?

Ihr Blick erfasste ihn rasch, schwarze Hose und ein weißes Hemd. Er wirkte elegant, aber seine Kleidung war trotzdem nicht auffallend. Wieder bemerkte sie, wie aufrecht seine Haltung selbst im Sitzen war. Als Tänzerin war ihr eine solche Körperbeherrschung vertraut. Schön, elegant, gut gekleidet.

Das erregte Olivias Neugierde, ob sich hinter dem perfekten Äußeren auch ein kluger Mann verbarg.

»Ich fragte einen der Wärter nach einer schönen rothaarigen Frau, und er wusste sofort, dass Sie hier sind. Jeder kennt Sie offenbar«, erzählte er.

Olivia lachte, beugte sich vor und winkte Bruno zu, der an der Tür stand und zu ihnen herübersah.

»Einige von ihnen«, erzählte sie, »sind schon sehr lange da, sie erinnern sich noch, wie ich als Kind meine Großmutter an der Hand durch die Säle gezogen habe.«

»Sie kommen also seit Jahren gern hierher«, stellte er lächelnd fest.

»Ja, aber jetzt müssen wir gehen, das Museum schließt gleich«, antwortete Olivia. Leandro sah auf die Uhr.

»Eigentlich sollten Sie um diese Zeit auf der Bühne stehen. Ich habe gelesen, dass Sie im *Teatro Montero* durch eine Kollegin ersetzt wurden und im Moment keine Vorstellung mehr tanzen. Stimmt das wirklich?«

Olivias Lächeln war aus ihrem Gesicht verschwunden. »Ja, das ist so«, sagte sie einfach, »aber ich will nicht darüber reden.«

Doch Leandro ließ sich nicht beirren, sondern sprach weiter. »Ist der Kampf, den Sie führen, das wert? Sie verlieren viel, wenn nicht alles, das Ihnen etwas bedeutet.«

Olivia sprang auf. Wieso glaubte dieser Mann, mit ihr über das sprechen zu können, was sie berührte, sie verletzte?

»Nein.« Ihre Stimme hallte durch den leeren Saal. »Nein, ich bereue nichts. Beim Stierkampf wird der Tod eines jungen, verwirrten Tieres gefeiert. Man gibt ihm kaum zwanzig Minuten Zeit, um die Situation zu erkennen, Erfahrung zu sammeln, doch es kann sie nicht mehr umsetzen, denn es werden die letzten Minuten seines Lebens sein.«

Auch Leandro hatte sich erhoben, und der Ausdruck seines Gesichts hatte sich verändert, als sie ihn ansah und auf seine Antwort wartete. Und was er sagte, gefiel ihr nicht.

»Man feiert die Kunstfertigkeit des Stierkämpfers mit der *muleta,* nicht den Tod des Stiers.« Leandros Stimme klang ruhig und kalt, hatte nichts mehr von der Liebenswürdigkeit, mit der er gerade noch gesprochen hatte. »Und wenn das Publikum die Stärke und den Mut eines Stiers bewundert, verlangt es die Schonung seines Lebens.«

»Also hat das Tier eine faire Chance?« Olivia lachte auf. »Eine Chance, im nächsten Kampf getötet zu werden.«

Leandro machte einen Schritt auf sie zu, und sie wich nicht zurück. Sie sahen sich stumm an, ihre Blicke verfingen sich ineinander. Schweigen und Feindseligkeit stand zwischen ihnen.

Leandros Stimme brach schließlich den Bann.

»Manchmal aber ist es der Matador, der tot aus der Arena getragen wird. Bei jedem Kampf setzt er sein Leben aufs Spiel. Das sollten Sie nicht vergessen.« Er hob kurz die Hand, nickte ihr zu und ging. Nach ein paar Schritten jedoch wandte er sich noch einmal um.

»Sie kämpfen gegen Windmühlen wie Don Quijote.«

Olivia antwortete nicht und sah ihm nach, als er an Bruno vorbeiging und den Saal verließ.

Langsam setzte sie sich wieder. Warum war sie so enttäuscht? Sie kannte diesen Mann nicht, warum also setzte er solche Emotionen in ihr frei? Wieso wollte sie, dass er sie verstand?

Allmählich beruhigte sie sich. Es war egal, was Leandro von ihr dachte, was er überhaupt dachte. Einen Kampf gegen Windmuhlen, hatte er ihren Einsatz gegen die *corrida* genannt. Hatte er recht?

Irgendwo schlug eine Uhr acht Mal, und Bruno kam nun zu ihr, beugte sich zu ihr hinunter und sagte, sie müsse jetzt leider das Museum verlassen. Er hielt ihr einen kleinen Zettel hin mit den Worten: »Hier, das hat der Señor mir gerade in die Hand gedrückt, er kam noch einmal zurück.«

»Danke, Bruno, und natürlich, ich beeile mich.«

Noch während sie sich erhob, faltete sie den Zettel auseinander.

Señorita Serrano,
bitte entschuldigen Sie mein unhöfliches Verhalten. Ich würde mich sehr freuen, wenn Sie trotzdem eine Einladung von mir annehmen könnten. Oder gerade deswegen?
Morgen um neun Uhr abends hier vor dem Prado?
Leandro del Bosque

Wütend knüllte sie den Zettel zusammen und steckte ihn in ihre Handtasche. Irgendwo unterwegs würde sie ihn in einen Papierkorb werfen.

Kapitel acht

Valentina

»Es tut mir leid, *señora,* aber Sie werden gebeten, die amerikanische Delegation nach ihrer Ankunft im Ritz kurz zu begrüßen.«

Valentinas Assistent Miguel stand in der Tür zu ihrem Büro. »Wieso?« Valentina, die noch rasch ein paar Ordner in den Schrank stellte, wandte sich verärgert Miguel zu. »Ich wollte schon nach Hause gehen, das hatte ich angegeben. Mir wurde gesagt, dass ich mich nicht um die Amerikaner kümmern muss. Ich habe keine Ahnung von Wirtschaft und kann in diesem Sinne auch keine gute Dolmetscherin sein.«

Valentina hatte nicht die geringste Lust, für den Rest des Tages ins Hotel Ritz zu gehen und dazu noch ihren freien Abend zu opfern.

»Es geht nur um eine Begrüßung, und Sie sprechen Englisch. Sie müssen ja nicht viel reden, nur eine kurze Unterhaltung, nichts weiter. Sie wissen, wie wichtig diese Leute für uns, für Spanien sind.«

Spanien brauchte ausländische Investoren, da es von wirtschaftlichen Zuwendungen des Marshallplans ausgeschlossen war. Seit Tagen wurde daher von nichts anderem gesprochen als von dieser Delegation einer großen amerikanischen Investmentbank. Valentina war von den Vorbereitungen für den Besuch jedoch ausgeschlossen worden. Am Abend dann waren die Bankiers bei Francisco Franco und seiner Familie zum Essen im *Palacio Real* eingeladen.

Während Valentina ihr Büro verließ und auf den Ausgang zusteuerte, hörte sie die Bruchstücke einer Radiosendung aus einem der Büros. Sie blieb kurz stehen und horchte in die offene Bürotür hinein.

Der Sprecher berichtete von Evitas Besuch in Rom, Mailand und anderen italienischen Städten. Valentina schüttelte den Kopf, es schien, als könne Madrid sich nicht von Evita lösen. Sie hatte heute Nachmittag im Büro die weiblichen Angestellten gegen sich aufgebracht, als sie sich laut fragte, wieso man die Frau eines solchen Staatsmannes so verehren könne. Letztendlich sei bekannt, dass Juan Perón nach dem Krieg deutschen Nationalsozialisten, führenden Männern des Hitlerregimes, in Argentinien eine neue Identität verschaffe und sie dort gut leben konnten.

Doch dann erschrak sie, als sie die eisige Ablehnung gespürt hatte. War sie zu weit gegangen, würden ihre Worte Konsequenzen haben? Würde man dem *Caudillo* erzählen, was Valentina Serrano sich erlaubt hatte? Sie blieb noch kurz stehen und hörte, wie der Radiosprecher betonte, man würde Evita Perón auf ihrer gesamten *Regenbogentour* durch Europa begleiten. Diesen Namen für ihre Reise hatte Evita selbst geprägt, indem sie sagte, sie wolle zwischen Argentinien und dem jeweiligen Land, das sie besuchte, einen Regenbogen spannen.

Als Valentina gegen Mittag im Ritz ankam, wartete Miguel bereits auf sie und drückte ihr die Namensliste der Abordnung in die Hand.

»Es gibt Champagner und ein paar typisch spanische Häppchen, das haben sich die Amerikaner gewünscht. Unter anderem *Ibérico*-Schinken, *gambas al ajillo* und andere Tapas, auch Oliven. Alles, was sich ein Ausländer unter spanischen Delikatessen so vorstellt. Es sind acht Vertreter der Investmentbank dabei, ferner zwei Dolmetscher und mehrere Berater, auch zwei Sekretärinnen, also eine ganze Gruppe«, berichtete er noch rasch, während er bereits neben Valentina zu dem Salon lief, in dem der Empfang stattfinden sollte.

Valentina blieb vor der Tür kurz stehen und ging die Namensliste durch. »Wieso bekomme ich die erst jetzt?«

»*Señora* Lozano Calvo sagte mir, sie habe wohl in der Aufregung vergessen, die Liste weiterzugeben.«

»Und ich soll mir jetzt auf die Schnelle die Namen merken? Es wurde mir ausdrücklich erklärt, ich sei dafür nicht zuständig.« Valentina war gereizt.

»Tut mir leid«, murmelte Miguel.

»Das bringt jetzt auch nicht mehr viel.«

Mit der Liste in der Hand betrat Valentina den Salon, in dem sich bereits einige Leute versammelt hatten. Sie warf noch einen kurzen Blick darauf.

Simon Baker
Daniel Winterstein
Eddie Gerald Tartt
Henry McFadden
Johannes Bachmann
Henry Lawrence ...

Während sie noch ungläubig auf die Liste starrte, hörte sie hinter sich eine vertraute Stimme, eine Stimme, die sie niemals vergessen hatte.

»Hallo, Valentina.«

*

Valentina wartete. Sie stand im *Retiro*-Park am Brunnen *La Fuente del Ángel Caído*. Irgendwie war es nicht richtig, auf Johannes' Vorschlag eines Treffens eingegangen zu sein. Sich mit ihm auch noch hier an seinem Lieblingsbrunnen zu verabreden, dem Ort, an dem er sie zum ersten Mal geküsst hatte. Doch in der Eile war ihnen beiden nichts anderes eingefallen. Valentina wartete in der Hitze des späten Nachmittags, sah ein paar Kindern zu, die an der Hand ihrer Kindermädchen, den *Niñeras,* durch den Park liefen. Was sollte sie Johannes sagen? Wann von Olivia, seiner Tochter, sprechen?

Jetzt kam er auf sie zu. Erst schnell, dann aber verlangsamten sich seine Schritte, bis er schließlich vor ihr stand.

Schweigend sahen sie sich an.

»Ich habe nicht viel Zeit, aber können wir uns hier irgendwo hinsetzen?« Johannes blickte sich suchend um.

Valentina nickte und wies mit dem Kopf auf einen Kiosk, vor dem ein paar Tische und Stühle standen. Sie nahmen dort Platz, und Valentina bestellte sich eine *limonada*. Johannes fragte nach, was das sei, und bestellte das Gleiche, Zitronenlimonade mit sehr viel Eis darin.

Sie warteten schweigend, bis das Getränk von dem Kioskbesitzer gebracht wurde, und tranken ein paar Schlucke.

»Schön kalt, das tut gut«, erklärte Johannes, und Valentina nickte. Sie spürte, wie ausgetrocknet ihre Kehle war, wie schnell ihr Herz klopfte. Seit seinem plötzlichen Auftauchen im Hotel fühlte sie sich überfordert, nervös, und sie versuchte, ihre Gefühle unter Kontrolle zu halten. Nichts Falsches sagen, ruhig bleiben. Heute war sie eine erwachsene Frau, damals nur ein romantisches, naives Mädchen.

Johannes zog ein goldenes Etui aus seiner Jackentasche.

»Stört es dich?« Valentina schüttelte den Kopf, und so nahm er eine Zigarette heraus, zündete sie an und machte einen tiefen Zug.

Valentina betrachtete ihn. Er war elegant wie damals, auch noch so schlank, und die rotblonden Haare, die goldenen Haare, wie Valentina sie heimlich genannt hatte, waren noch nicht von Grau durchzogen. Ein paar Fältchen um seine blauen Augen machten ihn nicht weniger attraktiv.

»Geht es dir gut?«

Fiel ihm nichts Besseres ein? Sie nickte. Ja, es ginge ihr gut, antwortete sie einsilbig. »Ich bin sehr glücklich. Und du?«

Er zog an seiner Zigarette und drückte sie in dem Aschenbecher wieder aus, bevor er antwortete: »Auch gut, danke.«

»Also, du lebst jetzt in Amerika?«

Johannes bejahte und griff nach dem Glas mit der Limonade.

»In New York. Ich bin im Jahr 1933 aus Deutschland weggegangen, direkt nach der Wahl Hitlers zum Reichskanzler. Meine verstorbene Mutter war Amerikanerin, sie stammte aus Boston, und meine amerikanische Familie ermöglichte mir einen Neustart.«

Er stellte sein Glas zurück, und Valentina sah, dass seine Hand zitterte.

»Und deine Frau ging mit?«

Ablehnung blitzte in seinen blauen Augen auf.

»Ja«, antwortete er. »Ja, sie ging mit. Natürlich.«

»Und habt ihr Kinder?« Warum stellte sie ihm diese Frage?

»Nein, wir haben keine Kinder. Wir wollten auch keine, wir sind nicht die geborenen Eltern. Habe ich nun alle deine Fragen beantwortet?«, setzte er nach einem kurzen Schweigen hinzu.

Also keine Kinder. Wann würde sie ihm sagen, dass er eine Tochter hatte? »Ja, ja, natürlich.« Valentina nickte und sog an ihrem Strohhalm. Sie wartete, dass er sie auf ihren Namen ansprach, fragte, warum sie ihn damals angelogen, ihm einen falschen Namen genannt hatte. Ihm erzählte, sie heiße Aurelia. Nachdem er nur schweigend nach der nächsten Zigarette griff und sie anzündete, wagte sie einen weiteren Vorstoß. »Woher wusstest du meinen richtigen Namen?«

»Als du in den Salon kamst, warteten wir bereits auf dich. Und irgendjemand nannte deinen Namen, Valentina Serrano.«

Wieder tranken sie von ihrer Limonade, und Valentina rührte mit dem Strohhalm in dem Glas herum.

»Du hast also nie geheiratet.« Er überging ihre damalige Lüge, oder erinnerte er sich einfach nicht mehr an den Namen, Aurelia, unter dem er sie gekannt hatte?

»Nein, habe ich nicht.«

Sie sah hoch und erkannte in seinem Blick die Frage, warum sie nicht verheiratet war, aber als sie nichts dazu sagte, sprach er sie nicht aus.

»Du hast dich sehr verändert.« Prüfend sah er sie an. »Ich erinnere mich an deine krausen Locken, die kein Kamm bändigen konnte. Das sah so bezaubernd aus.«

»Ach so«, wiederholte sie, »*bezaubernd.*« Warum reagierte sie so scharf? »Ich glätte jetzt meine Haare, ich finde, das steht mir besser.«

Er schwieg, ließ seinen Blick über ihre weiße Bluse gleiten. Sicher gefiel es ihm nicht, wie sie sich heute kleidete. Elegant, unauffällig, sodass niemand etwas an ihr aussetzen konnte.

»Du hast Karriere gemacht«, stellte er fest. »Gratuliere! Wie hast du diese Position bekommen?«

»Ach so«, erkannte Valentina, »du meinst, ob ich sie durch die Protektion eines Mannes bekommen habe, mit irgendjemandem aus der Regierung geschlafen habe?«

»Nein«, dementierte Johannes, rasch, zu rasch, wie Valentina registrierte.

»Ich beherrsche mehrere Sprachen, und ich verfüge über Geschichts- und Literaturkenntnisse. Das waren die Voraussetzungen, um diese Position zu bekommen, und ich erfüllte sie. Sogar als Frau«, fügte sie mit leisem Spott hinzu. Schweigend zog Johannes an seiner Zigarette, er überging die Ironie. »Aber lassen wir das doch«, schlug Valentina dann vor.

»Du hast recht«, stimmte er zu. »Wir hatten eine schöne Zeit«, erklärte er unvermittelt.

»Ja, vor allem ich, nachdem du mich so plötzlich verlassen hast.« Sie biss sich auf die Lippen, genau das hatte sie nicht aussprechen wollen.

Er sah zur Seite und beobachtete eine junge Mutter, die ihrem Kind eine Waffel mit Eis kaufte.

»Willst du mir das heute noch vorwerfen, nach sechsundzwanzig Jahren?«

»Ich werfe es dir nicht vor.«

»Du hast doch gewusst, dass ich nur noch drei Monate bleiben würde.« Er zuckte die Schultern und nahm einen weiteren Schluck seiner Limonade.

»Ja, sicher, aber du bist so plötzlich gegangen, ohne Vorwarnung.«

»Weißt du …«, er sah auf seine Hände hinunter, an denen er keinen Ehering trug. Dann hob er den Kopf. »Ich war einfach ein dummer Junge. Es tut mir leid.«

»Das ist alles, was du mir zu sagen hast? Dass du damals ein dummer Junge warst?« Valentina lachte auf. »Wann hast du geheiratet?«, wollte sie schließlich wissen.

Zuerst schwieg er, dann aber sah er sie direkt an. »Einen Monat nach meiner Rückkehr nach Berlin. Das habe ich dir auch gesagt.« Seine Miene war undurchdringlich.

»Du warst also längst fest mit ihr verlobt, als wir zusammen waren.«

»Ja. Und du hast es gewusst. Soweit ich mich erinnere, hatte ich es erwähnt. Ist das heute noch so wichtig?«

»Erwähnt«, wiederholte sie gedehnt. »Vielleicht hast du das, aber so ganz nebenbei, dass ich mich nicht daran erinnern kann. Du hast es mir erst an dem Tag gesagt, an dem du abends Madrid verlassen hast. Madrid und auch mich. Aber es ist nicht mehr von Bedeutung, längst nicht mehr.« Valentina fühlte sich müde und leer. Hatte er sie geliebt? Oder nur eine Affäre haben wollen mit einem willigen, dummen Mädchen, das in ihn verliebt war?

Schweigend tranken sie ihre Limonade aus. Dann griff Johannes in seine Tasche und zog ein paar Geldscheine heraus.

»Es tut mir leid, Valentina, aber ich muss gehen, du weißt ja, die Einladung heute Abend im *Palacio Real*. Wir haben ein straffes Programm. Während der kurzen Pausen zwischen den Verhandlungen will man uns Madrid zeigen. Museen, Kirchen et cetera. Aber das weißt du ja. Und immer in Begleitung von Sicherheitsleuten.«

Natürlich wusste sie das. Man wollte der Delegation das Madrid Francos zeigen, nur die schönen Ecken und Straßen, und sie sollten auch nur mit Leuten in Berührung kommen, die begeisterte Anhänger des *Caudillo* waren.

Johannes stand auf, und auch Valentina erhob sich rasch. Während Johannes die Scheine auf den Tisch legte, sah er sie fragend an. Was erwartete er jetzt von ihr? Letztendlich war alles gesagt. Was sollte sie jetzt noch hinzufügen? Es wäre besser gewesen, sie hätte ihn nicht mehr gesehen.

Dann aber dachte sie an Olivia. Durfte sie schweigen, musste sie ihm nicht sagen, dass er eine Tochter hatte?

»Also, ich muss mich beeilen, war nett, dich wiederzusehen.«

Als er ihr einen Kuss auf die Wange hauchen wollte, wandte sie ihr Gesicht ab. Er zögerte, drehte sich um und ging.

Und da wandte sich auch Valentina zum Gehen. Sie fühlte nichts, nur Leere in sich. Die Enttäuschung, der Schmerz von damals, er schien nicht vergessen.

*

Valentina kam erst spät nach Hause, sie öffnete die Fenster weit, sodass von der Straße das Licht der Laternen heraufdrang und das Zimmer in ein konturenloses Halbdunkel tauchte. Sie ließ sich aufs Sofa fallen, und dort blieb sie sitzen. Sie lauschte auf das Stimmengewirr, das laute Lachen und das Hupen von Autos, das von der Straße zu ihr in den zweiten Stock heraufdrang.

Als das Telefon klingelte, ließ sie es läuten, doch da es nicht aufhörte, griff sie müde nach dem Hörer.

»Na endlich, ich hatte schon befürchtet, du bist nicht zu Hause.« Es war Johannes.

»Was willst du?«, fragte sie nach einem kurzen Schweigen.

»Dich sehen! Kann ich kommen?«

»Ich weiß nicht.« Sie erschrak mehr, als dass sie etwas anderes empfand. »Woher hast du meine Nummer?«, fragte sie dann.

Am anderen Ende der Leitung lachte Johannes kurz auf. »Über das Telefonamt, ganz einfach.«

»Ach so.« Valentina zögerte. Wenn er zu ihr kam, ließ sie ihn in ihr Leben. Wollte sie das? Sie atmete tief durch, um ihren Herzschlag zu beruhigen.

»Ich muss dich sprechen, bitte.« Seine Stimme klang eindringlich, nicht fordernd, nur bittend.

»Wann?«, fragte sie nur.

»Jetzt, sofort, ich stehe in einem Restaurant in deiner Straße und telefoniere von hier aus.«

»Ich weiß nicht.« Sie zögerte immer noch. So plötzlich?

»Bitte, ich bin doch nur kurz in Madrid. Ich weiß nicht, wann ich sonst noch die Gelegenheit habe, dich zu sehen. Es ist sehr wichtig.«

»Na gut«, flüsterte sie dann. »Und wo?«

»Bei dir, ich bin doch nur ein paar Schritte von deiner Wohnung entfernt.«

Sie gab schließlich nach ... und sofort hatte er aufgelegt.

Als es unten klingelte, öffnete sie ihre Wohnungstür, sah, wie im Erdgeschoss das Licht anging. Sie horchte angespannt auf den alten Aufzug, der langsam nach oben ruckelte und dann stehen blieb. Das schmiedeeiserne Gitter öffnete sich auf der Zwischenetage, und Johannes eilte die wenigen Stufen herauf. Und schon stand er in ihrer Wohnung.

Sie wich zurück.

Er drückte die Tür hinter sich zu und lehnte sich von innen dagegen. Schweigend standen sie einander gegenüber. Sie sah sein blasses Gesicht, das Hemd mit dem offenen Kragen, leuchtend weiß im Halbdunkel.

Sie dachten beide nicht daran, das Licht einzuschalten.

»Sag mir, was du zu sagen hast, und dann geh bitte wieder.«

»Damals«, begann er, ohne ihre kühle Begrüßung zu beachten, »war ich dreiundzwanzig Jahre alt und ein dummer Junge, ich gebe es zu. Mit Frauen unerfahren, von meiner Mutter verwöhnt und von meinem Vater dominiert. Bevor ich hierherkam, hatte ich eine einzige Affäre mit einer Tänzerin aus einem Berliner Revuetheater, die mich in einer Bar ansprach. Und als ich Melanie küsste, erklärte sie mir, sie sei ein anständiges Mädchen, und wir sollten bis zur Hochzeitsnacht warten. Kein Mädchen, das sie kenne, würde *es* vor der Ehe tun.«

»Ach so«, Valentina lachte auf. »Ich verstehe. Als ich mit dir geschlafen habe, da war ich für dich kein anständiges Mädchen mehr. War das so?«

Sie hörte Johannes tief aufatmen, ein leichter Seufzer.

»Ja, vielleicht, irgendwie schon. Ich sagte dir ja, damals war ich ein dummer Junge. Dazwischen liegen sechsundzwanzig Jahre und ein Krieg, der die Welt verändert hat.«

»Ich weiß nicht, was du mir damit sagen willst.« Valentina war ruhig geworden, als sie Johannes' Nervosität erkannte. Sie begriff, was vor vielen Jahren in ihm vorgegangen sein musste.

»Für mich warst du damals kein dummer Junge«, sagte sie ins Halbdunkel hinein. »Für mich warst du der Mann, den ich geliebt habe, ohne nachzudenken, ohne zu überlegen, ob man das als ›anständiges Mädchen‹ auch durfte.«

Johannes holte sein Etui aus der Jackentasche und zündete sich eine Zigarette an. Er vergaß, sie zu fragen, ob sie das erlaubte.

»Willst du dich setzen?«, bot ihm Valentina jetzt an und zeigte auf das helle Sofa.

Er nickte, nahm Platz. Sie schob ihm einen Aschenbecher über den schmalen Tisch zu, blieb aber stehen.

»Damals schrieb ich meinen Eltern«, erzählte er, »ich hätte mich in ein spanisches Mädchen verliebt. Ich bekam keine Antwort, doch kurz darauf tauchte ein Mann bei mir auf, der sich als Detektiv auswies und mir von seinen Recherchen über dich und deine Mutter erzählte.«

»Und? Was hat er herausgefunden? Dass ich dich geliebt habe, dass ich als Jungfrau zu dir kam?«

Er ging auf ihre spöttische Frage nicht ein. »Nein.« Johannes versuchte, ruhig zu bleiben, aber Valentina spürte seine steigende Nervosität. »Von diesem Detektiv erfuhr ich, dass du mich angelogen hast. Mir einen falschen Namen und ein falsches Geburtsdatum genannt hattest. Das hat mich unsicher gemacht, hat mich an dir zweifeln lassen. *Sie lügt dich an,* war das Argument meines Vaters in einem Brief. Der Detektiv zeigte mir Fotos von dir, auf denen du einen jungen Mann umarmst. Ich gestehe, die Fotos waren sehr verschwommen, es hätte jede junge Frau sein können. Damals aber wurde ich noch unsicherer.«

»Und du hast einem schmierigen Detektiv mehr geglaubt als mir?«

»Ja, heute denke ich anders darüber. Aber damals gelang es meinem Vater, mich unter Druck zu setzen. Ich glaubte dir nicht mehr, auch nicht, als du mir gesagt hast, dass du mich liebst. Und dann gab es ja auch noch die Sache mit deiner Herkunft …«

»Ich verstehe.« Valentina fühlte sich müde, sie wollte sich nicht mehr verteidigen müssen, so wie sie es seit Jahren tat. »Ich war das uneheliche Kind einer Wäschereibesitzerin. Also nicht gut genug für den feinen Herrn aus Deutschland, das Muttersöhnchen, das machte, was der Vater ihm sagt.«

Ihre Worte hatten Johannes getroffen, denn er schwieg, zog an seiner Zigarette.

»Ja«, antwortete er schließlich, »und es tut mir auch leid, aber meine Eltern waren darüber sehr entsetzt. Ich hatte ihnen in meinem Brief über dich geschrieben, aber nur das, was du mir erzählt hattest. Aber dann kam heraus, dass nichts von deiner Geschichte stimmte. Es gab keinen Vater, der Bankier war, und deine Mutter war auch nicht mit Wohltätigkeitsarbeit beschäftigt. Du hast von einem Haus in *El Viso,* einem der besten Viertel Madrids, erzählt, nichts stimmte.«

»Doch, das Haus in *El Viso,* das gab es wirklich, gibt es heute noch, bis vor sieben Jahren habe ich dort bei meiner Mutter gewohnt.«

»Ja«, die Stimme von Johannes klang gepresst. »Das mag sein. Aber die Recherchen des Detektivs ergaben, dass deine Mutter dieses Haus und auch die Wäschereien über Kredite finanzierte.«

»Und? War das anrüchig in den Augen deines Vaters?«

»Nein, die Kredite an sich nicht. Aber du weißt doch, dass auch damals, im Jahr 1921 und auch schon viele Jahre zuvor, eine Frau nicht geschäftsfähig war, ohne dass ihr Ehemann, Vater oder Bruder für sie bürgt. Also erklärte der Detektiv in seinem Bericht, deine Mutter habe mit wechselnden Liebhabern erreicht, dass die Banken ihr Geld gaben. Und das schon seit Jahren, bereits seit 1913.«

Valentina schwieg, seine Worte trafen sie im tiefsten Innern. Oft schon hatte sie sich Gedanken darüber gemacht, wie ihre Mutter den Kauf der Wäschereien hatte finanzieren können.

Doch obwohl Johannes mit seiner Äußerung einen wunden Punkt getroffen hatte, blieb sie ruhig.

»Weißt du auch, was du da sagst? Und bist du jetzt fertig mit deinen haltlosen Beschuldigungen?«

Im Halbdunkel erkannte sie, wie er nur mit den Schultern zuckte.

»Warum hast du nie mit mir darüber gesprochen? Du hast einem Detektiv geglaubt, der ganz offensichtlich von deinem Vater bezahlt wurde.«

»Das war sicher so«, gab Johannes zu. »Aber als mein Vater schrieb, meine Verlobte Melanie habe einen Schwächeanfall erlitten, als sie von der Geschichte mit dem spanischen Mädchen erfuhr, wurde mir klar, dass ich mich meinen Verpflichtungen in Berlin stellen musste. Ich war verwirrt, unerfahren.«

»Das war ich auch, Johannes, das war ich auch.« Valentina schwieg, zutiefst verletzt über das, was nach sechsundzwanzig Jahren ans Licht kam. Sie wandte sich ab und ging ans Fenster, lehnte sich mit dem Rücken dagegen. Eine Weile herrschte Stille, bevor sie sprach.

»Johannes, du weißt nicht, was es heißt, um die Existenz, um Anerkennung zu kämpfen. Du bist reich geboren, bist nach Amerika gegangen, als es in Deutschland brenzlig wurde, und hast dort ein schönes Leben gehabt. Du hast nicht für dein Vaterland gekämpft, hast nicht in Russland im Dreck gelegen und um dein Leben gezittert. Du kennst die Schattenseiten des Lebens nicht.« Es fühlte sich für Valentina gut an, endlich die Wahrheit zu kennen und heute auch etwas darauf erwidern zu können. Sie versuchte, ruhig zu bleiben, als sie weitersprach.

»Ja, ich habe ein Leben erfunden. Ich habe damals gespürt, dass du mit der Realität meines Lebens nicht zurechtgekommen wärst. Du sagst, du warst ein dummer, unerfahrener

Junge? Auch ich war unerfahren, und ich habe dich, diesen dummen Jungen, geliebt und deswegen gelogen. Ich wollte so sein, wie du es gern gehabt hättest.«

Johannes hatte das Gesicht abgewandt und starrte ins Leere. Seine Haltung drückte Abwehr aus, so, als wolle er keine Rechtfertigung hören. Trotzdem sprach Valentina weiter. »Aurelia, so wollte ich immer heißen, wie ein geheimnisvolles Mädchen, das nichts kennt außer Liebe und Schönheit. Und was meine Mutter betrifft: Ich habe sie geliebt, ich liebe sie immer noch sehr, und ich sage dir, selbst wenn sie es nur durch Liebhaber geschafft hätte, bei der Bank Kredite zu bekommen, hat sie mehr Achtung und Respekt verdient als du und dein Vater.« Niemals hatte sich Valentina ihrer Mutter so nahe gefühlt, niemals so eng mit ihr verbunden, niemals so verletzt für sie.

Johannes hatte stumm zugehört, aufmerksam, ohne sie zu unterbrechen.

»Valentina, ich kann zu meiner Verteidigung nur sagen, dass auch ich meinen Vater geliebt und bewundert habe, so sehr, dass er mich manipulieren konnte.«

Valentina wandte sich wortlos um und sah auf die Straße hinunter, wo ein Mann, der einen Poncho und einen mexikanischen Hut trug, auf der anderen Seite seine Gitarre auspackte, auf einem Klappstuhl Platz nahm und ein altes Volkslied zu spielen begann.

»Das Schlimmste ist«, sagte sie über die Schulter hinweg, »dass du mir nicht vertraut hast.« Sie dachte an Olivia. Wenn sie ihm heute sagte, dass er eine Tochter hatte, würde er an seiner Vaterschaft zweifeln, vielleicht sogar annehmen, es hätte damals doch schon einen Mann vor ihm gegeben. Waren die Fotos überhaupt manipuliert gewesen? Aber da waren Olivias rote Haare. Würde das für ihn als Beweis seiner Vaterschaft reichen? Doch sollte sie jetzt überhaupt über ihre gemeinsame Tochter sprechen? War das hier der richtige Zeitpunkt?

Johannes erwiderte nichts. Er erhob sich, blieb zuerst in der Mitte des Zimmers stehen, dann kam er zu ihr und stand ganz dicht hinter ihr, doch sie wich einen Schritt zur Seite aus.

»Ich will dir damit doch nur erklären, warum ich so überstürzt abgefahren bin.«

Als sie schwieg, sprach er weiter: »Valentina, bitte! Verzeih mir, bitte verzeih mir! Mein Vater hatte damals eine solche Macht über mich, ich ... bitte!«

»Warum ist es dir heute, sechsundzwanzig Jahre später, so wichtig, dass ich dir verzeihe? Für mich ist es das nicht mehr. Ich denke, du solltest jetzt besser gehen, Johannes, es ist doch alles gesagt.«

Aber er ging nicht. Er blieb einfach stehen. Unten, auf der anderen Straßenseite, sang der Mexikaner mit betörender Stimme. Valentina presste die Lippen zusammen, sie wollte nicht sentimental werden, sich durch die schmeichelnde Musik nicht dazu verführen lassen, nachgiebig zu werden.

Johannes trat hinter sie, und sie spürte, wie seine Arme sie umfingen und seine Lippen ihren Hals berührten.

»Ich will bei dir sein, ich liebe dich noch immer ...«, flüsterte er.

Das aber hätte er nicht sagen dürfen. Heftig machte sie sich los. »Sag das nicht! Du liebst mich nicht. Wie kannst du so etwas behaupten?«

Wieder versuchte er, sie an sich zu ziehen. Sie spürte seine Nähe, spürte, wie sie nachgiebig wurde, doch dann schüttelte sie den Kopf.

»Bitte, geh jetzt! Ich möchte einfach nur, dass du verschwindest.«

Er verharrte noch einen Moment, dann aber verließ er wortlos die Wohnung.

Valentina hörte, wie die Leute dem Sänger unten auf der Straße Beifall klatschten und um eine Zugabe baten. Sie löste sich vom Fenster und lief unruhig in der Wohnung umher, zog sich aus, bürstete ihre Haare, ging zurück zum Telefon, nahm den Hörer auf ... Doch dann hängte sie wieder ein. Sie hatte Olivia anrufen, ihr sagen wollen, dass sie ihren Vater getroffen hatte, Johannes Bachmann. Dann aber ließ sie es, sie wusste nicht, warum.

Sie erinnerte sich, wie oft ihre Tochter betont hatte, dass sie den Vater nicht vermisse, sie habe ja einen: Javier.

Wie würde Olivia jetzt darauf reagieren, dass ihr leiblicher Vater in Madrid war?

Valentina konnte nicht schlafen, unruhig wälzte sie sich im Bett von einer Seite zur anderen. Als eine kühle Brise durchs offene Fenster hereinwehte, zog sie frierend die Decke über sich, aber sie fand keinen Schlaf.

Da aber klingelte es, immer wieder und hörte nicht auf.

Valentina reagierte zuerst nicht, setzte sich starr auf. Wieder läutete es und noch einmal, und erst dann erhob sie sich und blieb vor der Tür stehen. Sie hörte den Aufzug heraufkommen, schließlich hämmerte jemand gegen die Tür.

»Aurelia, mach auf, Aurelia, bitte!«

Er hatte sie Aurelia genannt!

Da öffnete sie die Tür, zuerst zögernd, nur einen Spaltbreit. Sie würde sagen, er sei schließlich verheiratet und solle gehen ...

Doch schon war er in der Wohnung und warf die Tür hinter sich zu. Schweigend zog er sie an sich, schweigend küsste er sie, und Valentina wehrte sich nicht mehr. Alles, was sie sagen wollte, blieb ungesagt.

*

Valentina wollte nicht nachdenken.

Wenn sie das tat, verstand sie sich selbst nicht. Wie hatte sie ihm nach diesem Gespräch die Tür öffnen können? Wie seine Zärtlichkeiten, seine Leidenschaft erwidern?

Und doch tat sie es seither, Abend für Abend. Nach den Verhandlungen kam Johannes zu ihr, um in ihren Armen glücklich zu sein, wie er sich ausdrückte. Es war falsch, es fühlte sich nicht richtig an, und doch konnte sie nicht widerstehen. Genauso wenig wie damals.

Olivia gegenüber empfand sie Schuldgefühle und Johannes gegenüber ein schlechtes Gewissen, ihm nach wie vor die Tochter zu verschweigen.

An diesen Abenden und in den Nächten erzählte Johannes von seinem Leben in Amerika. Es drängte ihn auch, über seine Frau Melanie zu sprechen, doch das blockte Valentina ab.

»Ich will es nicht hören, hör auf!«, reagierte sie ungewohnt heftig.

Immer wieder versuchte er, sich zu erklären, zu begründen, warum er sie damals verlassen hatte.

Valentina wollte es nicht wissen. Sie hatte nur den einen Wunsch, diese Abende und Nächte mit ihm zu verbringen, seinen Körper zu spüren, seiner Stimme zu lauschen, die einmal so viel Macht über sie gehabt hatte und sie jetzt wieder bekam.

»Wir leben die Erinnerung, mehr nicht«, sagte sie zu Johannes. »Eine Reminiszenz an unsere Jugend.«

Johannes schwieg dazu.

Er fragte, warum ihre Wohnung, vor allem die Küche so unbewohnt wirkte, und sie erklärte ihm, sie koche nie und sei sehr oft bei ihrer Mutter in deren Haus.

Durch seine Frage wurde Valentina zum ersten Mal bewusst, dass sie tatsächlich in einer sehr unpersönlichen Wohnung lebte. Fotos, Bücher und Andenken an ihre beruflichen Reisen mit Javier waren immer noch im Haus ihrer Mutter, wo sie bis zu ihrem vierzigsten Lebensjahr gelebt hatte. Doch in ihrem Wohnzimmer hing ein großes eingerahmtes Foto von ihr, das Javier in Paris gemacht hatte: Sie saß vor dem *Café de Flore,* trug einen Hut und lachte in die Kamera. Javier hatte eine Widmung daruntergesetzt: *Valentina, mi amor. Javier.*

»Wer ist Javier?«, hatte Johannes wissen wollen.

»Javier Morales, ein spanischer Fotograf, vor allem berühmt durch seine Stierkampffotos. Ich hatte eine lange Beziehung mit ihm, fast fünfzehn Jahre«, setzte sie noch hinzu. Da stellte Johannes die Frage, warum Javier sie nicht hatte heiraten wollen.

»*Ich*«, betonte Valentina ruhig, »*ich* wollte nicht heiraten.« Daraufhin schwieg Johannes, bevor er wieder von seiner Frau zu erzählen begann, doch da schüttelte Valentina erneut den Kopf und erklärte, sie wolle es einfach nicht hören. Er müsse das verstehen. Er sei verheiratet, und sie wolle nicht die Lüge hören müssen, sie hätten sich auseinandergelebt und seien praktisch schon getrennt. An seinem unsicheren Blick erkannte sie, dass er offenbar genau das hatte sagen wollen.

»Dann hast du dich auch gegen Kinder entschieden?«, fragte er eines Abends.

»Javier und ich wollten keine«, wich sie ihm aus. »Da wir auch nicht geheiratet haben.« War das der Moment, ihm zu sagen, dass sie eine Tochter mit *ihm* hatte?

Doch genau in diesem Augenblick betonte er: »Wir wollten auch niemals Kinder, Melanie und ich.«
Valentina erwiderte nichts darauf.

Sie hatte sich krankgemeldet, wartete während des Tages auf Johannes, hoffte, er käme vielleicht früher oder kurz zwischen den Verhandlungen. Doch es blieb beim späten Abend. Wenn sie an der Tür stand und unten das Licht im Erdgeschoss anging, der Aufzug heraufruckelte, dann fing ihr Herz an, schneller zu schlagen, dann griff die Freude nach ihr, und sie warf sich in seine Arme. Egal, was sein würde, wenn er wieder abreiste, nur nicht daran denken, die kostbaren Stunden genießen!
Am letzten Tag vor der Abreise der Delegation rief er sie an und sagte, es habe eine kurzfristige Änderung im Ablauf gegeben, der Abend sei irgendeiner Vorstellung vorbehalten. Da die Mitglieder der amerikanischen Kommission sehr enttäuscht gewesen waren, als sie hören mussten, an diesen Tagen gäbe es in Madrid keinen Stierkampf, hatte man sich für etwas anderes, typisch Spanisches entschieden. Irgendeine Tanzveranstaltung. »Es wird später, aber ich komme noch«, versicherte er ihr.
Valentina wusste nicht, ob sie das überhaupt wollte, einen letzten Abend, eine letzte Stunde, eine letzte Umarmung. Doch sie sagte, ja, er könne noch kommen, egal, wie spät es sei.

*

Johannes kam um zwei Uhr, und Valentina spürte sofort, dass etwas geschehen war. Seine Krawatte saß schief, der Hemdkragen stand offen, seine Haare, sonst so sorgfältig nach hinten gekämmt, hingen ihm in die Stirn, und als er die Wohnung betrat, schwankte er leicht.

»Was ist los?«, fragte Valentina erschrocken.

Er lehnte sich, Halt suchend, gegen den Türrahmen und erzählte, sie hätten an diesem Abend eine sehr exklusive Vorstellung besucht, nur für die amerikanische Abordnung. Ja, und vor allem der weibliche Star habe die Delegation zu Begeisterungsstürmen hingerissen.

»Anschließend gab es einen Empfang in der Bar des Theaters, und wir haben die Künstler kennengelernt.«

Er machte eine Pause, Valentina erstarrte, sie wusste sofort, wen er meinte. Aber tanzte denn Olivia wieder?

Doch da sprach Johannes bereits weiter. Ihm sei der Star des Theaters vorgestellt worden, Olivia Serrano, und eine Marina Sowieso, die mit der Delegation ins Theater gekommen war, habe ihm erklärt, sie sei die Tochter von Valentina Serrano.

Johannes lachte auf.

Valentina erstarrte. Wieso hatte Olivia sie nicht angerufen, ihr erzählt, dass sie heute für die amerikanischen Bankiers tanzen würde?

»Und?«, fragte sie, da er schwieg. »Jetzt weißt du es eben, ich habe eine Tochter.«

»Siehst du, und schon wieder hast du mich belogen.« Jedes Wort, das er sagte, traf sie. »Denn sie ist nicht nur deine, sondern auch *meine* Tochter.«

Sie versuchte, die Fassung zu bewahren, während er weitersprach: »Diese Marina Soundso sagte dann noch, Olivia sei erst fünfundzwanzig Jahre alt und habe schon eine außergewöhnliche Karriere gemacht. Und da wurde mir klar, wer vor mir stand.«

Ein feindseliges Schweigen herrschte zwischen ihnen, bis Johannes auf das Sofa zuschwankte. »Und die Haare sprechen ja für sich.«

»Du bist betrunken«, erklärte Valentina, bemüht, ruhig zu bleiben.

»Ja, das bin ich«, gab er zu. »Weil ich enttäuscht von dir bin, wieder einmal«, betonte er.

»Du fühlst dich im Recht?« Valentinas Stimme wurde lauter. »Damals, als du mich so schnell verlassen hast, wusste ich selbst noch nicht, dass ich schwanger war. Und hast du mir nicht erst gestern gesagt, du wolltest nie ein Kind?« Verzweifelt suchte sie nach Worten der Erklärung für eine Wahrheit, die sie nicht hätte verschweigen dürfen.

Niemals war ihr das so bewusst wie in diesem fatalen Moment.

»Als ich sagte, Melanie und ich hätten nie ein Kind haben wollen, war das gelogen.« Jetzt lachte Johannes bitter auf. »Du siehst, also auch ich bin nicht bei der Wahrheit geblieben. Melanie wurde nie schwanger, obwohl wir uns so sehr ein Kind wünschten. Sie behauptete immer, es läge an mir, aber das war wohl auch eine Lüge. Lügen, Lügen, Lügen«, schrie er plötzlich los. »Die Frauen, die mir im Leben etwas bedeuten, haben mich immer angelogen, immer gelogen ...« Er war außer sich.

»Komm, setz dich, lass uns reden.« Valentina machte ein paar vorsichtige Schritte auf ihn zu und versuchte, ihn am Arm zu nehmen, da er noch immer schwankte und sich noch immer nicht gesetzt hatte.

Doch er wehrte sie mit einer heftigen Bewegung ab.

»Alles Lügen, alles Lügen«, wiederholte er nur. »Und dann sieht sie mir auch noch ähnlich. Die roten Haare, wir erkannten das beide sofort, als wir uns gegenüberstanden und sie meinen Namen erfuhr.«

»Habt ihr euch dann unterhalten?« Valentina brauchte ihre ganze Energie, um diese Frage zu stellen.

»Ja, das haben wir. Nett unterhalten, wirklich nett«, betonte er. »Sie hat mir von der Tierschutzorganisation erzählt, und dass sie massive Drohungen erhält, das mache ihr Angst. Und dann hat sie mir noch gesagt, dass ihre berufliche Karriere stagniere, sie käme nicht weiter. Sie hat ein Angebot vom Broadway in New York«, setzte er noch hinzu.

Das traf Valentina. Davon hatte ihr Olivia nichts erzählt.

»Du hättest mir damals mein Kind nicht verschweigen dürfen«, setzte Johannes hinzu und ließ sich endlich aufs Sofa fallen. Er schrie nicht mehr, seine Stimme klang müde, unsicher und verzweifelt.

»Was hätte ich denn tun sollen?«, flüsterte Valentina. »Dir schreiben? Dich anflehen, nicht Melanie, sondern mich zu heiraten? Niemals hättest du deine Pläne geändert, mir wahrscheinlich Geld im Auftrag deines Vaters geschickt, um das ›Problem‹ zu beseitigen.«

»Was hast du nur für eine Meinung von mir? Wie kannst du so etwas glauben? Ich hätte sie irgendwann zu mir nach Amerika holen können, sie hätte in einer guten, angesehenen Familie aufwachsen, in Yale studieren können, einen Mann aus besten Kreisen heiraten. Jede Tür hätte ich ihr geöffnet.«

Seine Worte trafen sie mehr als alles andere, was er in den letzten Tagen gesagt hatte.

»Du hättest mir einfach mein Kind weggenommen«, flüsterte sie, »oder es versucht.«

»Vielleicht wäre sie gern nach Amerika zu mir gekommen.«

»Niemals, niemals.« Doch noch während sie es aussprach, war Valentina sich nicht mehr sicher. Sie wandte sich ab. »Ich denke, du gehst jetzt besser.« Ihre Stimme klang tonlos, rau. Valentina konnte kaum atmen. »Und sie ist *meine* Tochter, nicht unsere.«

»Du kannst die biologischen Gesetze nicht ändern.« Feindseligkeit stand immer noch zwischen ihnen. »Vor allem nicht bei dieser Ähnlichkeit zwischen uns, dem Vater und der Tochter.«

Valentina schwieg, wieder fühlte sie sich müde, leer und verzweifelt. Was gab es noch zu sagen?

»Ich kann dich aber beruhigen«, sagte Johannes leise. »Olivia hat gesagt, sie habe einen Vater, Javier, sie brauche keinen anderen. Vor allem keinen, der seine Verlobte in Deutschland betrogen und ihre Mutter belogen und verlassen habe. Und wenn sie hätte studieren wollen, hätte sie es aus freiem Willen getan, ohne irgendwelche Beziehungen.«

»Du hast ihr also angeboten, auch jetzt noch zu dir zu kommen.« Valentina schossen die Tränen in die Augen.

»Ja, das habe ich, aber sie hat mich abgewiesen.« Da Valentina schwieg, sagte Johannes leise: »*Adiós*. Morgen früh fliegen wir zurück.« Er hatte sich vom Sofa erhoben und durchquerte das Zimmer. Er schien jetzt vollkommen nüchtern zu sein. An der Tür drehte er sich noch einmal um. Als Valentina schweigend in der Mitte des Raums verharrte, flüsterte er: »Aurelia.« Dann öffnete er die Tür. Erst als sie hinter ihm zufiel, löste sich Valentina aus ihrer Erstarrung.

Wieder war er gegangen. Sie machte die paar Schritte zum Fenster, blickte hinunter, ob er unten wartete und zu ihr heraufsah, auf ein Zeichen, dass er zurückkommen solle.

Doch er stand nicht dort, und zwischen den vielen Menschen, die in dieser heißen Sommernacht noch unterwegs waren, konnte sie ihn nicht entdecken. Doch der Mann mit der Gitarre saß wieder auf der anderen Straßenseite, und während sich seine Zuhörer zerstreuten und er die Gitarre einpackte, entdeckte er Valentina oben am Fenster, winkte zu ihr hoch, und sie hob die Hand und winkte zurück.

*

Valentina hatte die restlichen Stunden der Nacht nicht geschlafen, doch am frühen Morgen entschloss sie sich spontan, zum Flughafen zu fahren. Das Flugzeug startete bereits um 6.45 Uhr. Sie musste Johannes noch einmal sprechen, so durften sie nicht auseinandergehen.

Als sie sich in der Abflughalle umsah, wurde der Flug bereits ausgerufen. Die Gruppe der Amerikaner, begleitet von Sicherheitsleuten, ging zum Gate. Nur einer der Delegierten war noch stehen geblieben.

Es war Johannes. Er stand mit dem Rücken zu ihr und unterhielt sich mit jemandem, den er verdeckte. Valentina zögerte, doch dann entschloss sie sich, auf ihn zuzugehen. Als sie sah, mit wem er sich unterhielt, blieb sie wieder stehen. Es war Olivia. Sie sprachen miteinander, Olivia nickte, lächelte, und dann beugte sich Johannes zu seiner Tochter hinunter und küsste sie auf die Wange.

Da drehte sich Valentina um und rannte aus der Halle. Es tat weh, viel zu weh. Als sie auf ein Taxi zulief, spürte sie tiefen Schmerz. Sie hatte Johannes zum zweiten Mal verloren, und sie hatte Angst, auch noch den Menschen zu verlieren, der ihr am meisten bedeutete: Olivia.

Kapitel neun

Olivia

Olivia rannte die Treppe hoch, und auf den letzten Stufen rief sie seinen Namen, sodass Javier bereits in der offenen Tür stand, als sie atemlos oben ankam.

»Was ist los? Ist etwas passiert?«

Zuerst schüttelte sie den Kopf, doch gleich darauf nickte sie, und darüber lachte sie, auch noch, als sie sich im Atelier auf das breite Sofa fallen ließ. Javier sah sie befremdet an. Olivia wirkte übernervös.

»Du weißt schon, dass es erst halb acht Uhr ist?«, meinte er jetzt.

»Ja, aber du bist doch ein Frühaufsteher, Javier.«

»Na, dann erzähl schon, was ist los?«, fragte er noch einmal.

»Also, es war so, gestern wurde ich am Nachmittag verständigt, dass am Abend kurzfristig eine geschlossene Vorstellung für amerikanische Investmentbanker angesetzt worden sei. Und da sollte ich tanzen.« Sie schwieg, atmete durch und sah Javier zu, wie er sich einen Stuhl heranzog und sich setzte.

»Und das willst du mir erzählen?«

»Nein, nicht direkt, anschließend gab es in der Bar des Theaters einen Empfang. Und da habe ich meinen Vater getroffen, meinen leiblichen Vater«, betonte sie, als sie auf Javiers Gesicht Ablehnung erkannte.

Es fiel ihr schwer, weiterzusprechen, da Javier sich nun zurücklehnte und die Arme vor der Brust verschränkte, während er ihr zuhörte. Um Zeit zu gewinnen, setzte sie sich auf Sofa, schob wie immer die Zeitungen zur Seite.

»Also, seinen Namen kennst du sicher von meiner Mutter, er heißt Johannes Bachmann, ist Investmentbanker in New York. Er hat Deutschland im Jahr 1933 verlassen.«

»Ist er Jude?«

»Nein, wieso?«

»Weil er aus Deutschland weggegangen ist. Aber offenbar nur, um sich in Amerika ein schönes Leben zu machen, oder sehe ich das falsch? Er musste 1939 nicht an die Front, er konnte von Amerika aus zusehen, wie sein Land zerstört und besiegt wurde.«

»Und? Ist das so verwerflich?« Olivia war über Javiers harte Ablehnung Johannes gegenüber verunsichert. Javier spürte es, er stand auf, setzte sich neben sie und zog sie an sich.

»Ich freue mich für dich«, sagte er ruhig, »und es ist schade, dass ihr offenbar so wenig Zeit hattet, euch kennenzulernen.«

»Ach, Javier.« Mit einem Seufzer legte Olivia den Kopf an seine Schulter. »Du bist doch wie ein Vater für mich. Auch wenn du und meine Mutter nie verheiratet wart. Aber du hast recht, ich hätte ihn gern näher kennengelernt.«

Javier nickte, ohne etwas zu erwidern. Er spürte, dass Olivia gern positiv über ihren Vater denken wollte. Doch ihm fielen keine passenden Worte ein. Glaubte sie, dass Johannes Bachmann seine Pläne aufgegeben und Valentina geheiratet hätte, wenn er nur von ihr, seiner Tochter, gewusst hätte? Dass er ihr ein liebender Vater gewesen wäre?

»Und über was habt ihr euch unterhalten? Die Situation muss ja ziemlich schwierig für euch gewesen sein.«

»Ja, das schon. Aber wir haben uns einfach nur unterhalten«, erzählte sie. »Über New York zum Beispiel, er schwärmte von dieser Stadt, und wie richtig seine Entscheidung gewesen war, damals nach Amerika zu gehen. Ich glaube, er ist gegen Investitionen in unser Land, spricht es aber nicht aus.«

»Wie kommst du darauf, hat er eine Andeutung gemacht?«

»Nein, das nicht. Wir konnten ja nicht frei sprechen, wir standen unter Beobachtung der Sicherheitsleute.« Sie erkannte selbst, dass sie nur etwas erzählte, um Javier ein wenig für Johannes einzunehmen, doch er schwieg. Dann aber löste er sich vorsichtig und erhob sich.

»Olivia, diese Investitionen sind wichtig für unser Land, damit es uns wirtschaftlich etwas besser geht«, meinte er. »Nicht, um Francos Privatkassen zu füllen, wenn du *glaubst,* dass das seine Meinung ist. Gestern stand in der Zeitung, dass dieser Investmentplan über zwanzig Jahre gehen soll. Die Amerikaner wollen Geld verdienen, und wir können davon profitieren. Hat deine Mutter ihn auch getroffen?«, fragte er unvermittelt, während er sich am großen Tisch zu schaffen machte, einen flüchtigen Blick auf die Fotos warf, um sie dann wieder zur Seite zu legen.

»Ja, sie haben alle sechs Abende miteinander verbracht.« Schon während sie es aussprach, verwünschte Olivia sich selbst. Ihre verdammte Ehrlichkeit. Es verletzte Javier, und es hätte die Entscheidung ihrer Mutter sein müssen, es ihm zu erzählen oder zu verschweigen.

Olivia beobachtete Javier weiterhin, der in einem Karton mit Fotos auf dem Tisch herumwühlte, dann eines herauszog und sich damit neben sie setzte.

»Hier, so sah deine Mutter aus, als ich sie kennenlernte. Sie kam zu mir, um sich als meine Assistentin zu bewerben. Vorher hatte sie in dem Hinterzimmer eines verstaubten Fotogeschäfts Aufnahmen von Kindern oder Brautpaaren gemacht. Sie hat gespürt, dass sie das nicht weiterbringt, ihr nicht half, eine gute Fotografin zu werden. Ich verliebte mich sofort in sie«, fügte er leise hinzu.

Verwundert nahm Olivia das Foto entgegen. Noch nie hatte Javier über seine Gefühle für ihre Mutter gesprochen.

»Diese Aufnahme kenne ich gar nicht.« Es zeigte ihre Mutter als junge Frau, gekleidet in eine Spitzenbluse mit hohem Kragen, mit hochgesteckten Haaren, aus denen sich krause kleine Locken lösten. Valentina sah sehr ernst in die Kamera, verschlossen und empfindsam.

»Als ich sie damals fotografierte, das muss so im Jahr 1924 gewesen sein, da wusste ich noch nicht, dass sie bereits ein Kind hatte. Sie wirkte so jung, so schutzlos, und das machte mich neugierig. Ich war fasziniert von ihr, doch sie blieb zurückhaltend. Aber ich erkannte sehr schnell ihr großes Talent, ihr Gespür für die Fotografie, sie konnte Situationen und Stimmungen einfangen, das war ungewöhnlich. Nach drei Jahren fing sie an, mir zu vertrauen. Ich spürte es, als sie mit dir an der Hand zu mir kam, ganz plötzlich, aus heiterem Himmel.«

»Ich erinnere mich«, sinnierte Olivia, »ich war sehr aufgeregt, wie übrigens meine Mutter auch.«

»Ich habe eure Aufregung erkannt«, lächelte Javier, »und du hast mich dann aber gefragt, ob ich dein Vater sei.«

»Ja«, ergänzte Olivia lebhaft. »Meine Mutter war schrecklich verlegen, das habe ich damals gespürt, aber du hast mich hochgehoben und mir ganz ernst versichert, wenn ich wolle, könntest du mein Ersatzvater sein. Nach diesem Besuch bei dir hat mir meine Mutter dann zögernd erklärt, dass mein Vater in einem anderen Land lebe, aber ich soll sie nicht fragen. Nie mehr.«

Olivias und Javiers Blicke trafen sich. »Meine Mutter hat es schwer gehabt, das ist mir erst lange danach klar geworden.«

»Sie hat es sich schwer gemacht«, betonte Javier.

Lange sah Olivia auf das Foto ihrer Mutter, dann gab sie es an Javier zurück.

»Seit damals hat sie sich sehr verändert.«

Javier nickte stumm, nahm das Foto entgegen und legte es mit einer fast zärtlichen Geste in den Karton zurück. Dann sah er hoch. »Wenn sie nur endlich begreifen würde, dass sie eine außergewöhnliche Frau ist, die gesellschaftliche Anerkennung nicht nötig hat. Wenn sie nur endlich zu sich selbst finden könnte.«

Das war ein Gefühlsausbruch, der Olivia zutiefst berührte. »Glaubst du das wirklich?«

Als Javier nur indifferent die Schultern zuckte, stellte sie ihm die direkte Frage: »Als sie ihre jetzige Stelle im Ministerium annahm, habt ihr euch doch getrennt, oder? Was war der Grund? Ihr beide habt nie darüber gesprochen.«

Jetzt lächelte Javier sie an. »Ach, Olivia, das ist schwierig, die Liebe ist schwierig.« Er überlegte, dann endlich erzählte er, was Olivia noch nicht kannte: »Sie kam, um mir zu sagen, sie habe sich beworben, die Regierung baue eine Abteilung für Gästebetreuung auf. Wenn ich ehrlich bin, ging ich nicht darauf ein, ich nahm es nicht ernst.«

»Warum nicht?«, bohrte Olivia nach.

»Ich konnte mir nicht vorstellen, dass sie als Frau diese Position bekommen könnte. Und einige Wochen später stürmte sie in mein Atelier und strahlte mich an. Sie habe die Stelle bekommen, und es ginge bereits am 1. November los.«

»Und?«

»Sie schien so glücklich zu sein. Ich aber war verletzt, da sie es offenbar so eilig hatte, von mir wegzukommen.« Javier schwieg, doch da Olivia ihn erwartungsvoll ansah, erzählte er weiter. »Sie fragte mich noch, ob sie die Stelle annehmen sollte.«

»Und was hast du ihr geraten?« Olivia ließ nicht locker. »Ich sagte ihr, so eine Chance bekäme man im Leben nur einmal, und sie sollte sie annehmen.«

»Und dann?«, hakte Olivia nach, fast atemlos, denn endlich sprach Javier über die Trennung, über die Valentina sich ausschwieg.

»Sie sah mich nur an, drehte sich wortlos um und ging. Und das war es dann.«

»Und das war es dann?« Olivia konnte es nicht glauben.

»Ja, aber wir hatten uns vorher schon ständig gestritten, sie war unzufrieden, sie wollte selbstständig arbeiten, das erkannte ich aber erst später.«

»Könnte es sein«, fing Olivia vorsichtig an, »dass du eifersüchtig warst?«

Javier lachte ein wenig unsicher. »Ja, vielleicht«, gab er zögernd zu. »Ich sah nur, dass sie von mir wegwollte. Mir schoss auch der Gedanke durch den Kopf, dass eine Frau so eine Position nur durch die Protektion eines Mannes erreichen kann. Ja, ich weiß«, betonte er, »ich habe mich geirrt.«

»Und daraufhin habt ihr ganze vier Jahre nicht mehr miteinander geredet? Das kann ich kaum glauben.«

»Ja, so war es aber. Und vor drei Jahren haben wir uns zufällig auf der Straße getroffen, und seither besteht...«, hier zögerte Javier, bevor er weitersprach, »Freundschaft zwischen uns.«

»Ah ... Freundschaft«, antwortete Olivia gedehnt und lächelte. Javier aber ging zum Tisch und kramte wieder in seinen Fotos, und Olivia erkannte, dass er das Thema nicht weiter ausführen wollte, und so stellte sie keine Fragen mehr. Javier aber wandte sich ihr wieder zu.

»Wie geht es dir, Olivia? Erzähle.«

»Ach, Javier, alles, was in den Zeitungen über mich geschrieben wird, verletzt mich natürlich. Niemand steht hinter mir, ich fühle mich allein gelassen. Ich aber weiß nur eines, ich kann nicht dementieren.«

Javier kam zu ihr und umarmte sie spontan. »Ich stehe hinter dir. Wenn ich dir irgendwie helfen kann, sag es bitte.«

»Das tut gut, Javier, das höre ich gern.«

»Willst du etwas trinken? Tut mir leid, Olivia, ich habe dir noch gar nichts angeboten.«

»Danke, nein.« Sie schüttelte den Kopf. »Ich wollte dir noch etwas erzählen. Etwas, das mich sehr beschäftigt. Mein Agent hat bereits vor einiger Zeit ein Angebot erhalten, und zwar für ein Musical am Broadway in New York. Er hat den Vorvertrag unterschrieben, du weißt, dass er von mir dazu autorisiert ist. Und jetzt ist es genehmigt worden, alle Papiere liegen vor. Für zwei Jahre.«

»Das ist doch wunderbar, nicht wahr? Ab wann wäre das?«

»Schon ab Mitte August. Die Vorbereitungen laufen dann bereits an, ich muss Schauspiel- und Gesangsunterricht nehmen, Englisch lernen. Mit dem Komponisten sprechen und so weiter.«

»Von wem kommt dieses Angebot? Das ist doch ungewöhnlich, von einer Flamencotänzerin in Madrid an den Broadway in New York.«

»Es kam von Serge, Serge Devereaux. Du weißt schon, mein Entdecker, der vor drei Jahren zurück nach Paris und von dort aus nach New York ging. Er will mich für diese Produktion haben.«

Ein rascher Blick streifte Olivia. Javier wusste, dass Serge sie nicht nur zum Star gemacht hatte, sondern auch ihre erste Liebe gewesen war.

»Das ist eine neue, sehr große Herausforderung für dich, auch eine Chance, die man vielleicht nur einmal im Leben erhält.«

Olivia nickte. »Ja, damit gehe ich einen Schritt weiter, vom Tanzen zur Schauspielerei, das ist sehr interessant.«

»Vielleicht ist es im Moment sogar das Richtige für dich.«

»Du meinst, ich habe hier keine Perspektive mehr?«

»Es liegt bei dir, Olivia, allein bei dir«, betonte Javier.

»Ja, ich weiß, ich weiß. Aber ich denke, im Moment ist New York eine gute Option für mich.«

»Und warum zögerst du dann?«

»Es ist eine Entscheidung, die mein Leben verändern würde, und ich frage mich, bin ich dazu wirklich bereit?«

Kapitel zehn

Margarita

»Neu anfangen ...« Was hatte Bartolomé damit gemeint, als er in der Nacht den Arm schwer über sie legte, halb schlafend, halb wach, und ihr diese beiden Worte ins Ohr murmelte? Oder hatte er nur geträumt?

Was für ein Abend, was für eine Nacht. In ihren kühnsten Träumen hätte sich Margarita nicht vorgestellt, dass ihr das noch einmal in ihrem Leben passieren könnte. Und so überstürzt, ohne nachzudenken.

Es war noch sehr früh am Morgen, als Margarita nun in die kleine Anliegerstraße einbog, in der sie wohnte. Sie ging vorbei an den Villen, verborgen hinter hohen Mauern. Hier wohnten reiche Leute, die Margarita als Nachbarin nie in ihren Kreis aufgenommen hatten. Margaritas Haus war klein, stand am Ende der Straße. Es war das Haus eines Butlerehepaars gewesen, und als beide kurz nacheinander starben, hatte Margarita es erstanden. Für sich, Valentina und auch für Pía, der einzigen Frau, der sie mit gutem Gewissen damals ihre Tochter Valentina anvertraut hatte.

Margarita hatte es jetzt nicht eilig. Sie blieb stehen, atmete den Duft des frühen Morgens und der Rosen ein, der in der Luft lag.

Nach dem ersten Abend im *Café Ana,* als Bartolomé ihr die Hand geküsst hatte, war er am nächsten Tag in die Wäscherei gekommen und hatte ihr einen kleinen Blumenstrauß überreicht. Elena und die Frauen hatten ein wenig gekichert und sich bedeutungsvolle Blicke zugeworfen, doch Margarita war einfach nur glücklich gewesen, wann hatte ihr ein Mann jemals Blumen geschenkt? Sie konnte sich nicht erinnern. Sie war ein zweites Mal mit ihm ins *Café Ana* gegangen, wieder an einem Abend, doch dieses Mal saß er nicht an ihrem Tisch, als sie hereinkam, sondern ganz hinten neben dem Eingang zur Küche.

Er schien nervös, erzählte ein wenig fahrig über Dichter und fragte sie, ob sie Johann Wolfgang von Goethe kenne. Als er erkannte, wie ungeschickt seine Frage war, ging er lächelnd darüber hinweg und zitierte ein paar Zeilen eines Goethe-Gedichts. Doch als Erinnerung an diesen Abend blieb Margarita nur seine Nervosität. Dann aber kam ganz überraschend und völlig unvorbereitet seine Einladung zu einem Tangoabend im Hotel *Alta Vista*. Und sie hatte spontan zugesagt, obwohl sie seit Jahren nicht mehr getanzt hatte, wann überhaupt jemals? Als junges Mädchen vielleicht, im Dorf ihrer Eltern, Dos Torres.

Aus einem wunderbaren Abend im Hotel *Alta Vista* war dann diese kostbare Nacht geworden, eine Nacht, an die sie sich immer erinnern würde, solange sie lebte. Aber es konnte ja sein, dass es nicht die letzte mit Bartolomé war, eigentlich war sie sich da ganz sicher.

Lächelnd blieb Margarita im Vorgarten ihres Hauses stehen, ging dann an den großen Blumenkübeln vorbei, die den kurzen Weg vom Gartentor zur Haustür säumten, und strich über die lilafarbenen Oleanderblüten.

Sie spürte noch die Küsse von Bartolomé auf ihren Lippen, auf ihrer Haut. Sie hatte ihn falsch eingeschätzt, niemals hätte sie hinter seinem freundlichen, etwas altmodischen Wesen die Leidenschaft eines jüngeren Mannes vermutet.

Tief sog sie den Duft der Blumen ein, den Duft nach Sommer, nach Sonne, nach der aufkommenden Hitze des neuen Tages.

Nachts hatte er ihr noch mal Gedichte ins Ohr geflüstert, die Worte waren schön gewählt, romantisch und gefielen ihr. Vielleicht würde es in ihrem Leben einmal eine Zeit geben, in der sie lesen, sich den schönen Dingen zuwenden konnte, statt die Tage in den Wäschereien oder mit dem Buchhalter zu verbringen. Als sie den Flur betrat, verharrte sie einen Moment. Olivias Kater Quijote strich ihr um die Beine, miaute leise, schnurrte, und in der Küche saß bereits ihre Haushälterin Pía und strickte. Im Radio lief ein Schlager, und Pía summte die Melodie mit. Pía sah erst hoch, als Margarita bereits in der Küche stand. Mit einer Hand griff die Haushälterin hinter sich und schaltete das Radio aus. Dabei ließ sie ihren Blick über Margarita gleiten, erstaunt und sehr überrascht, denn sie trug noch das fliederfarbene Chiffonkleid, in dem sie am Abend zuvor das Haus verlassen hatte.

»Schau mich nicht so an!« Margarita lachte wie ein junges Mädchen und zog einen Stuhl an den Tisch heran. »Ich war gestern mit Bartolomé bei diesem Tangoabend, und dann sind wir einfach in dem Hotel geblieben, in dem die Veranstaltung stattfand.«

»Du kennst ihn kaum und gehst bereits mit ihm ins Bett? Hoffentlich kennst du jetzt wenigstens seinen ganzen Namen.« Aus Pías Stimme hörte Margarita eine heftige Rüge heraus.

»Nein, kenne ich nicht«, erklärte Margarita, immer noch mit einem Lächeln auf dem Gesicht. »Und weißt du was? Es ist mir auch egal.«

»Trotzdem, Männer mögen es nicht, wenn eine Frau zu schnell nachgibt, sie verlieren die Achtung vor ihr«, erklärte Pía unbeirrt.

»Ach bitte, Pía! Und ausgerechnet du weißt das so genau?« Als die Haushälterin sich in gekränktes Schweigen hüllte, sprach Margarita weiter. »Ich bin keine Jungfrau mehr. Außerdem, wir sind nicht mehr jung, wir haben keine Zeit zu verlieren. Wieso bist du eigentlich schon so früh auf, und wieso strickst du? Das machst du doch sonst nur abends.«

»Man sollte öfter seine eigenen Regeln und Gewohnheiten ändern, sonst wird man alt.«

»Siehst du, genau so sehe ich es auch.«

Wieder lachte Margarita und schob gut gelaunt einige Haare, die sich aus ihrem Knoten gelöst hatten, zurück.

Pía warf ihr einen Blick zu, aber sie schwieg. Margarita wusste, was ihre langjährige Haushälterin, die längst zur Freundin geworden war, jetzt dachte. Sicher erinnerte sie sich an eine abendliche Unterhaltung, als Margarita erklärt hatte, sie sei bald vierundsechzig und brauche keinen Mann mehr, weder als Geliebten noch als Gefährten noch als Geschäftspartner. Aber da hatte sie Bartolomé noch nicht gekannt.

Er hatte noch geschlafen, als Margarita heimlich aus dem Zimmer geschlichen war. »Und?«, fragte Pía, die sich erhob und Margarita von dem heißen Kaffee einschenkte. »Bist du in ihn verliebt?«

Margarita zuckte versonnen die Schultern. »Ich weiß es nicht, wahrscheinlich schon.« Sicher sogar, fügte sie in Gedanken hinzu. Darum war sie schon gegangen, bevor Bartolomé aufgewacht war. Sie wollte diesen schwierigen Moment vermeiden, wenn das helle Morgenlicht ihre Falten und ihre grauen Haare erbarmungslos sichtbar gemacht hätte.

»Er hat mir das Gefühl gegeben, attraktiv zu sein. Und jung«, erzählte sie leise. »Und so fühlten wir beide uns auch, jung«, betonte sie noch.

Zum ersten Mal lächelte Pía. »Tun wir das nicht alle? Egal, wie alt wir sind, wir fühlen uns nicht älter als zwanzig, höchstens dreißig. Aber wenn wir dann in den Spiegel schauen, sehen wir unsere Falten, die grauen Haare und unsere Körper, die alt geworden sind. Und dann kommt noch die Vergesslichkeit dazu, Krankheiten, Kurzsichtigkeit.«

»Mein Gott, Pía, musst du eine so düstere Prognose stellen?«

»Das ist doch nur realistisch«, verteidigte sich Pía. »Wir haben ein anderes Bild von uns selbst, eine andere Wahrnehmung als die Leute um uns herum.«

»Danke für das Kompliment.« Die Ironie in Margaritas Stimme war nicht zu überhören. »Aber weißt du was? Heute kannst du mich nicht verunsichern, es geht mir einfach nur gut, und auch wenn wir alt werden, können wir jung bleiben, jung in unseren Gefühlen«, erklärte sie entschieden.

»Jaja, irgendwie hast du recht«, gab Pía widerwillig zu, dann wandte sie ihr Gesicht zur Tür und horchte. »Olivia kommt zurück. Sie ist heute schon sehr früh aus dem Haus gegangen.«

Noch während sie sprach, stand Olivia bereits in der Küchentür.

»Was ist los?« Margarita erschrak. »Warum bist du so blass?«

»Nichts, nichts«, wehrte ihre Enkelin ab. »Warum sitzt ihr in der Küche und nicht auf der Terrasse?«

»Draußen ist es schon zu heiß, und hier in der Küche ist es wunderbar kühl. Magst du eine heiße Schokolade und *churros*?«

»Nein, nur einen Kaffee, bitte.« Olivia ließ sich auf einen Stuhl fallen. »Ich habe eine Neuigkeit für euch«, erklärte sie dann. »Oder wisst ihr es bereits von meiner Mutter, dass Johannes Bachmann in Madrid ist? In Madrid *war*«, verbesserte sie sich.

»Dein Vater?« Margarita war zutiefst irritiert. »Nein, das wussten wir nicht. Und du hast ihn getroffen?«

Olivia erzählte in Kurzfassung, was geschehen war.

»Und wie fühlst du dich jetzt?« Margarita wollte Olivias Hand nehmen, doch die hatte sich gerade nach unten gebeugt, nahm den schnurrenden Quijote auf den Schoß und streichelte ihn.

»Es war in Ordnung«, erklärte sie leichthin, »mir geht es gut. Er hat gesagt, er bedaure es sehr, von mir nichts gewusst zu haben, sonst hätte er mich nach Amerika geholt. Ich hätte auf die Yale-Universität gehen können und so weiter.«

Pía und Margarita tauschten einen betroffenen Blick.

»Glaubst du ihm? Glaubst du, er hätte wirklich versucht, dich deiner Mutter wegzunehmen?«

»Das sind doch nur Spekulationen, vielleicht auch eine späte Rechtfertigung, das kann man eigentlich nicht ernst nehmen.«

»Ja, aber fairerweise muss man sagen, dass er nichts von deiner Existenz gewusst hat.«

»Ja, das stimmt«, gab Olivia zu. »Aber ich denke, er hätte es sowieso nicht gemacht, und … ich wäre auch nicht gegangen.« Dann erhob sie sich, Quijote auf dem Arm.

»Ich gehe trainieren.«

»Und dein Kaffee?«, rief Pía ihr nach.

»Den trinke ich später«, rief Olivia, die bereits die Treppe hochlief.

»Es geht ihr nicht gut, gar nicht gut«, erklärte Pía und sprach Margarita damit aus der Seele.

»Das ist verständlich. Im Theater hat man sie bereits vor knapp drei Wochen beurlaubt, sie kann nicht mehr auftreten, und sie wird angefeindet, geradezu gehasst. Und jetzt taucht auch noch ihr Vater auf. Ist das nicht Grund genug, um unglücklich zu sein?«

Pía zuckte die Schultern. »Vielleicht steckt ja auch ein Mann dahinter«, betonte sie mit einem vielsagenden Lächeln.

*

Als Valentina eine halbe Stunde später eintraf, saßen Margarita und Pía noch beim Frühstück. Margarita biss gerade in einen *churro,* und Valentina setzte sich zu ihnen. Sie wirkte müde, lehnte es ab, etwas zu essen, sie habe keinen Hunger. Dann erzählte sie in kurzen Worten von Johannes und seinem Zusammentreffen mit Olivia. »Ich bin gekommen, um mit ihr zu sprechen«, setzte sie hinzu.

»Olivia hat uns schon von Johannes Bachmann erzählt, aber jetzt trainiert sie oben, und du weißt doch, dass man sie dabei nicht stören darf«, erklärte Pía.

Valentina nickte zerstreut, schien kurz zu überlegen. »Na gut, dann eben morgen.« Margarita aber hörte nicht wirklich zu, sie dachte an Bartolomé. Ob er vielleicht gerade aufwachte und enttäuscht feststellte, dass sie gegangen war?

»Ich wollte euch noch etwas anderes sagen.« Valentinas Stimme hatte einen förmlichen Ton angenommen. Margarita stellte ihre Kaffeetasse ab und konzentrierte sich jetzt doch auf ihre Tochter.

»Ich möchte wieder als Fotografin arbeiten. Das ist mir in letzter Zeit immer bewusster geworden.«

»Und wie willst du das machen? Hast du denn ein Angebot?«

»Eigentlich nicht«, räumte Valentina ein. »Aber es ist eben mein Wunsch.«

»Und kannst du deine gute Stelle einfach so kündigen?«

Valentina seufzte auf und zuckte mit den Schultern. »Das überlege ich mir gerade, aber ich erkenne auch gewisse Anzeichen. Und die deuten darauf hin, dass mein Assistent Miguel meine Position übernehmen soll.«

»Und du findest das gut?« Margarita blieb vorsichtig, man musste bei Valentina aufpassen, genau die richtigen Worte finden, da sie schnell verletzt reagierte.

Valentina lächelte plötzlich. »Das wäre die Lösung, denn ich wäre dann tatsächlich frei.«

Margarita warf ihr einen forschenden Blick zu. Valentinas Gesichtsausdruck ließ ihre Gedanken nicht erkennen.

»Aber ich stelle es mir sehr schwierig vor, in deinen alten Beruf zurückzukehren, es sind schließlich sieben Jahre vergangen, warum also jetzt?«

»Einfach so«, erklärte Valentina. »Außerdem sagst du doch immer, dass es für alles den richtigen Zeitpunkt gibt, oder etwa nicht?«

Sie griff nach einem *churro* und biss hinein, kaute, schluckte hinunter, während Margarita und Pía sie stumm beobachteten. Jetzt lächelte Margarita.

»Du hast ja recht. Wenn es für dich jetzt richtig scheint, dann ist alles gut.« Als Valentina nur schweigend aß und nicht mehr antwortete, hakte Margarita nach. »Aber sicher ist es doch schwierig, nach so vielen Jahren in einen künstlerischen Beruf zurückzukehren.«

Valentina sprang so rasch vom Stuhl auf, dass er nach hinten auf den Boden kippte.

»Nie«, sagte sie mit bebender Stimme, »nie kann ich es dir recht machen. Immer findest du etwas, um mich zu kritisieren, nie gibst du mir das Gefühl, auf mich stolz zu sein.«

Margarita blieb gelassen. »Ich bin stolz auf dich, Valentina, und das war ich schon immer. Ich bin stolz, weil du im Leben gekämpft hast, und ich bin glücklich, weil du meine Tochter bist. Meine und auch die Tochter des einzigen Mannes, den ich jemals geliebt habe.« Margarita erschrak. Was war ihr da gerade über die Lippen gekommen? Was hatte sie da gesagt?

Valentina sah ihre Mutter stumm an, überrascht, erstaunt über diesen Gefühlsausbruch.

»Valentina, musst du nicht ins Büro?«, unterbrach Pía das Schweigen, bevor die Unterhaltung in eine hitzige Diskussion ausarten könnte.

»Ich habe mich krankgemeldet«, antwortete Valentina. »Und ich denke, es ist besser, ich gehe jetzt nach Hause, hier will mich offensichtlich niemand verstehen.«

»Valentina, bitte, sei nicht so empfindlich.«

Auch Margarita hatte sich erhoben. Sie wollte ihre Tochter umarmen, doch diese wich ihr aus. »Ich meine doch nur, dass so eine gravierende berufliche Entscheidung gut überlegt sein will.«

»Ach ja? Hast du damals das Richtige getan, als du Kredite für den Kauf deiner Wäschereien gebraucht hast?«

Margarita wurde blass, versuchte aber, ruhig zu bleiben. »Valentina, was willst du damit sagen? Wieso stellst du mir gerade heute diese Frage?« Margarita rang sichtbar um ihre Beherrschung.

Rasch ergriff Pía das Wort. »Also, Valentina, du siehst sehr blass aus. Ich denke, es ist sicher das Beste, wenn du jetzt nach

Hause gehst und dich erst einmal ausruhst. Alles andere klärt sich dann schon, es muss ja nicht unbedingt heute sein.«

Valentina wandte sich ab, ließ aber vorher ihren Blick über Margaritas Abendkleid gleiten, zog die Augenbrauen hoch und verließ schweigend die Küche. »Bis irgendwann«, rief sie noch, bevor die Haustür hinter ihr zufiel.

»Sie ist unglücklich, scheint völlig durcheinander«, meinte Pía.

»Wahrscheinlich weil sie Johannes Bachmann getroffen hat. Was meinst du?«

»Ich weiß es nicht, Margarita. Aber offenbar macht sie sich Gedanken. Und eines Tages wirst du ihr dazu Antworten geben müssen.« Pía trank ihre heiße Schokolade aus und nahm wieder ihr Strickzeug zur Hand. Die Nadeln klapperten, und von oben ertönte Olivias Musik, die sie immer für das Training auflegte.

»Ja, du hast recht, ich werde mit ihr reden, aber sie wird es nicht verstehen«, erwiderte Margarita. »Und danke, du hast gerade die Situation gerettet, bevor sie aus dem Ruder lief.«

»Ja, schon, aber warte nicht zu lange damit. Ich jedenfalls gehe jetzt einkaufen, und du?«

»Ich ziehe mich um und fahre in die *Una*, was sonst? Ich denke, Diego wartet draußen schon auf mich.«

In ihrem Zimmer stellte Margarita sich vor den Spiegel und fuhr sich mit beiden Händen über das Gesicht, langsam, prüfend. Heute Nacht hatte ein Mann sie schön gefunden und ihr das Gefühl von Jugend zurückgegeben. Jugend, verbunden mit einer Zeit, in der man noch Pläne für die Zukunft schmieden konnte. Sie hatte ein wenig fantasiert, geträumt von einem Leben mit schönen Dingen, Lesen, der Liebe, Zeit mit Bartolomé. Aber das waren Träume. Träume, für die sie nicht mehr jung genug war.

Margarita starrte in den Spiegel und erinnerte sich an die Unsicherheit ihrer Jugend, an die bange Frage, war sie schön, würde sie jemals einem Mann gefallen? Sie erinnerte sich auch an ihre Ungeduld, das Leben und die Liebe kennenzulernen. Und sie dachte an einen ganz besonderen Nachmittag, als die Luft vor Hitze flimmerte, als die Zikaden sangen und sie unten am Fluss Ramón getroffen hatte.

Aus den Weinbergen drang der Gesang der Arbeiter und Bauern herüber, sie sangen ein Volkslied mit einem Refrain. Margarita ließ es zu, dass Ramón sie küsste, dass seine Hand in den Ausschnitt ihrer Bluse glitt, dass er sie ungeduldig auszog.

Nackt lag sie in der Sonne vor ihm, bis er sich über sie beugte und ihr zuflüsterte, was für ein schönes Mädchen sie sei. Es war ein unglaublich köstliches Gefühl gewesen, als er mit seinen Händen ihre Brüste umschloss, als er ihr vorsichtig die Schenkel auseinanderschob, ein liebender, ein leidenschaftlicher Ramón.

Jedes Mal, wenn sie sich liebten und sie in seine Augen sah, erkannte sie Zärtlichkeit darin, Zärtlichkeit und Bewunderung für ihre Schönheit.

Und in der vergangenen Nacht, fünfundvierzig Jahre später hatte ein Mann sie in seinen Armen gehalten und sie schön gefunden. Sie hatte es in seinen Augen gesehen.

Und es hatte sie glücklich gemacht.

Kapitel elf

Olivia

Wenn Olivia tanzte, vergaß sie ihren Alltag, vergaß Sorgen, Kummer. In der Musik konnte sie jedes Gefühl ausdrücken, Freude, Schmerz, Ekstase, Trauer. Schon mit sechs Jahren war sie vom Tanzen wie besessen gewesen, sie drehte ihre Pirouetten, bis die Zehen bluteten. Doch die kleine Olivia biss die Zähne zusammen, sie musste, sie wollte tanzen. Im Alter von acht Jahren gehörte sie der Ballettschule der Oper an, trat dort bereits auf, doch mit dreizehn entschied sie sich, auf Madrids beste Flamenco-Tanzschule zu wechseln, um ein Star zu werden. Die Musik ginge ihr ins Blut, hatte sie damals ihrer staunenden Mutter und Großmutter erklärt.

Zu der Zeit besuchte sie noch die strenge Klosterschule, verbrachte aber jede freie Minute beim Flamenco, der Tanz forderte sie, verlangte ihr alles ab. Durch die vielen Aufführungen hatte Olivia schon als Kind Bewunderung und Anerkennung erfahren, bereits damals erkannte man ihr großes Talent. So glitt die geringe Wertschätzung, mit der sie in der Klosterschule konfrontiert wurde, an ihr ab, konnte ihrer Entwicklung nicht schaden oder ihr gesundes Selbstwertgefühl beeinträchtigen.

Als Serge Devereaux sie mit sechzehn Jahren entdeckte und auf die Bühne des *Teatro Montero* holte, war das der glücklichste

Moment in ihrem damaligen Leben gewesen. Serge machte innerhalb von zwei Jahren aus ihr einen Star, aber er verlangte ihr alles ab, er führte sie, schrie sie an, und für ihn überschritt sie jede Grenze ihrer Belastbarkeit. Er war ihr Lehrer, ihr Mentor, der Mann, der sie erschuf, wie Serge es gern betonte. Und noch ein Jahr später ging sie eine Beziehung mit ihm ein. Doch die Leidenschaft, die Sinnlichkeit, die sie im Tanz ausdrücken konnte, vermisste Serge bei ihr, wenn sie mit ihm schlief. »Du gibst dich dem Tanz auf der Bühne hin, du wirst eins mit der Musik, du gehst eine Liebesbeziehung mit dem Publikum ein, gibst ihm alles, was du bist. Nur mir nicht, warum?« Sie wusste es nicht. Liebte sie ihn einfach nicht genug?

Drei Jahre dauerte ihre Beziehung, bevor er nach Paris zurückging, damals mit zweiundzwanzig Jahren hatte sie Angst, nicht mehr so gut sein zu können, wenn Serge nicht im Zuschauerraum saß. Sie wollte seine Kritik, sein Lob, seine Begeisterung, sie war abhängig davon.

»Du brauchst mich nicht mehr«, hatte Serge gesagt, als er ging. »Du bist erwachsen geworden.« Zart hatte er ihr Gesicht mit seinen Händen umfasst und sie leicht auf den Mund geküsst.

Und doch holte er sie jetzt an den Broadway.

Einige Tage nach der Abreise von Johannes Bachmann saß Olivia im Schneidersitz vor ihrem Spiegel im Trainingsraum. Wie jeden frühen Morgen, doch die Freude am täglichen Training war längst verflogen, denn sie trat ja nicht mehr auf. Olivias Blick wanderte zu dem Sofa, das direkt unter dem Fenster stand, hier drehte sich Quijote mehrmals um sich selbst, rollte sich dann ein und döste vor sich hin. »Was wirst du machen, wenn ich nach New York gehe. Kann ich dich mitnehmen?« Ihre Stimme hallte in dem leeren, stillen Raum wider. Quijote spitzte ein wenig die Ohren, dann gähnte er und streckte sich. Dabei stieß er leicht gegen den Stapel Schallplatten, der sich neben ihm auf dem Sofa türmte. Musik, nach der Olivia trainierte und tanzte. Außer dem Sofa gab es noch zwei Stühle im Raum, auf dem einen stand der Plattenspieler, auf dem anderen legte Pía jeden Abend frische Handtücher für Olivia zurecht.

Olivias Blick wanderte von Quijote zum Spiegel zurück, sie stand auf, hob die Arme, beugte sich vor und machte ein paar Dehnübungen.

Marisa Montero hatte sie noch einmal angerufen, ihr gesagt, bis zum Ende der Saison werde Olivia durch die junge Nachwuchstänzerin Julia ersetzt werden. »Warum kannst du nicht endlich dementieren?«, hatte sie geklagt. »Sag doch einfach, du seist falsch zitiert worden, der Journalist habe dich nicht richtig verstanden, du seist auch etwas verwirrt gewesen. Du weißt, dass du in ganz Spanien nicht mehr tanzen kannst, wenn du dich gegen die Tradition des Stierkampfs stellst. Ich kann nicht anders handeln, tut mir leid, Olivia.«

Es waren bereits über drei Wochen seit der Demonstration vor dem Theater vergangen. »Reporter belagern uns ständig«, hatte Marisa Montero geklagt, und wie Olivia wusste, warteten auch vor dem Haus ihres Agenten Carlos Gómez die Fotografen. Sogar vor dem Heim für alte Tiere außerhalb der Stadt lungerten sie herum. Es schien nur noch eine Frage der Zeit zu sein, bis auch hier in der Straße die Reporter auf sie warteten.

Sie hatte die Rechte der Tiere verteidigen, gegen die Grausamkeit kämpfen wollen, mit der man mit ihnen umging.

Und jetzt hatte sie alles verloren.

Langsam erhob sich Olivia, sie musste Entscheidungen treffen, sie konnte nicht weiterhin im Nichts verharren. Sie nahm ihre Katze hoch und verließ mit ihr den Trainingsraum.

»Deine Großmutter ist schon weg«, erklärte Pía, als sie die Küche betrat. »Hast du heute nicht trainiert?«

Olivia schüttelte den Kopf und setzte sich an den Küchentisch, legte Quijote auf einen Stuhl und griff nach einem Stück Melone.

»Hat jemand angerufen?«, fragte sie wie nebenbei.

Pía wusste, wie sehr Olivia darunter litt, dass niemand aus dem Theater sich meldete. Keiner ihrer Kollegen, die sie für ihre Freunde gehalten hatte, rief an. Olivia trank nur einen Saft und stellte das Glas wieder auf den Tisch. Sie musste etwas tun, nicht nur im Haus herumsitzen.

»Pía, kannst du bitte Diego verständigen, er soll mich am späten Nachmittag abholen? Ich will in den Prado.«

*

Olivia versteckte sich nun nicht mehr hinter einer großen Sonnenbrille und einem Tuch um den Kopf, sie trug ihre Haare stattdessen zu einem langen Zopf geflochten, dazu ein einfaches Kleid und flache Ballerinas. In dieser jungen Frau, die ungeschminkt durch die Säle lief, erkannten die Besucher des Museums nicht die glamouröse Tänzerin Olivia Serrano. Manchmal drehte sich jemand nach ihr um, ein Mann, dem sie gefiel, oder ein paar Touristen, die unsicher waren, ob diese junge Frau vielleicht doch die Tänzerin war, über die alle Zeitungen berichteten.

Länger war sie schon nicht mehr im *Prado* gewesen, und es tat gut, hier in der Stille des Abends zu sitzen und zu ihrem Lieblingsbild *Las Meninas* hochzusehen. Allmählich entfernten sich die Schritte der Besucher, und die gedämpften Stimmen verklangen. Sie erhob sich, und als sie auf den Eingang des

Saales zuging, stand dort Leandro del Bosque und sah ihr entgegen.

Langsam lief sie auf ihn zu. Egal, wie feindselig sie sich bei ihrem letzten Treffen gegenübergestanden und wie leidenschaftlich sie ihre Überzeugungen vertreten hatten, jetzt freute sie sich, ihn zu sehen.

»*Buenas tardes*«, lächelte Leandro sie an.

*

Es war heiß, drückend heiß, und die Ventilatoren in Margaritas Büro drehten sich, ohne wirklich Kühle zu spenden. Unten lärmten die Maschinen im Waschraum, und die Luft war dampfig, da zwei der Frauen im hinteren Bereich an den langen Tischen die feuchte Wäsche bügelten.

Margarita saß am Tisch und sah überrascht hoch, als Olivia bereits vor ihr stand. »Hallo *aba,* wie hältst du das nur aus? Die Hitze draußen und hier und dazu der Lärm von unten?«, begrüßte sie Margarita.

»Die *Una* ist mein Zuhause«, antwortete Margarita lächelnd, schraubte ihren Füllfederhalter zu und schob ihre Unterlagen zur Seite. »Ich liebe den Lärm, die Hektik, die Hitze, das Leben hier. Aber setz dich doch«, bot sie ihrer Enkelin an, und Olivia folgte ihrer Aufforderung und ließ sich erhitzt aufs Sofa fallen.

»Was führt dich her, Liebes?«, fragte Margarita.

Zögernd begann Olivia von dem Angebot nach New York zu erzählen. Es käme von Serge Devereaux, berichtete sie, und er wolle sie unbedingt für ein Musical am Broadway engagieren.

»Was ist ein Musical?«, wollte Margarita wissen.

»Es ist eine Vorstellung, in der getanzt, gesungen und gesprochen wird«, erklärte Olivia.

»Und du musst dann auf der Bühne singen?«

Olivia lachte, doch es klang ein wenig unsicher. »Ja, *querida aba*. Aber bevor wir mit den Proben beginnen, erhalte ich Gesangs- und Schauspielunterricht. Und ich lerne Englisch.«

»Und wann wäre das?«, fragte Margarita, der es nicht wirklich gefiel, dass ihre Enkelin nach Amerika gehen wollte. »Ab Mitte August, *aba,* ja, das tut mir leid, aber ich denke, das Angebot kommt zur richtigen Zeit.«

Margarita spielte mit dem Federhalter in ihrer Hand, schraubte ihn auf, dann wieder zu, endlich legte sie ihn auf den Tisch.

»Das klingt so, als hast du dich bereits entschieden.«

»Ich habe den Vertrag noch nicht unterschrieben«, beeilte sich Olivia mit ihrer Erklärung, da sie spürte, wie sehr Margarita betroffen war. »Und er gilt erst einmal für zwei Jahre.«

»Erst einmal«, wiederholte Margarita langsam, erhob sich, ging ans Fenster und sah auf die Straße hinunter. Alles veränderte sich, Gewohnheiten lösten sich auf. Valentina dachte an neue Wege in ihrem Leben, Olivia sogar daran, nach New York zu gehen. Und sie? Seit einer gefühlten Ewigkeit wartete sie auf ein Zeichen, eine Nachricht, von dem Mann, auf den sie sich vorbehaltlos eingelassen hatte. Margarita atmete mehrmals durch, bevor sie zurück an den Tisch ging und sich wieder setzte. Sie durfte nicht egoistisch sein. Für Olivia bedeutete das sicher eine große Chance, und darüber sollte sie sich freuen.

»Das klingt sehr gut, und letztendlich kann das *Teatro Montero* für dich nicht die Zukunft sein.«

»Ich gehe nicht ganz freiwillig, vergiss das nicht, *aba*.«

Margarita antwortete nicht, sondern blickte weiterhin auf die Straße hinunter. Der tägliche Kampf, der Einsatz für das Unternehmen, das alle Kraft von ihr forderte. Hatte das noch einen Sinn?

»Eigentlich wollte ich dir etwas anderes erzählen«, hörte sie ihre Enkelin sagen. Sie wandte sich überrascht um, da sich Olivias Stimme verändert hatte. »Ein Mann hat mich gestern zu einem Picknick eingeladen. Auf die Wiese vor dem *Prado*«, erzählte Olivia und lachte, als sie Margaritas Erstaunen erkannte.

»Darf man das denn dort?«

Olivia zuckte nur die Schultern. »Wir haben nicht gefragt, wir sind auch nicht verhaftet worden.« Wieder lachte sie. »Es war ja bereits Abend, und außer uns saßen nur noch ein paar Studenten mit ihren Büchern auf dem Rasen, aber sie haben uns nicht beachtet.«

Nur zwei Männer, die in der Nähe an einer Limousine lehnten, schoss es ihr durch den Kopf.

»Und wer ist dieser Mann?«

»Ich habe ihn neulich im Prado kennengelernt.«

Eigentlich wollte ich ihn nicht wiedersehen, aber dann gab ich doch nach, das aber sprach sie nicht aus.

»Und wie kam es zu diesem Picknick, hat er dich einfach so eingeladen?«

»Als Diego mich gestern vor dem Prado absetzte, hat dieser Mann mich reingehen sehen. Und als ich um zwanzig Uhr das Museum verlassen wollte, wartete er auf mich. Er ahnte, dass er mich in dem Saal mit den Velázquez-Gemälden finden konnte. Und dann hat er einfach in einem Restaurant Wein und kleine Delikatessen für das Picknick bestellt.«

Margarita lächelte, sie freute sich, da es ihrer Enkelin offensichtlich gefallen hatte.

»Das ist eine nette Idee, wirklich. Aber für ihn riskant, er wusste ja nicht, ob du auf die Einladung eingehst, oder?«

»Ja, sicher. Aber er hat es gehofft. Es war keine große Sache, nur ein einfaches Picknick«, erzählte sie weiter. »Ein paar Feigen, Obst, Käse und Brot. Und einen sehr guten Weißwein. Das alles auf einer weißen Tischdecke mit Kristallgläsern und silbernem Besteck. Das gab dem Ganzen dann doch einen besonderen Rahmen. Er wollte sich entschuldigen«, setzte sie noch hinzu, »und ich nahm seine Entschuldigung an.«

»Für was entschuldigen?«

»Nichts Wichtiges, es war eher belanglos«, wehrte Olivia ab. Sie wollte nicht mehr an den Nachmittag denken, als sie ihren Standpunkt ganz klar verteidigte und er ihren Einsatz gegen die *corrida* als »Kampf gegen Windmühlen« bezeichnet hatte. »Vergeben und vergessen«, setzte sie mit einem Schulterzucken hinzu.

»Und wie ist sein Name?« Margarita konnte ihre Neugier kaum verbergen, es war das erste Mal, dass Olivia seit dem Ende ihrer Beziehung mit Serge die Einladung eines Mannes angenommen hatte.

»Leandro del Bosque, mehr weiß ich nicht von ihm.« Jetzt lachte Olivia. »Aber ich habe ihm viel erzählt. Von dir.«

»Von mir?«

»Ja, es hat ihn wirklich interessiert. Was du beruflich geleistet hast. Das fand er sehr bewundernswert. Und ich erzählte ihm, wie ich als Kind Katzen und streunende Hunde aufgelesen und sie nach Hause geschleppt hatte. Du hast sie dann mit mir zusammen in ein Tierheim gebracht, das du finanziell unterstützt hast. Wir gaben unseren Schützlingen einen Namen und besuchten sie, manchmal fand sich sogar noch ein neues Zuhause für sie, erinnerst du dich?«

»Ja, natürlich, das Tierheim steht immer noch auf meiner Spendenliste, das weißt du doch. Aber das hast du ihm alles erzählt?«

»Ja«, nickte Olivia. »Und er hat mir viel von seinem Deutschen Schäferhund berichtet, der im Moment bei seiner Mutter auf dem Land lebt.«

»Also ein Tierfreund, das passt doch dann.« Margarita freute sich, sie sah, wie gut ihrer Enkelin dieses kleine Rendezvous getan hatte. Es lenkte sie offenbar von ihrer derzeitigen Lage ab.

»Wirst du ihn wiedersehen?«

»Ja, morgen schon, er will mit mir tanzen gehen, ins *Magnolia*.«

Margarita hob unwillkürlich die Augenbrauen. Erstaunt, befremdet. Das *Magnolia* war ein Tanzlokal, berühmt für seine Musikkapelle, die ausschließlich Tango und Paso doble spielte. Eine Bar im Keller des Hotels Imperial, das in der Nähe der Oper lag.

Es war die Anonymität der Bar, die geschätzt wurde. Eine sinnliche aufgeheizte Stimmung, in der sich reiche Unternehmer, ältere verheiratete Männer mit jungen Frauen trafen. Darüber hinaus besuchten viele Stars der Oper und des Films die Bar. Jeder war willkommen, jeder wurde auf die gleiche höfliche, unpersönliche Art behandelt. Hier tanzten die Erfolgreichen und die Gescheiterten, Damen der Gesellschaft neben jungen Frauen, die von Männern ausgehalten wurden.

»Er hat gesagt, er will mit der Königin des Paso doble tanzen«, schwärmte Olivia. »Das gefällt mir. Er lädt mich nicht in irgendein Restaurant zum Essen ein, das wäre doch langweilig.«

»Er will nicht nur mit dir tanzen«, betonte Margarita. »Er will der Sieger sein.«

»Ach, Unsinn, wir wollen uns einfach amüsieren. Ich bin schon sehr gespannt, ob und wie gut er tanzen kann.«

»Wenn er es nicht könnte, würde er dich nicht dazu einladen.«

Olivia wollte nicht nachdenken müssen, sie wollte sich an sein Gesicht erinnern, als er sich mit einem zarten Kuss auf ihre Wange verabschiedet hatte. Er sei glücklich, dass sie ihm verziehen habe.

Kapitel zwölf

Valentina

Valentina lief die Treppe zu Javiers Atelier hinauf und klopfte mehrmals an die Tür, bis er öffnete.

»Hast du mich nicht gehört?«

Javier schüttelte den Kopf. »Nein, tut mir leid.« Der kühle Ton seiner Stimme verunsicherte Valentina. Sie machte ein paar Schritte auf Javier zu, blieb dann aber stehen. »Olivia ist bei mir gewesen«, erzählte er.

Das also war es. »Dann weißt du sicher, dass Johannes Bachmann in Madrid war.« Javier nickte kurz, ging zu seinem großen Tisch und heftete Unterlagen in einem Ordner ab.

»Setz dich doch!«, forderte er Valentina über die Schulter hinweg auf, und Valentina setzte sich steif aufs Sofa, schob wie immer erst die vielen Zeitungen und Fotos beiseite.

»Johannes Bachmann kam jeden Abend nach seinen Besprechungen zu mir …«, setzte sie schließlich an, da Javier schwieg.

»Valentina«, unterbrach er sie, »du bist ungebunden und mir keine Rechenschaft schuldig. Falls du mit ihm geschlafen hast, will ich es nicht wissen.«

»Javier, bitte, ich bin nicht gekommen, um mit dir über ihn zu reden.«

»Bist du nicht? Das wundert mich. Warum bist du dann hier?«

»Olivia trifft sich heute mit einem Mann.«

»Das freut mich für sie, Olivia hat es verdient, dass es ihr endlich wieder gut geht.«

»Aber sie kennt nur seinen Namen«, gab Valentina zu bedenken, »sonst weiß sie nichts über ihn.«

Jetzt lächelte Javier sie an. »Valentina! Deine Tochter ist erwachsen, ist ein Star. Sie ist außerdem ein vernünftiges Mädchen. Bist du nur deswegen gekommen?«

Valentina schüttelte den Kopf. »Nein, ich wollte dir etwas anderes sagen.« Sie machte eine kleine Pause, während Javier weiterhin Unterlagen einheftete.

»Ich will wieder fotografieren«, betonte sie laut, da Javier nicht allzu viel Interesse zeigte.

»Dass du das willst, ist nichts Neues, oder?« Valentina spürte seine Zurückhaltung, gerade jetzt, da sie seine Solidarität, seine Unterstützung so sehr gebraucht hätte.

»Also, ich weiß nicht, was Olivia dir gesagt hat, und ...«

»Valentina, ich will nichts hören! Hast du mich nicht verstanden? Es ist deine Sache, wie du damit zurechtkommst.« Als von Valentina keine Antwort kam, klappte er den Ordner zu und wandte sich direkt an sie. »Johannes Bachmann hat dich vor vielen Jahren verlassen. Dann taucht er plötzlich hier auf, und wieder fällst du auf ihn herein.«

»Du bist ja eifersüchtig.« Valentina lachte gezwungen auf.

»Unsinn, das ist lächerlich«, dementierte Javier verärgert. »Ich bin nur befremdet, dass du nicht durchschaust, was für ein Mann Johannes Bachmann ist. Er war damals in Berlin verlobt, hatte aber keine Skrupel, hier in Madrid ein junges Mädchen zu verführen und dann zu verlassen, weil er ja schließlich gebunden sei. Jetzt taucht er wieder auf, und ich nehme an, er ist immer noch verheiratet, und wieder betrügt er seine Frau mit dir. Und du? Du machst das auch noch mit.«

Javier hatte sich in Rage geredet, er schüttelte den Kopf und wandte sich mit fahrigen Bewegungen weiteren Unterlagen auf dem Tisch zu.

»Es tut mir leid, wenn du das so siehst.«

»Wie sollte ich es sonst sehen?«, fragte er gereizt. »Du hast doch mit ihm geschlafen, oder etwa nicht?«

Valentina erhob sich. »Gerade hast du noch gesagt, ich sei dir keine Rechenschaft schuldig. Wieso auch? Du warst es doch, der sich vor sieben Jahren von mir getrennt hat.«

Als Javier nicht reagierte, sondern ihr den Rücken zuwandte, trat sie hinter ihn.

»Javier, bitte, hör mir zu. Es ist wichtig. Ich wollte mit dir über meine beruflichen Pläne sprechen, Pläne für die Zukunft.« Da er weiterhin schwieg, wandte sie sich zögernd zum Gehen. »Aber offenbar ist das jetzt nicht der richtige Zeitpunkt. Ich kann ja in den nächsten Tagen noch einmal vorbeikommen.«

»Ich werde übermorgen verreisen, und ich habe vor, länger wegzubleiben.« Valentina erschrak zutiefst. Schlagartig begriff sie, wie viel Javier ihr bedeutete, wie wichtig es war, ihn in ihrem Leben zu wissen, ihren *lebenslangen Geliebten,* wie sie ihn heimlich nannte.

»Und wohin?«, wollte sie wissen.

»Nach Italien, Florenz. Und von dort aus mit dem Auto durch die Toskana. Unsere Agentur hat von einem Reisemagazin den Auftrag erhalten, von Florenz eine Fotostrecke zu machen. Und die Kultur der Stadt hat mich schon immer fasziniert. Wenn ich fertig bin, schicke ich die Fotos hierher, werde aber dann privat durch die Toskana weiterreisen. Allein sein, mir eine Auszeit nehmen.« Er lehnte sich gegen die Tischkante und wandte sich Valentina zu. Zum ersten Mal an diesem Abend sah er ihr direkt in die Augen.

»Warum gerade jetzt, Javier?«

»Weil wir das Angebot bekommen haben. Und mich die Toskana schon immer interessiert hat. Ich möchte einfach weg. Hier in Madrid habe ich ständig das Gefühl, beobachtet und kontrolliert zu werden. Auch ich bin dünnhäutig geworden, fühle mich abhängig. Du weißt es nicht, aber schon vor Jahren tauchten an einem frühen Morgen Männer hier bei mir auf, durchwühlten mein Atelier und oben die Wohnung. Sie stellten alles auf den Kopf, vernichteten wertvolle Negative, mein ganzes Fotomaterial der Kinder im Bürgerkrieg. Sie kamen in der Zeit, als Kollegen von mir verhaftet wurden und verschwanden, ich habe nie mehr etwas von ihnen gehört. An diesem Morgen habe ich eine so große Angst ausgestanden, Todesangst. Mir fielen all die Dinge ein, die ich gehört hatte, von den vielen Verhaftungen, auch Exekutionen von Regimegegnern. Und da habe ich mir geschworen, mich anzupassen, unauffällig zu bleiben. Ja, so lebe ich jetzt, und manchmal hasse ich mich dafür.«

Valentina schwieg, sie war tief betroffen über den Gefühlsausbruch von Javier. Von ihm, einem Mann, der nie über Gefühle sprach, der die Meinung vertrat, ein Mann müsse alles mit sich selbst ausmachen.

»Javier, ich ...«

Er überhörte ihren Versuch eines Einwands. »Ich bin berühmt für meine Porträts großer Politiker und Künstler geworden. Auch meine Stierkampffotos haben mich in Amerika und Deutschland bekannt gemacht. Aber ich vermeide jede politische Aussage in meinen Fotos.«

Obwohl Javier schon seit einigen Jahren nicht mehr rauchte, kramte er jetzt aus seiner Tischschublade ein zerknittertes Päckchen Zigaretten hervor, holte eine heraus und steckte sie an. Tief inhalierte er den Rauch. Es schien ihn zu beruhigen.

»Das habe ich nicht gewusst«, sagte Valentina langsam.

Javier zog erneut nervös an der Zigarette, inhalierte wieder.

»Um auf dich zurückzukommen, Valentina«, sprach er nach einer kurzen Pause in verändertem Ton weiter, »wenn du fotografieren willst, dann mach es, du warst immer sehr begabt. Und wenn du willst, werde ich Zacarías sagen, er soll deine Arbeiten prüfen.« Wieder nahm er einen tiefen Zug, allmählich beruhigte er sich wieder. »Aber dafür müssen die Fotos etwas Besonderes sein«, fügte er noch hinzu. Valentina nickte schweigend, fuhr sich mit einer fahrigen Bewegung durch die Haare. Sie war noch erschüttert über Javiers Aussage, seinen plötzlichen Gefühlsausbruch.

»An was hast du gedacht?«, riss Javiers Stimme sie aus ihren Gedanken. »Willst du zu den Landschaftsfotos zurückkehren? Auch hattest du ein paar sehr schöne Serien, eine zum Beispiel, an die ich mich erinnere, waren diese Fotos, die du im *Campo*-Park gemacht hast, Bäume und Vögel im Lauf der Jahreszeiten. Oder auch die Serie mit den Madrider Brunnen, die fand ich besonders schön.«

Valentina schwieg. Es freute sie, dass Javier sie ernst nahm und auf sie einging, aber sie hatte noch keinen genauen Plan, in welche Richtung sie fotografieren wollte. Landschaften, Bäume oder Vögel sollten es jedoch nicht mehr sein, das zumindest war ihr klar. Und die Serie mit den Brunnen war für sie eine Erinnerung an Johannes Bachmann gewesen. Er hatte die Brunnen geliebt, durch ihn hatte Valentina sie überhaupt beachtet und ein wenig über ihre Geschichte erfahren.

»Mal sehen«, antwortete sie spröde. »Ich habe noch keine konkreten Pläne.«

»Du hast einen scharfen Blick für Details, für das Besondere, das macht einen guten Fotografen aus.«

Sein Urteil machte Valentina glücklich, denn Javier war mit Lob immer sehr sparsam gewesen. Sie sah ihm zu, wie er die Zigarette ausdrückte und dann Unterlagen in eine schmale Mappe schob. Als er ihren Blick spürte, wandte er ihr sein Gesicht zu.

»Du siehst heute so anders aus«, stellte er fest. »Du hast etwas mit deinen Haaren gemacht und trägst auch ein nettes Kleid und nicht diese langweiligen weißen Blusen.«

»Findest du?« Fast wurde Valentina verlegen.

»Ja, endlich lässt du deine Haare so, wie sie sind, so lockig.«

»Du weißt, dass ich das nicht mag.« Valentina zog eigentlich jeden Morgen mit einem Glätteisen ihre Haare glatt. Doch heute war das Gerät kaputtgegangen.

»Du arbeitest gegen deine Natur.« Javiers Lächeln wurde zärtlich. »Fang doch einfach mal an, du selbst zu sein.«

»Ach, und was soll das heißen?« Valentina reagierte gereizt. Sie wollte den kühlen Look, die glatten Haare, die weißen Seidenblusen, sie wollte jene elegante, unantastbare und auch selbstbewusste Señora sein, eine Frau, die niemandem eine Angriffsfläche bot.

»Das heißt, normal auszusehen, einfach so hübsch zu sein, wie du bist. Auch dein Kleid steht dir sehr gut, es betont deine schlanke Figur.« Javier ließ sich nicht beirren.

Es war ein schwarz-weiß-orange gestreiftes Kleid mit betonten Schultern und einem schmalen Rock, der in Höhe der Hüften in Falten aufsprang. Aus einer Laune heraus hatte Valentina sich am Morgen dafür entschieden.

»Ich habe es mir bereits vor einem Jahr gekauft und trage es heute zum ersten Mal.«

»Du siehst darin sehr gut aus, geradezu umwerfend, du solltest es öfter anziehen.«

Valentina errötete, wann hatte Javier sie jemals *umwerfend* genannt? Sie konnte sich nicht erinnern. Und dieses Wort passte so gar nicht zu ihm.

»In den letzten Tagen habe ich mir vorgenommen, etwas zu verändern«, erzählte sie.

»In den letzten Tagen? Ach so, kommt diese Veränderung durch deinen neuen und gleichzeitig alten Liebhaber?« Plötzlich wechselte der Tonfall von Javiers Stimme. »Hat er diesen guten Einfluss auf dich? Ich habe auch immer gewollt, dass du deine Haare so lässt, wie sie von Natur aus sind.« Javier wirkte jetzt fahrig und ablehnend, ließ keine Nähe mehr zu. Schweigend schob er einige Blätter zusammen und nahm sie dann wieder auseinander. War er eifersüchtig? Bedeutete sie ihm mehr, als er zugeben wollte? Oder war sie es selbst, die seine Nähe nicht zugelassen hatte?

»Nimm mich auf deine Reise mit«, schlug sie spontan vor. »Wir könnten wieder zusammenarbeiten, so wie früher, als wir nach England fuhren. Du hast eine Bildreportage über Winston Churchill gemacht, lange noch, bevor er Premierminister wurde, erinnerst du dich?«

»Valentina!« Javier unterbrach sie. »Das ist ewig her, das war noch vor dem Krieg.«

»Ja, ich weiß. Olivia war noch ein Kind, und Pía hat auf sie aufgepasst, Pía und auch Diego.« Valentina ließ sich nicht beirren, sie wollte sein Nachgeben erzwingen.

Doch er schüttelte den Kopf. »Nein, Valentina, nein, erstens wirst du nicht wegkönnen, überlege dir das bitte, und außerdem will ich allein sein, wandern, nicht reden müssen. Bitte versteh mich.«

Valentina schwieg, er hatte sie verletzt, und er spürte es. Er warf die Blätter auf den Tisch und wandte sich ihr zu. »Du musst deinen Weg allein gehen. Herausfinden, was für *dich* das Richtige ist.«

Valentina erkannte, dass sich Javier nicht mehr wirklich auf sie einlassen wollte. War sie selbst schuld daran? Hatte es ihn so sehr getroffen, dass sie erneut mit Johannes eine Affäre eingegangen war? War er enttäuscht von ihr?

»Warum gehst du weg, Javier? Sag mir die Wahrheit! Hat es etwas mit mir zu tun?« Sie machte ein paar zögernde Schritte auf ihn zu, blieb aber stehen, da Javier sich abwandte und verschiedene Kuverts aus einer Schreibtischschublade holte. Jetzt sah er hoch und schüttelte den Kopf.

»Nein, Valentina, nein.«

»Aber warum gerade jetzt?« Valentina ließ nicht locker. Da legte er die Kuverts beiseite, kam auf sie zu, und endlich umarmte er sie, doch nur kurz, um sie sofort wieder loszulassen. »Im Moment freue ich mich auf das Unbekannte, auf das Alleinsein. Und das hat nichts mit dir und Johannes zu tun«, betonte er. »Aber bitte, Valentina, sei mir nicht böse, ich muss jetzt weitermachen. Gleich habe ich einen Termin mit Zacarías, es gibt noch einiges zu besprechen.«

Da wünschte ihm Valentina viel Glück und ließ sich von ihm zur Tür bringen. Sie wartete auf einen herzlichen Abschied, ein Versprechen, ihr zu schreiben, doch Javier blieb stumm. »Wie lange willst du bleiben?«

»Ich weiß es noch nicht, sagte ich das nicht schon? Vielleicht ein paar Wochen, Monate ... mal sehen.«

Da er auch keinen Versuch machte, sie ein letztes Mal zu umarmen, blieb ihr nichts anderes übrig, als zu gehen.

»Bis irgendwann«, gab er ihr auf den Weg mit.

»Fährst du mit dem Zug oder mit dem Auto?«, fragte sie noch schnell, gerade rechtzeitig, bevor er die Tür schließen wollte.

»Nein, ich fliege, und das übermorgen. Aber ich habe noch sehr viel vorzubereiten. Von Olivia habe ich mich übrigens schon verabschiedet.«

Für Javier schien alles gesagt. Wie blind ging Valentina die Treppe hinunter, drehte sich mehrmals um, in der Hoffnung, er werde sie zurückrufen. Doch die Tür zum Atelier blieb verschlossen.

Unten vor dem Haus blieb Valentina stehen. Alles veränderte sich, woran konnte sie sich noch festhalten?

In den vergangenen Tagen hatte sie es tief bereut, sich noch einmal auf Johannes eingelassen zu haben, schwach gewesen zu sein, ausgerechnet sie, die stark sein, ihr Leben im Griff haben wollte. Und vielleicht hatte sie dadurch sogar Javier verloren.

Johannes hatte sie gefragt, warum Javier sie nicht hatte heiraten wollen. *Ich* war es, die nicht wollte, hatte sie sofort geantwortet. Aber Javier hatte sie nie gefragt.

Doch hätte sie denn Ja gesagt?

Irgendwann stand sie vor der Bar *El Pequeño,* in der sie früher oft mit Javier auf einen Drink vorbeigekommen war. Javier liebte diesen Ort, an dem sich bekannte Journalisten um die Theke drängelten und Informationen austauschten. Heute standen sie bereits bis auf die Straße hinaus, ihren *café solo* oder ihren Whiskey in der einen und eine Zigarette in der anderen Hand. Es war die einzige Bar, in die sie als Frau allein gehen konnte, denn durch Javier kannte man sie, wusste, dass sie lange mit ihm zusammengearbeitet hatte.

Valentina schob sich geschickt durch die Männer zur Theke vor. Der Wirt begrüßte sie freundlich, fragte, ob sie einen *café con leche* wolle, wie immer.

»Sie sehen heute sehr gut aus, *señora,* wenn ich das sagen darf«, erklärte er, und Valentina freute sich darüber.

Unwillkürlich fuhr sie sich durch ihre Locken. Es war ein wunderbares Gefühl, etwas zu verändern, auch wenn es nur ihre Frisur war. Aber sie war entschlossen, weiter zu gehen. Sie würde ihre Wohnung persönlicher gestalten. Johannes hatte recht, die Räume wirkten wie eine Hotelsuite. Sie konnte sich ein richtiges Zuhause schaffen, statt ständig zu ihrer Mutter zu laufen. Vor sieben Jahren war sie ausgezogen, und doch saß sie abends oft bei Pía in der Küche und schlief dann in ihrem alten Zimmer.

Nachdenklich schlürfte Valentina den heißen *café con leche.* Anschließend bestellte sie sich einen leichten Weißwein, nahm das Glas, balancierte es an den Gästen vorbei und setzte sich draußen auf dem Bürgersteig an einen der kleinen Tische.

Warum fühlte sie sich so unzufrieden, so unruhig und hin- und hergerissen? In den vergangenen Tagen hatte sie oft an ihre Mutter gedacht. Es war noch niemals vorgekommen, dass Margarita in einem Abendkleid am frühen Morgen nach Hause kam. Ihre Mutter hatte die Nacht außer Haus verbracht, keine Frage. Aber wo, und vor allem, mit wem? Hatte sie eine Beziehung? Gab es schon länger einen Mann in ihrem Leben, und Valentina wusste nichts davon?

Margarita hatte ihre Geheimnisse, über die sie nicht sprach, davon war Valentina überzeugt. Olivia und Margarita besaßen Mut und nahmen sich die Freiheit, das zu tun, was sie wollten. Gegen jede gesellschaftliche Regel, gegen jeden Druck. Sie hatten es geschafft. Da ähnelte die Enkelin der Großmutter. Sie selbst hatte es auch »geschafft«, wurde von vielen Frauen beneidet, doch jetzt zögerte sie, schwankte, scheute sich fast vor einer großen Veränderung, die sie sich doch wünschte. Valentina saß lange vor der Bar. Die Zeit verging, und sie trank ihren herben Wein und beobachtete die vielen Menschen, die sich an diesem schönen Abend auf dem Bürgersteig drängelten. Neben Valentina zogen sich drei Fotografen Stühle heran, legten die Kameras auf den Tisch und bestellten Whiskey. Trotz des lauten Verkehrs auf der Straße fing Valentina einige Gesprächsfetzen auf. Sie unterhielten sich über *El Vencedor* und seinen Kampf, der am 27. Juli stattfinden sollte. Es war noch einige Zeit bis dahin. Und doch dominierte der geheimnisvolle Matador die Schlagzeilen. Vor ein paar Tagen gingen Fotos durch die Presse, unscharfe Bilder, auf denen er in weiblicher Begleitung ein Restaurant in Sevilla verließ. Leider war er sofort von zwei Männern abgeschirmt worden und in einer Limousine verschwunden. Diese Fotos besaßen Seltenheitswert, der Besitzer des Restaurants musste der Presse heimlich einen Tipp gegeben haben, sonst hätte man den Stierkämpfer kaum erkannt. Als Valentina die drei Fotografen beobachtete, stellte sie sich die Frage, ob auch sie überwacht wurden.

Die Leute, die an Valentina vorbeiflanierten, hatten sich untergehakt, lachten, sie wollten den Abend genießen. Wussten sie von Verhaftungen, von Repressalien, von Folterungen? Aber Valentina wusste, dass auch viele Menschen in Spanien Francisco Franco verehrten. Es gehe den Menschen gut, es wurde viel gebaut, es gab wenig Kriminalität. Sie, Valentina, organisierte Konzert- und Museumsbesuche, Besichtigungen und Restaurantabende für ausländische Diplomaten, die Madrid besuchten und besonders betreut werden sollten. Hatte sie die Verbindung zur Wirklichkeit verloren? Hochrangige Gäste sollten das elegante, kulturell interessante Madrid sehen, nicht die Straßen der Armen, nicht die Krankenhäuser besuchen, in denen teilweise katastrophale Verhältnisse herrschten. Valentina musste funktionieren, wissen, was man zeigen und was man nicht zeigen durfte. Und sie machte ihre Arbeit gut. Doch letztendlich hatte es wenig mit der Realität zu tun.

Jetzt sah sie, wie sich die Fotografen am Nebentisch erhoben, nach den Kameras griffen und sich voneinander verabschiedeten. Wurden sie verfolgt? Unwillkürlich drehte sich Valentina um, doch sie sah nur gut gelaunte lachende Menschen, die den Abend genossen.

Das Gespräch mit Javier ging ihr nicht aus dem Kopf, wie lange würde er wegbleiben, ein paar Wochen oder länger? Eine Zeit, in der sie nichts von ihm hören würde? Und sie wusste, er ließ eine Leere in ihr zurück, die sich von niemandem außer ihm füllen ließ.

Olivia

Olivia trug ein rotes Kleid, ihre Tanzschuhe, und die Haare hatte sie im Nacken zu einem Knoten gebunden. Als sie vor dem Spiegel ihre Lippen mit einem tiefroten Stift nachzog, dachte sie an Margaritas Worte, Leandro wolle der Sieger sein. Entsprach das der Wahrheit? Männliche Dominanz zeigen? Olivia lachte sich im Spiegel zu. Egal, was Margarita glaubte oder Leandro plante, sie freute sich, endlich wieder zu tanzen.

Sie wusste, was sie im *Magnolia* erwartete, eine aufgepeitschte sinnliche Atmosphäre, Scheinwerfer, die über die Tanzenden glitten, eine Tanzkapelle, die über die Grenzen Madrids hinaus berühmt war.

Als Diego sie vor der Bar absetzte und ihr die hintere Wagentür öffnete, sprang sie erwartungsvoll heraus. »Ich komme mit dem Taxi nach Hause, Sie müssen nicht auf mich warten.« Diego gab keine Antwort, sondern warf ihr nur einen missbilligenden Blick zu. Doch er schwieg, stieg in den Wagen und brauste davon.

Unschlüssig sah sie sich um. Sie stand an der Seite des Hotels, direkt vor den Stufen, die nach unten in die Bar führten. Autos fuhren vor, Leute hasteten an ihr vorbei und die Stufen hinunter in die Bar, und plötzlich stand Leandro neben ihr, sie hatte ihn nicht kommen sehen. »Wollen wir?« Er griff leicht nach ihrem Arm, und sie lächelten einander zu. Wie zwei Verschwörer, schoss es Olivia durch den Kopf. Schon jetzt fing sie an, den Abend zu genießen.

Drinnen erwarteten sie laute Musik, Gedränge um und auf der Tanzfläche.

Olivia hörte sich kurz in die Musik ein, Leandro und sie nickten sich zu, und dann begannen sie. Wieder staunte Olivia über die aufrechte, stolze Haltung Leandros. Sie trennten sich, sie drehten sich, dann zog Leandro Olivia fest zu sich heran. Eine kurze herrische Geste. Sie starrten sich an, trennten sich wieder, fanden sich. Versunken in die Musik, konzentriert auf den anderen. Wann immer Leandro sie an sich zog, gehörten sie für diesen Augenblick zusammen, doch dann löste sich Olivia wieder, ließ nicht zu, dass er sie zu lange an sich presste. Sie bemerkten nicht, wie die Tanzenden zurückwichen und ihnen die Fläche überließen. Bis zu dem Moment, als jemand schrie: »Das ist Olivia, Olivia Serrano!«

Der Scheinwerfer suchte sie, richtete sich grell auf sie und blendete Olivia. Sie stolperte, doch da hatte Leandro sie bereits am Arm gepackt, und bevor die anderen Gäste reagieren konnten, schob er sie durch die Menge der Barbesucher nach draußen. Noch benommen, stolperte Olivia die Stufen hoch, doch Leandro hielt sie. Oben sahen sie sich an, nahmen sich bei der Hand und rannten davon, bis sie keuchend stehen blieben. Erst dann drehten sie sich um, doch niemand war ihnen gefolgt. Außer Atem, lehnte sich Olivia an die Wand eines Hauses, ganz nahe war Leandro, sein Gesicht über ihrem. Jetzt lachten sie, keuchend, atemlos. Ihr Tanzen, die Flucht aus der Bar, es fühlte sich wie ein verbotenes Abenteuer an. Sie waren sich im Tanz nahe, ihre Körper aufeinander eingestimmt gewesen, dass es keine Fremdheit zwischen ihnen zu geben schien.

Da legte sie ihre Arme um seinen Hals. »Warum«, flüsterte sie, »warum wolltest du mit mir tanzen? Weil du der Sieger sein willst?« Ihr war nicht bewusst, dass sie ihn duzte, dass sie es war, die sein Gesicht zu sich heranzog, dass sie wollte, dass er ganz nahe bei ihr sei, dass sie seinen Körper spüren konnte.

Stumm schüttelte er den Kopf. Dann umschloss er mit seinen Händen ihr Gesicht. »Nein«, flüsterte er, »ich wollte das mit dir teilen, was dir am meisten bedeutet. Der Tanz.«

So verharrten sie in dem Wunsch, dieser Moment würde nicht vergehen. Sie sahen sich an und konnten sich nicht voneinander lösen. Nicht jetzt, nicht in den nächsten Stunden, nicht in dieser Nacht.

Kapitel dreizehn

Valentina

Valentina saß in ihrem Büro und versuchte, sich auf die Arbeit zu konzentrieren. In den Nächten schlief sie schlecht, am Tag blieb sie müde, war vergesslich und übernervös. Javier hatte sich nicht gemeldet, aber konnte sie das erwarten? Er hatte ihr nichts versprochen.

Margaritas Geburtstag am fünfzehnten Juli rückte näher, und Valentina hatte vor, ihr etwas besonders Schönes zu schenken.

An diesem Abend machte Valentina einen Umweg vom *Palacio Real* in die *Calle de Bailén*. Sie hatte den spontanen Einfall, in der *Almudena*-Kathedrale eine Kerze anzuzünden und ein kurzes Gebet zu sprechen. Für Javier, der vielleicht gerade durch eine einsame Gegend wanderte. Und auch eine Kerze für Olivia, damit der Hass gegen sie endlich ein Ende fand.

*

Als Margarita abends nach Hause kam, stand Pía in der Diele. Seit ein paar Monaten ging sie mehrmals in der Woche in einen Bibelkreis für Senioren, in dem sie sich sehr wohlfühlte. Die Bibel gäbe ihr Trost, hatte sie betont. Ihre Worte waren nicht ganz ohne Vorwurf gewesen.

»Kümmern wir uns zu wenig um dich?« Margarita war betroffen gewesen. Ihre Haushälterin lebte seit dem Tod ihres Mannes vor acht Jahren bei ihnen im Haus. Pía hatte das sofort dementiert.

»Nein«, meinte sie, »ihr seid nur beruflich so stark eingespannt, da bleiben Gespräche über das Alter und den Glauben auf der Strecke.«

»Olivia und auch Valentina sind noch zu jung, um sich mit dem Altwerden zu beschäftigen, meinst du nicht auch?«, hatte Margarita sie gefragt.

»Die beiden ja, aber du nicht. Du musst endlich erkennen, dass man in deinem Alter keine anstrengenden Affären mehr haben sollte. Man sieht dir doch an, wie unglücklich du bist. Komm morgen mit in den Bibelkreis! Es wird dir gefallen, und du wirst erkennen, dass der einzige Trost des Alters im Glauben liegt.«

»Nein, danke.« Margarita hatte vehement abgelehnt. Aber in einem Punkt hatte Pía sogar recht: Den Aufregungen einer späten Affäre war sie wirklich nicht mehr gewachsen. Aber nur, da Bartolomé sich nach der gemeinsamen Nacht nicht mehr gemeldet hatte.

»Um Trost in der Kirche zu suchen, fühle ich mich noch nicht alt genug.«

»Doch offensichtlich jung genug für die Liebe«, stellte Pía mit einem Kopfschütteln fest. Aber was wollte sie damit ausdrücken? Missbilligung?

Margarita lachte, doch ihre Gedanken blieben unruhig, sie hatte nicht erwartet, dass sich Bartolomé nach dieser Nacht nicht mehr melden würde. Es passte so gar nicht zu ihm. Oder täuschte sie sich?

Margarita drehte sich um und sah Valentina die Treppe herunterkommen, einen Karton in den Händen balancierend. Sie stellte ihn auf der untersten Stufe ab und setzte sich mit einem Aufseufzen daneben. Mit einem kurzen Nicken begrüßte sie ihre Mutter.

»Was machst du da?«, wunderte sich Margarita.

Bevor Valentina antworten konnte, erklärte Pía bereits: »Sie holt ein paar Sachen für ihre Wohnung.« Die Haushälterin war im Gehen, sie trug einen dunkelroten Hut auf den weißen Haaren, und an ihrem Arm baumelte eine farblich passende, rote Handtasche. »Also, ich bin dann weg, meine Lieben.«

Margarita trat zur Seite, um sie durchzulassen, während Pía ihr noch schnell zunickte. »Ich habe euch etwas zu essen gemacht, es steht in der Küche. Auf der Terrasse ist es noch zu heiß. Übrigens, Diego hat Olivia abgeholt, wohin sie wollte, hat sie nicht gesagt.« Pía sah von Valentina zu Margarita und wartete offenbar auf eine Reaktion, doch als keine der Frauen reagierte, verließ sie das Haus.

Margarita dachte an das Picknick, von dem Olivia erzählt hatte, und lächelte. Traf sie heute diesen Mann, der sie dann auch ins *Magnolia* eingeladen hatte? Verliebt zu sein, wäre jetzt das Richtige für Olivia.

»Du lächelst so, gibt es etwas, das du weißt und ich nicht?«

Ohne auf die neugierige Frage ihrer Tochter zu antworten, schob Margarita den Karton zur Seite und setzte sich neben Valentina auf die Treppe. »Was hast du da eingepackt? Erzähle.«

»Ach, nur ein paar Sachen für meine Wohnung. Ein paar Kissen, Bilder und Fotos. Ich habe sie aussortiert und dabei eines von Tante Leonora entdeckt.«

»Zeig doch mal, welches du meinst.« Margarita wurde neugierig.

Valentina griff in den Karton und holte ein vergilbtes Foto heraus.

»Ich kann mich noch gut an sie erinnern«, erzählte sie, während sie es an ihre Mutter weiterreichte. »Sie war eine so warmherzige und lebhafte Frau.«

»Ja, das war sie«, bestätigte Margarita nachdenklich. »Als ich nach Madrid kam, schwanger und vom Vater verstoßen, hat sie mich angenommen, beschützt und sich über die Anfeindungen in der Nachbarschaft hinweggesetzt. Ich weiß nicht, was ich ohne sie getan hätte.« Nachdenklich gab sie das Foto ihrer Tochter zurück.

»Sie war hübsch«, stellte Valentina fest. »Wieso hat sie nie geheiratet?«

»Ach, das ist auch so eine unglückliche Geschichte. Offenbar haben die Frauen unserer Familie wenig Glück in der Liebe.« Margarita versuchte ein kleines Lachen, es sollte leicht klingen, ein wenig ironisch, doch das gelang ihr nicht. Valentina warf ihrer Mutter einen überraschten Blick zu und sah wieder auf das Foto, das ihre Großtante als junge Frau zeigte.

»Leonora ging aus unserem Dorf weg«, erzählte Margarita, »als ich sieben Jahre alt und sie bereits fünfundzwanzig war. Kein Mann wollte sie heiraten, wie sie mir erzählte, sie war zu selbstständig, das mochten die Männer nicht, sie machten einen Bogen um sie. Deswegen verließ sie unser Dorf, kam nach Madrid und arbeitete als Büglerin.«

»Aber ihr gehörte doch die Wäscherei, oder?«, wollte Valentina wissen.

»Ja, aber sie fing zunächst als Arbeiterin an, wurde dann Leiterin des Betriebs, und später erbte sie die Wäscherei von dem reichen Besitzer.«

»Meinst du …?« Valentina sprach nicht aus, was sie dachte.

»Ja, Leonora war seine Geliebte«, vervollständigte ihre Mutter den Satz. »Er hat sehr viel für sie getan, zum Beispiel brachte er ihr das Lesen und Schreiben bei. Keiner auf dem Land achtete darauf, dass Mädchen etwas lernten, sie sollten heiraten, dem Mann den Haushalt führen und Kinder großziehen. Viele Frauen können auch heute noch nicht lesen und schreiben.«

»Das hast du mir nie erzählt.« Valentina war vollkommen überrascht. »Hat sie diesen Mann geliebt?«, wollte sie dann wissen.

»Ja und nein ... ich denke, vielleicht schon«, antwortete Margarita vage.

»Und warum hat sie ihn nie geheiratet?«

»Er war bereits verheiratet. Ihm gehörten hier viele Geschäfte in der Straße, aber die Wäscherei vererbte er Leonora.«

»Und sie vererbte sie dann dir?«

Margarita nickte. »Ja, so war es.«

»Glaubst du, sie war nur seine Geliebte, weil sie die Wäscherei haben wollte? War Leonora so eine Frau?«

Margarita erhob sich abrupt. »Was soll das heißen, *so eine Frau?*« Die Stimme ihrer Mutter hatte einen seltsamen Klang angenommen, wie Valentina fand, den sie aber nicht deuten konnte.

»Nun ja, wenn man sich mit einem Mann einlässt, nur um Vorteile daraus zu ziehen, dann ...«

»Lass das, Valentina! Du hast kein Recht, sie zu verurteilen. Was weißt du schon von Armut, von den wenigen Möglichkeiten damals, als Frau ohne Ehemann etwas zu erreichen?«

»Es tut mir leid.« Valentina erschrak über die scharfe Zurechtweisung ihrer Mutter.

»Komm!« Margarita atmete durch. »Lass uns etwas essen«, schlug sie ihrer Tochter in versöhnlicherem Tonfall vor. Valentina erhob sich schweigend, und zusammen gingen sie in die

Küche, in der Pía für sie gedeckt hatte. Margarita aß gern hier, sie liebte die Küche mit ihrem hohen, verrußten Kamin, dem dunklen Holztisch, den sie vor vielen Jahren bei einem Trödler entdeckt hatte.

»Ich denke viel an Leonora«, erzählte Margarita, nachdem sie Platz genommen hatten. »Sie ist mir immer ein Vorbild gewesen. Sie konnte sich mit einem Lachen über Vorurteile und Anfeindungen der Leute hinwegsetzen. Besser, als ich es konnte. Dafür bewunderte ich sie, denn ich habe unter der kalten Ablehnung immer gelitten, auch hier in unserer Straße. Als die Nachbarn erfuhren, dass ich Wäschereibesitzerin bin, stuften sie mich als Dienstbotin ein. Ich war einfach nur eine Frau, die die Wäsche anderer Leute wusch. Ihrer Meinung nach gehörte ich nicht in dieses Viertel.«

»Und du hattest auch noch ein uneheliches Kind«, fügte Valentina leise hinzu.

»Ja, aber als ich immer erfolgreicher wurde und die Nachbarn erkannten, dass ich einen soliden Lebenswandel führte und meine Tochter auf eine renommierte Mädchenschule schickte, da wurde ich wenigstens hie und da gegrüßt.«

Margarita lachte auf. Unsicher beobachtete Valentina ihre Mutter.

»Aber dann bekam auch ich ein uneheliches Kind und du …«, Valentina zögerte, sprach dann weiter, »du warst entsetzt darüber, nicht wahr? Zuerst zumindest«, fügte sie hastig hinzu. Valentina begab sich jetzt auf dünnes Eis, denn eigentlich hatten sie nie über damals gesprochen, als Valentina ihrer Mutter gestand, sie sei schwanger. Margarita hatte sie schweigend in den Arm genommen und nur gesagt, sie werde für sie da sein. Doch in dieser Zeit hatte Valentina ihre Mutter nachts oft weinen hören, und das hatte sie tief getroffen. Irgendwann, hatte sie sich vorgenommen, sollte ihre Mutter stolz auf sie sein, irgendwann.

»Valentina.« Margarita legte jetzt das Besteck, nach dem sie gerade erst gegriffen hatte, auf den Tisch zurück. »Natürlich war ich entsetzt, aber nicht aus moralischen Gründen, sondern weil ich erkannte, dass auch du einen so schwierigen Weg gehen würdest. Ich hatte doch gewollt, dass du es leichter im Leben haben solltest.«

Valentina starrte auf ihren Teller, stocherte schweigend in dem Reis herum. »Ich bin immer stolz auf dich gewesen«, betonte Margarita jetzt, »das habe ich dir bereits neulich gesagt.« Stumm nickte Valentina. »Wir sollten essen, das Fleisch und der Reis werden kalt«, fügte Margarita noch hinzu, da ihre Tochter weiterhin schwieg. Stumm aßen sie, und außer dem Geklapper des Bestecks war nichts zu hören.

»Vielleicht«, unterbrach Margarita die Stille und hob die Flasche Wein hoch, um das Etikett zu betrachten, »sollte ich doch einmal nach Hause fahren, was meinst du? Jetzt, wo wir über Leonora gesprochen haben, außerdem ...«, sie brach den Satz ab.

»Was meinst du?«

»Hier, das ist ein Wein aus unserer Gegend, Dos Torres, das Weingut von Ramón López Domínguez. Also deines Vaters«, fügte Margarita hinzu.

»Falsch!«, erklärte Valentina heftig. »Er ist nur der Mann, mit dem du eine Affäre hattest, mehr wohl nicht.«

»Nein, Valentina, es war keine Affäre, es war ... es war Liebe«, flüsterte Margarita.

»Hast du deswegen den Wein gekauft?« Valentinas Stimme klang unsicher, erstaunt.

»Das war nicht ich, sondern Pía. Sie hat gleich einen ganzen Karton bestellt, die anderen Flaschen liegen im Keller.«

»Ah, eine wunderbare Geschichte«, lachte Valentina auf.

Ihr Lachen irritierte Margarita, sie sah hoch, doch auf dem Gesicht ihrer Tochter konnte sie keine Ironie entdecken, und so sprach sie weiter.

»Ich war nie mehr dort«, erzählte sie, »nicht einmal zur Beerdigung meiner Mutter.«

»Ich erinnere mich.« Valentina wurde lebhaft. »Ich hatte damals die Masern, und der Arzt sagte, ich könne daran sterben. Deswegen bist du bei mir geblieben.«

»Ja, natürlich. Wir beide machten damals eine schwere Zeit durch, ich hatte so große Angst um dich. Und so war es dann Leonora, die zur Beerdigung fuhr.«

In Erinnerungen versunken, aßen beide den Reis und das Fleisch, doch die Weinflasche hatte Margarita ungeöffnet auf den Tisch zurückgestellt.

»Ich weiß gar nichts über meine Familie«, nahm sie jetzt den Faden wieder auf, »auch nicht, wie es meiner Schwester Yolanda und meinen beiden Brüdern geht oder auch meinem Vater.«

»Dann solltest du wirklich einmal hinfahren«, schlug Valentina vor. »Wo ist das Problem?«

Margarita lächelte unwillkürlich, ausgerechnet ihre Tochter machte diesen Vorschlag. Eine Frau, die oft unentschlossen blieb, wenn es um klare Entscheidungen ging.

»Vielleicht, Valentina, vielleicht. Aber ich habe mir damals etwas geschworen.«

»Und was?«

»Ach, lassen wir das«, wehrte Margarita ab.

Wieder fanden sie in keine Unterhaltung, bis Valentina herausplatzte: »Siehst du eigentlich nicht, dass meine Haare anders sind?«

Margarita legte die Gabel auf den Tisch. »Natürlich, jetzt, wo du es sagst. Tut mir leid, ich war so in Gedanken vertieft. Es steht dir wirklich gut. Entschuldige, aber ich hatte einen schweren Tag.«

»Wer hat das nicht?« Valentina reagierte enttäuscht, fast ein wenig spitz. Sie hatte eine begeisterte Reaktion von ihrer Mutter erhofft, die ihr schon seit Jahren sagte, sie solle ihre Haare lockig lassen, so wie sie von Natur aus waren.

»Wenn ich einmal nach Dos Torres fahre, würdest du mich dann begleiten?«, fragte Margarita vorsichtig.

Valentina schüttelte sofort den Kopf. »Nein, wenn du es machen willst, dann zieh es durch, mich aber lass aus dem Spiel.«

Margarita schwieg dazu. Vielleicht war es längst zu spät, die Vergangenheit zu suchen, mit ihren Geschwistern wieder Kontakt aufzunehmen, der vor über vier Jahrzehnten abgebrochen war.

Sie aßen ohne großen Appetit zu Ende, beide versunken in ihren eigenen Gedanken. Margarita dachte an Yolanda und an ihre Familie, Valentina an die Jahre, nachdem Olivia geboren war, als man auch ihr Ablehnung entgegenbrachte und sie mit Verachtung behandelte.

Mit einem Blick auf die Wanduhr sprang sie plötzlich hoch.

»Ich bin spät dran, sicher wartet der Fahrer draußen schon auf mich.«

»Welcher Fahrer?«

»Einer, der für unsere Abteilung Besorgungen erledigt. Ich dachte, ich hätte mindestens drei Kartons zu transportieren, jetzt ist es aber nur einer.« Sie verließ die Küche, und Margarita folgte ihr, sah zu, wie sie den Karton hochnahm. Zusammen mit Valentina verließ sie das Haus, blieb aber an der Tür stehen und beobachtete, wie der Fahrer ausstieg, Valentina grüßte, den Karton nahm und ihn ins Auto stellte.

»Ach, übrigens«, rief ihr Valentina beim Einsteigen noch rasch zu: »Javier hat Madrid verlassen. Wann er zurückkommt, hat er nicht gesagt.«

Schon schloss sie die Autotür. Margarita sah zu, wie der Wagen am Ende der Sackgasse wendete, noch einmal an ihr vorbeifuhr und dann an der Ecke abbog.

Stille lag über der schmalen Straße, hier hatte sich nichts verändert, seit Margarita mit der zehnjährigen Valentina eingezogen war. Die Atmosphäre war gediegen, wie Olivia es nannte. Die acht Villen, hinter hohen Mauern verborgen, hatten das Straßenbild geprägt. Am frühen Morgen kamen die Dienstboten hier an, da wurde es etwas lebhafter, später dann noch einmal, wenn Händler die Lebensmittel anlieferten.

Valentina hatte recht gehabt, mit der zurückhaltenden freundlicheren Anerkennung der Nachbarn war es vorbei gewesen, als Valentina ebenfalls ein uneheliches Kind bekam. *Wie die Mutter, so die Tochter,* spottete man. Und Valentina in ihrer spröden herben Art konnte die gut situierten Bewohner nicht für sich gewinnen, sie versuchte es auch gar nicht.

Erst die kleine Olivia schaffte es, die Ablehnung der Anwohner aufzubrechen. Olivia, dieses hübsche Kind, das in sich versunken auf der Straße Pirouetten drehte, meist ein Kätzchen im Arm, das sich ganz ruhig verhielt, oder einen abgemagerten struppigen Straßenhund an der Leine hinter sich herziehend. Es war erstaunlich, wie folgsam die Tiere waren, wie sie auf Olivia reagierten und ihr folgten. Olivia machte immer einen Knicks und winkte, wenn einer der Bewohner in einem Wagen an ihr vorbeifuhr.

Erst Olivia hatte es erreicht, dass allmählich die Serrano-Frauen akzeptiert wurden. Als sie dann noch ein Star wurde, schickten die Nachbarn Blumen zu ihren Premieren, auch Weihnachtsgrüße kamen an, übermittelt von den Dienstboten. Man mochte Olivia und allmählich auch die beiden anderen Frauen.

La casa de las mujeres, das Haus der Frauen, nannten sie Margaritas Haus, denn eines war nicht zu übersehen, niemals tauchte ein Mann hier auf, keiner betrat jemals dieses Haus, außer dem Chauffeur Diego. Margarita blieb allein, Valentina war während ihrer langen Beziehung mit Javier stets bei ihm gewesen, sie arbeitete mit ihm, sie verbrachte viele Nächte bei ihm, doch letztendlich kam sie immer wieder zurück ins Haus ihrer Mutter, hier lebte sie.

Und auch Olivia hielt sich an diese unausgesprochene Regel, auch sie hatte zwar viele Nächte bei Serge Devereaux verbracht, doch sie lebte hier in diesem Haus.

La casa de las mujeres ...

Mit einem kleinen Lächeln drehte sich Margarita um und ging zurück. Würde es Bartolomé hier gefallen, würde er sich wohlfühlen, ein wenig zu Hause sein? Wie lebte er in Madrid, hatte er eine Wohnung gehabt, bevor er untergetaucht war?

»Ach, Bartolomé ...«, seufzte Margarita, »wie sehr vermisse ich dich. Wo bist du nur?«

Kapitel vierzehn

Olivia

Olivia war zu ihm gefahren. Nach dem Abend im *Magnolia,* zwischen Küssen und dem Gefühl, ihn nie wieder loslassen zu wollen, hatte Leandro ihr ins Ohr geflüstert, er wohne noch im Hotel, erst in ein paar Tagen beziehe er seine eigene Wohnung.

»Wer bist du?«, hatte sie gemurmelt, doch er hatte mit einem weiteren Kuss ihren Mund verschlossen. Und sie war mit ihm in seine Hotelsuite gegangen, die man durch einen Privataufgang erreichen konnte.

Mit ihm hatte Olivia eine nie gekannte Leidenschaft erlebt, nie geahnt, dass sie zu einer solchen Hingabe fähig war. Wie wird es sein, hatte sie sich gefragt, als sie mit Leandro ins Hotel ging. Anders als mit Serge? Sie kannte Leandro noch nicht, sie wusste nichts über ihn, und trotzdem ging sie mit und schlief mit ihm. Ohne Fragen, ohne Zögern. Als sie nach ihrer gemeinsamen Nacht die Suite verließ, hatte sie versprochen, ihn in der neuen Wohnung zu besuchen. Und heute war es so weit. Diego fuhr sie und hielt vor einem unauffälligen Bürohaus in einer Reihe weiterer unauffälliger Bürohäuser, eine Straße, die sich abends fast ausgestorben im trüben Licht der Straßenlaternen zeigte. Entsprach das seinem Geschmack?

Auch hier ein versteckter Eingang, ein Privatzugang, ein eigener Aufzug hinauf in den vierten Stock, den er allein bewohnte.

Dort hatte Leandro auf sie gewartet. »Ich hatte Angst, du kommst nicht«, hatte er geflüstert, als er ungeduldig ihr Kleid aufknöpfte, seine Hand ihre Brüste berührte und seine Lippen ihren Mund suchten.

*

Als bereits der Morgen heraufdämmerte, wachte sie nach einem kurzen Schlaf auf. Sie hob den Kopf und sah Leandro an, sein Gesicht war ihr im Schlaf zugewandt, der Mund leicht geöffnet. Zart strich sie über seine Haare, rückte ganz nahe zu ihm heran. Sie dachte an diese Nacht, die anders gewesen war als die Stunden in dem Hotel.

Als sich Leandro am gestrigen Abend über sie gebeugt hatte, als seine Hände sie berührten, empfand sie ein so starkes Gefühl für ihn, dass ihr die Tränen in die Augen stiegen. Sie kannte diese Hingabe nicht, eine Hingabe ohne Schranken. Der Moment, in dem sie Leandro in sich aufnahm, ließ sie alles vergessen, was sie jemals mit Serge erlebt hatte.

Jetzt, da der Morgen dämmerte, erschrak sie über diese starken Gefühle, die sie bereits für ihn besaß. Zärtlich fuhr sie mit ihrem Finger die Form seiner Lippen nach.

Aber was wusste sie von ihm? Er hatte einen Schäferhund namens Rex, den er bei seiner Familie auf dem Land gelassen hatte. Rex mag keine Unruhe, hatte er Olivia mit einem Lächeln erzählt. Er wollte seinem Hund den Umzug nicht zumuten. Leise schob sich Olivia aus dem Bett, sie wollte ihn nicht stören, sondern nur auf die Terrasse gehen, deren Türen weit offen standen. Sie wickelte sich in das Leintuch ein und ging hinaus auf die Terrasse, die um die ganze Wohnung herumführte. Ein leichter Wind strich ihr übers Gesicht, sie sah zu, wie die Sonne rötlich über den Dächern von Madrid aufging. Sie beugte sich über das Geländer und konnte bis zum *Museo del Prado* sehen. Hatte er diese Wohnung deshalb ausgewählt, weil er gern in den Prado ging?

Vielleicht ein kleiner Anhaltspunkt, der ihr ein wenig mehr über ihn verriet. Unwillkürlich wandte sie sich um und sah durch die offene Tür ins Schlafzimmer mit diesem breiten, wuchtigen Bett und seinem Baldachin, war auch das sein Geschmack? Nach kurzem Zögern ging sie über die Terrasse ins Wohnzimmer. Zwischen teuren antiken Möbeln standen noch einige Kisten und ein paar Kartons auf dem Boden. Ihr Blick blieb an dem Marmorkamin hängen, auf dessen Sims einige gerahmte Skizzen in Schwarz-Weiß standen. Olivia sah genauer hin. Es waren Zeichnungen eines Stierkämpfers in den drei entscheidenden Phasen des Kampfs. Da fiel ihr ein, dass Leandro zwischen Umarmungen erwähnt hatte, seine Mutter habe die Wohnung für ihn ausgesucht und auch eingerichtet, alles arrangiert, er habe einfach keinen Kopf dafür. Es sei ihm egal, nicht wirklich wichtig. Er lebe gern draußen auf dem Land, hier in der Stadt … Doch da hatte er den Satz nicht mehr zu Ende gesprochen, sondern sie wieder an sich gezogen.

Olivia sah sich weiter um. Auf dem Tisch vor dem Sofa lagen verschiedene Kuverts, daneben Fotos in silbernen Rahmen, für die man offenbar noch keinen Platz gefunden hatte, um sie aufzustellen. Sie konnte ihre Neugier nicht unterdrücken, so ging sie durchs Zimmer und griff danach. Ein Foto zeigte Leandro, offenbar mit seiner Familie. Die Eltern saßen, dahinter standen außer Leandro drei weitere junge Männer und dazwischen eine Frau. Seine Geschwister? Ihr Blick fiel auf die Mutter, ihre Haltung drückte Stolz aus, aber auch Kälte, wie Olivia fand. Kostbare Ohrringe betonten das schmale, schöne Gesicht. Olivia war über die Ähnlichkeit Leandros mit seiner Mutter tief betroffen. Was war sie für eine Frau? Was hatte Leandro für eine Kindheit gehabt, hatte er Wärme, Nähe und Geborgenheit erleben dürfen?

Olivias nachdenklicher Blick ging zurück zu den Stierkampfszenen auf dem Kaminsims. Gab Leandro diesen Zeichnungen eine so große Bedeutung, dass er sie dort bereits aufgestellt hatte, während sich hier noch vieles in chaotischer Unordnung befand?

Sie spürte, wie ihr Herz stark klopfte, sie sollte ins Schlafzimmer zurückkehren, zurück ins Bett zu ihm und abwarten, bis er aufwachte. Vielleicht waren diese Skizzen ja nur ein Geschenk oder ein dekorativer Blickfang auf dem Kamin, aufgestellt von seiner Mutter, oder waren es Zeichnungen eines berühmten Künstlers?

Doch Olivia ging nicht zurück. Sie sah sich weiterhin im Wohnzimmer um. Es standen ein paar Vasen ohne Blumen herum, Leuchter, in denen noch keine Kerzen steckten. Und am Barockschrank lehnte ein goldgerahmtes Gemälde, mit der Innenseite zum Schrank gewandt. Sie sollte jetzt wirklich nicht weiter hier herumsuchen, es ging sie nichts an, sie sollte warten, bis Leandro freiwillig über sich, die Familie und seinen Beruf erzählte. Er schien noch nicht bereit dazu, und deswegen sollte sie ihm Zeit geben. Trotzdem ging sie weiter zu dem Schrank, nahm das Gemälde hoch und drehte es um.

Ein Matador in seinem *traje de luces*. Ein Matador in unverwechselbarer Haltung, den Kopf halb zur Seite, der Körper dem

Stier zugewandt, das Profil stark ausgeprägt, die schwarzen Haare betont.

Olivia spürte ein Zittern am ganzen Körper, ein nervöses Frösteln. Sie sollte das Bild ganz schnell zurückstellen und zurück ins Schlafzimmer gehen. Zurück zu Leandro. Doch sie konnte es nicht. Inzwischen war es vollkommen hell geworden, ein Lichtstrahl fiel ins Zimmer direkt auf das Gemälde in ihren Händen und betonte jeden Strich, jede Nuance. Vielleicht war es ein Bruder von Leandro, ja, so musste es sein, ein Bruder, der ihm ähnlich sah. Doch sie wusste es bereits, das war eine Illusion, denn der Matador auf dem Gemälde war er, Leandro, der Mann, dem sie sich heute bereits zum zweiten Mal rückhaltlos hingegeben hatte. Ohne Vorbehalte, ohne Zögern, ohne Misstrauen.

Mit zitternder Hand lehnte sie das Gemälde wieder gegen den Schrank, umgedreht, so wie es gewesen war. Jetzt im hellen Licht sah sie, dass ein Kuvert im Rahmen steckte, noch zögerte sie, doch dann hatte sie keine Skrupel mehr. Sie löste es vorsichtig und öffnete es, holte ein Foto heraus. Offenbar hatte der Maler die Aufnahme als Vorbild für das Bild benutzt, um die Szene besonders realistisch darzustellen. Es war Leandro, und darunter stand: *Kampf von José Díaz am 3. September 1946 in Sevilla.*

Ihr Atem schien auszusetzen, sie starrte auf das Foto, unfähig, es zurückzustecken.

»Es tut mir leid, dass du es so erfahren hast.« Das Foto fiel ihr aus der Hand, als sie herumfuhr. Leandro stand im Türrahmen der Terrasse, nackt, nur ein Handtuch um die Hüfte geschlungen.

Seine Stimme klang kalt, emotionslos. Er kam nicht zu ihr herüber, um sie in den Arm zu nehmen, aber wollte sie das? Sie lief auf Leandro zu, er machte ihr Platz, und sie lief weiter über die Terrasse ins Schlafzimmer hinüber, ohne zu sprechen, ohne ihn anzusehen. Hastig zog sie sich an, und wieder lief sie an ihm vorbei, denn Leandro war ihr gefolgt und beobachtete sie schweigend.

Er blieb auch noch stumm, als Olivia aus der Wohnung rannte. Draußen verharrte sie einen Moment, wartete, doch die Tür seiner Wohnung öffnete sich nicht mehr. Mit dem Aufzug fuhr sie nach unten. Sie rannte los, während ihr die Tränen über die Wangen liefen.

Irgendwann blieb sie keuchend stehen, lehnte sich an eine Hauswand. Die Erinnerungen stürzten auf sie herein, an das Treffen mit Leandro im *Prado,* als er mit kalter Ablehnung die *corrida* verteidigte, als er ihren leidenschaftlichen Protest als Kampf gegen Windmühlen bezeichnete.

Jetzt hatte er sich wieder von dieser Seite gezeigt, kalt und abweisend, hatte sie nicht einmal aufgehalten, als sie ihn verließ, hatte ihr nicht angeboten, ihr alles zu erklären.

Olivia löste sich von der Hauswand und lief jetzt langsamer weiter. War Leandro wirklich José Díaz? Der berühmte Matador, der in ihrer letzten Vorstellung gewesen war und der ihr vermutlich eine gelbe Rose bringen ließ? War es auch José Díaz, der mit ihr einen Paso doble tanzte, da er mit ihr das teilen wollte, was ihr am meisten bedeutete? Oder doch Leandro?

Ein Mann, zwei Seelen? Oder nur ein gut kalkuliertes Versteckspiel, um sich zu schützen? War er zu feige, ihr die Wahrheit zu gestehen? Wollte er das überhaupt, oder doch nur eine Affäre haben, unerkannt bleiben, ohne sich lang und breit erklären zu müssen?

Olivia ging weiter und weiter. Madrid erwachte, Autos hupten, viele Menschen hasteten zur Arbeit, an einigen Geschäften wurden die Läden hochgezogen. Irgendwann winkte sie einem Taxi. Als sie bemerkte, dass der Fahrer sie durch das Rückfenster beobachtete, ließ sie ihn nach wenigen Minuten wieder an den Bürgersteig fahren, stieg aus und ging den Rest des Weges zu Fuß nach Hause. Pía kam neugierig aus der Küche, die Kaffeekanne in der Hand, als Olivia das Haus betrat.

Nichts hatte sich verändert, alles schien so wie immer. Pía, die ihr die Frage stellte, ob sie Kaffee wolle, und ihr sagte, ihre Großmutter sei bereits weg. Und doch hatte sich für sie alles verändert. Olivia nickte Pía zu und erklärte, sie gehe in ihr Zimmer und wolle nicht gestört werden. Pía blieb reglos an der Küchentür stehen, die rote Kaffeekanne fest an sich gedrückt, und sah Olivia nach, wie sie langsam die Treppe hinaufstieg.

Margarita

Margarita sprach nicht darüber, doch es ging ihr nicht gut. Denn sie wartete. Wartete bereits seit mehreren Wochen. Sie dachte an die Worte Bartolomés, die er im Schlaf gemurmelt hatte, *neu anfangen.*

Längst bereute sie es, sich im Morgengrauen aus dem Zimmer geschlichen zu haben. Sie war mit ihm ausgegangen, hatte eine Quiche mit ihm gegessen, sie hatte ihm zugehört, wie er von Frankreich schwärmte, und sie hatte mit ihm geschlafen. Mit einem Fremden, von dem sie weder den Nachnamen noch seine Adresse kannte. Wer war dieser Mann überhaupt? Ein

Dichter, hatte Elena erzählt, doch er hatte nicht über seinen Beruf, seine Ideale, seine Wünsche gesprochen, nicht über das, woran er gerade schrieb, was ihn bewegte, woran er glaubte. Er hatte ein paar Gedichte zitiert, die er bereits im Alter von zwanzig Jahren verfasst hatte.

Das Hotel *Alta Vista,* in dem der Tangoabend stattgefunden und in dem er dann das Zimmer gebucht hatte, war der einzige Anhaltspunkt. Doch als Margarita dorthin ging und am Empfang nachfragte, wer an diesem Abend das Zimmer Nummer 21 gebucht hatte, schüttelte der Empfangschef ablehnend den Kopf. Diskretion sei die Philosophie des Hauses. Doch Margarita ließ nicht locker, sie erfand eine wilde Geschichte, warum sie den Namen unbedingt wissen müsse, behauptete, ihr Leben hinge davon ab. Sie brachte ihre ganze Redekunst auf, bis er irgendwann aufseufzte, die Hände bedauernd hob und gestand, es sei bar bezahlt worden, mehr wisse er nicht.

»Sie haben sich keinen Pass zeigen lassen, keine Adresse notiert?«, rief Margarita aus. »Ich dachte, Sie sind ein seriöses Hotel und nicht irgendein …«

»Was erlauben Sie sich, *señora*«, brauste der Empfangschef auf, beruhigte sich dann aber schnell wieder, lenkte sogar ein. Er selbst habe an diesem Abend freigehabt. »Sonst«, betonte er, »wäre so etwas nie passiert.«

»Es ist sehr wichtig für mich. Ich bin verzweifelt, denn dieser Mann hat mich einfach verlassen.« Margarita spielte ihre letzte Karte aus, die der hilflosen Frau. Das schien den Empfangschef milder zu stimmen. Er sah sich um, beugte sich zu ihr und erklärte leise: »*Señora,* die Zeiten sind schlecht, es war später Abend, nur noch ein paar Stunden bis zum nächsten Morgen … Viele der Tanzpaare haben sich noch schnell ein Zimmer genommen und bar bezahlt. Wir haben nicht weiter nachgefragt. Bitte verstehen Sie das.«

*

Auch im *Café Ana* kannte man Bartolomé nur mit seinem Vornamen. Er nahm offenbar jedem mit seinem liebenswürdigen Lächeln die Neugier oder auch den Mut, weiter zu fragen. Es schien so normal zu sein, dass er seinen Nachnamen nicht nannte. Ein Künstler eben.

Margarita dachte fast Tag und Nacht an ihn, versuchte, sich die Zeit mit ihm genau ins Gedächtnis zu rufen, sich an jeden seiner Sätze zu erinnern. Da fiel ihr ein, dass er von einer Buchhandlung in der Nähe der Universität gesprochen hatte. Er liebe diese Gegend, sie verströme den Geist der großen Philosophen.

Am späten Nachmittag suchte Margarita die Straßen des Universitätsviertels ab und blieb vor einer Buchhandlung stehen, von der sie sich vorstellen konnte, dass Bartolomé sie mögen würde. Eine Buchhandlung in einem alten Haus mit einem schmalen Schaufenster, in dem sich ledergebundene Werke großer Dichter und Philosophen aneinanderreihten. Eine Glocke an der Tür bimmelte melodisch, als Margarita den dunklen Raum über zwei Stufen einer ausgetretenen Holztreppe nach unten betrat. Die Regale reichten bis zur Decke hoch, waren vollgestopft mit Büchern, die Tische so eng gestellt, dass man kaum Platz dazwischen fand und, wenn man sich durchschlängelte, aufpassen musste, nicht einen der hohen Büchertürme umzuwerfen, die sich auf den Tischen stapelten.

Wie sollte sie hier einen Roman oder Gedichtband des Autors

finden, von dem sie nur den Vornamen kannte? Sie erklärte dem höflichen Verkäufer, sie suche einen Autor, dessen Nachnamen sie vergessen habe.

»Und wie ist der Titel des Buches, das Sie suchen?«

Der Verkäufer blieb freundlich, auf seinem Gesicht zeigte sich Verständnis für die altersbedingte Vergesslichkeit hinsichtlich von Namen.

»Ich muss gestehen, auch das weiß ich nicht, nur, dass der Vorname des Autors Bartolomé ist.«

Das Gesicht des Verkäufers verschloss sich, sein Lächeln erstarb.

»Es tut mir leid«, erklärte er abweisend, »ich habe keine Ahnung, von wem Sie sprechen. Ich kann Ihnen wirklich nicht helfen.«

Er drehte sich um, ging die Stufen zur Tür hoch und hielt sie Margarita demonstrativ auf.

»Sind Sie immer so unhöflich zu Ihren Kunden?« Margarita konnte ihren Unwillen nicht verbergen.

Der Verkäufer zuckte nur die Schultern. »*Señora,* ich bin nicht unhöflich, ich weiß nur nicht, von wem Sie sprechen. Tut mir leid.«

Margarita zögerte noch, wartete, wandte sich dann zum Gehen. Doch sie hatte das unbestimmte Gefühl, dieser Mann wusste genau, wen sie meinte. Aber wenn er Bartolomé kannte, was brachte es ihr, wenn er das nicht zugeben wollte? Mutlos blieb sie vor dem Laden stehen. Es konnte ja auch sein, dass Bartolomé sie einfach nicht wiedersehen wollte.

*

Am nächsten Morgen verließ Margarita noch früher als sonst das Haus, um zu Fuß in die *Una* zu gehen. Diego fuhr heute Morgen die Hotels ab, um Anzüge und Kleider der Gäste abzuholen und sie in die Reinigungen zu bringen. So wollte Margarita ihren Chauffeur heute nicht privat in Anspruch nehmen.

Bevor sie die *Una* betrat, ging sie noch schnell ins Café gegenüber. Das hatte sie schon länger nicht mehr getan.

Sie hatte die ganze Nacht nicht geschlafen, zu viel war ihr durch den Kopf gegangen: Bartolomés Verschwinden, Sorge um Valentina, die in letzter Zeit nicht glücklich wirkte. Jahrelang hatte Valentina die Haare glatt getragen, jetzt kämpfte sie nicht mehr täglich mit einem Glätteisen gegen die Naturlocken. War das ein Zeichen, dass sie zurück in die Vergangenheit wollte, in eine Zeit, in der sie glücklich war? Oder bedeutete es für Valentina einen Akt der Befreiung? *Seht her, ich habe so viel Selbstbewusstsein, um das zu sein, was ich bin und wie ich bin!* Diese Gedanken beschäftigten Margarita, die ihre Tochter als unberechenbar einschätzte, eine Frau, die oft genau das tat, was man nicht von ihr erwartete. Erst als Margarita vor der Tür zum *Café Ana* stand, drängte sich Bartolomé wieder in ihre Gedanken. Warum nur meldete er sich nicht? Sie war nicht mehr jung genug, um den Schmerz schnell zu verkraften, die Verletzung saß zu tief, gerade da sie älter war.

Als Margarita jetzt die Bar betrat, sah sie sich um, in der plötzlichen unsinnigen Hoffnung, Bartolomé erwarte sie an ihrem Tisch. Doch das Lokal hatte gerade erst geöffnet, und Margarita war der erste Gast. Bald schon würden sich hier die Gäste hereindrängeln. Jetzt aber waren die Tische rundherum noch leer. So durchquerte sie den Raum und setzte sich an ihren Stammplatz am Fenster. »*Señora!*« Ana kam durch den leeren Raum auf sie zu. »Endlich. Endlich sind Sie gekommen.«

»Ich war nie weg.« Erstaunt sah Margarita zu Ana hoch, die sich nun zu ihr hinunterbeugte.

»Sie waren zwar nicht weg, aber nicht hier in der Bar«, flüsterte Ana und sah sich dabei unruhig um. »Bartolomé hat darauf bestanden, ich dürfe nur Ihnen persönlich den Brief geben.« Nun sprach Ana so leise, dass Margarita sie kaum verstehen konnte, und sie begriff zuerst nicht, was Ana ihr da sagte. Dann aber verstand sie.

»Wann?« Margaritas Atem ging stoßweise, ihr Herz hämmerte in ihrer Brust. »Wann war das?«, bedrängte sie Ana und griff nach ihrer Hand.

»Das ist schon einige Zeit her, aber er hat mir eingeschärft, auf keinen Fall den Brief in der Wäscherei abzugeben. Er war sehr in Eile. Ich hole den Brief, Moment, *señora*.« Schon lief sie weg und erschien kurz darauf wieder mit einem Kuvert in der Hand. »Er tat sehr geheimnisvoll«, erklärte sie noch, sah sich dabei wieder ängstlich um.

»Danke«, murmelte Margarita, »danke.«

Sie vergaß zu bestellen, doch Ana brachte ihr den üblichen *café con leche* auch so. Mit zitternden Händen riss Margarita das Kuvert auf.

Sie hatte auf Bartolomé gewartet oder zumindest auf einen Anruf, aber war es nicht das Nächstliegende, dass er als Schriftsteller einen Brief schrieb?

Liebste,
ohne Gewissheiten, ohne Sicherheit zu existieren, das ist schon
lange zu meinem Leben geworden. Ich bin sechzig Jahre alt und
kann immer noch von einem Tag auf den anderen aufbrechen.
Auch wenn ich dabei zurücklasse, was ich liebe, die zurücklassen muss, die ich liebe, alles, woran mein Herz hängt. Ich habe

es lernen müssen, da ich nicht bereit war, mich unterzuordnen. Ich habe immer die Freiheit geliebt, die Freiheit des Denkens, des Schreibens, des Fühlens. Und wieder scheint es, als würde mir das zum Verhängnis. Es ist mir nicht vergönnt, in meinem geliebten Vaterland zu bleiben, jedenfalls nicht, solange es von Francisco Franco regiert wird.

Am Morgen nach unserer Nacht wollte ich Dir das alles sagen, Dich sogar fragen, ob Du mit mir kommen willst. Dann aber war ich fast glücklich, dass Du bereits gegangen warst, bevor ich aufwachte. Denn so blieb mir erspart, dass Du mir eine Absage erteilst. Das hätte ich nicht ertragen. So aber bleibt die Hoffnung, dass Du vielleicht doch mit mir gegangen wärst, meine Zukunft, das Glück der Liebe und auch die Traurigkeit des Altwerdens mit mir geteilt hättest. Gestern Nacht hast Du mir das Gefühl von Jugend zurückgebracht.

Ich weiß nicht, wohin mein Weg mich führt, vielleicht nach Deutschland, dem Land der Dichter und Denker, oder wieder nach Frankreich, aber ich hoffe, dass ich eines Tages zurückkommen werde. Du sollst wissen, ich habe einen Roman geschrieben, in dem ich Francisco Franco des tausendfachen Mordes im Bürgerkrieg anklage, ihn für Verhaftungen, Folterungen für schuldig erkläre. Ich konnte nicht anders, ich musste es tun, ich musste die Menschen zum Widerstand gegen ihn aufrufen, mein Gewissen, mein Sinn für Gerechtigkeit hätten mir sonst keine Ruhe gelassen, ich konnte nicht schweigen, und ich tat es im Bewusstsein der Konsequenzen.

Ich will Dir nur sagen, dass ich Dich liebe und Dich in meinem Herzen mitnehme.
B.

Margarita starrte auf den Brief, wagte kaum zu atmen, drehte ihn in ihren Händen, steckte ihn schließlich zurück ins Kuvert. Als sich ihr Herzschlag langsam beruhigte, wusste sie, es war die richtige Entscheidung gewesen, nach der Liebesnacht heimlich zu gehen, nicht zu warten, bis Bartolomé aufwachte.

Denn er hatte mit seiner Befürchtung recht: Sie wäre nicht mit ihm gegangen. Sie hätte nicht mitgehen können. Ein Leben im Exil, vielleicht sogar ständig auf der Flucht, in einem Land, dessen Sprache sie nicht beherrschte, nur allein auf sie beide gestellt. Oder nicht mehr zurückkehren können zu Valentina und Olivia? Nie mehr? Auch sie hatte vor Jahren ihr Zuhause aufgeben, die Menschen, die sie liebte, verlassen müssen. Sie konnte ihn verstehen, begreifen, was in ihm vorging.

Jetzt aber war die Hoffnung gestorben, dass sie ihn bald wiedersehen würde, dass es für sie beide ein gemeinsames Leben geben könnte, hier in Madrid. Bartolomé war gegangen.

Sie hatte in ihrem Leben niemals den Optimismus verloren, doch jetzt musste sie die Realität akzeptieren. Es war vorbei. Sie nickte Ana zu und verließ die Bar, ohne den *café con leche* nur angerührt zu haben. Margarita überquerte die Straße, blieb kurz stehen, zögerte. Sollte sie nach Hause fahren? Doch dann entschied sie sich, gerade das nicht zu tun. Arbeit war das Richtige in der Zeit der Trauer, des Schmerzes.

So also betrat sie ihre Wäscherei, doch dort erwartete sie bereits eine aufgelöste Elena an der Tür.

»Oben im Büro warten zwei Männer auf Sie, sie wirken wie Gerichtsvollzieher oder …«, wisperte sie mit Blick nach oben, »oder wie von der Geheimpolizei.«

*

Endlich waren sie gegangen.

Aber hatte sie auch nichts Falsches gesagt? Die beiden Männer waren sachlich und kühl geblieben, eigentlich höflich, obwohl sie einschüchternd wirkten in ihren dunklen Anzügen und den undurchdringlich glatten Gesichtern, denen man nichts ansehen konnte.

Sie stellten ihr einige gezielte Fragen, die Margarita in ruhigem Ton beantwortete, obwohl ihr die Angst die Kehle zuschnürte und Bartolomés Brief in ihrer Tasche zum bleiernen Gewicht wurde.

»Sie kennen Bartolomé Esteban Llosa Martí.«

Es war keine Frage, sondern eine Feststellung. Das also ist sein Name, schoss es ihr durch den Kopf.

»Kaum«, antwortete sie einsilbig, um nichts Falsches zu sagen. »Eigentlich so gut wie gar nicht«, betonte sie. Im Grunde entsprach das der Wahrheit, was wusste sie schon über ihn?

»Bis jetzt kannte ich nicht einmal seinen Nachnamen«, setzte sie hinzu.

»Sie wussten nicht, wie er heißt, und haben trotzdem eine Nacht mit ihm im Hotel *Alta Vista* verbracht?« Einer der beiden Männer machte sich nicht einmal die Mühe, sein freches Grinsen zu verbergen. Um Margarita drehte sich der Raum, dumpf klopfte ihr Herz, an das sie ihre Handtasche fest drückte. Konnten diese Männer ihr die Tasche wegnehmen und sie durchwühlen? Nein, dazu brauchten sie einen Durchsuchungsbeschluss. Aber wenn sie einfach danach griffen, mit Gewalt ... Hielt sich die Geheimpolizei überhaupt an Gesetze, an Vorschriften? Margarita versuchte, ruhig zu bleiben, sich nicht auffällig zu verhalten, während der Boden anfing, sich zu drehen, und sie sich auf einen Stuhl setzte, ruhig, nach außen hin gefasst, aber die Tasche weiterhin fest an sich gedrückt. Als könne sie dadurch den Brief darin vor Entdeckung schützen.

»Hat er sich nach dieser Nacht bei Ihnen gemeldet?«, wollte der andere Beamte wissen. Sie schüttelte den Kopf.

»Nein«, ihre Antwort kam rasch, zu rasch? Ihr Herz wollte sich nicht beruhigen.

Die beiden Männer sahen sich um, warteten einen Moment, schienen zu überlegen. Wollten sie etwa den Raum, vielleicht die ganze Wäscherei durchsuchen? Margaritas Hände fingen zu zittern an, sie spürte die Schwäche im ganzen Körper, doch dann verständigten sich die Beamten mit einem Blick, und einer der beiden drückte Margarita seine Karte in die Hand. Er schärfte ihr ein, ihn anzurufen, wenn sich Bartolomé Llosa Martí bei ihr melden würde. Und zwar umgehend!

»Sie machen sich strafbar, wenn Sie es nicht tun, haben Sie verstanden?«, setzte der andere drohend hinzu. Margarita erschrak zutiefst.

»Ja, natürlich. Aber warum suchen Sie ihn?«, wollte sie noch wissen, als die Männer sich bereits zum Gehen wandten.

»Llosa Martí ist ein Verräter an unserem Land, an unserem General Francisco Franco.«

Dann nickten die Männer ihr kurz zu, und Margarita hörte sie die Treppe hinuntergehen und die Wäscherei verlassen. Die Tür fiel hinter ihnen zu. Margarita blieb einfach sitzen, die Handtasche immer noch an sich gepresst, sie war zu schwach, um aufzustehen.

Doch dann packte sie die Wut. Wut auf Bartolomé, der ihr vorgegaukelt hatte, er sei ein harmloser Autor, ein weltfremder Poet. Er habe zwar wegen Franco damals Spanien verlassen, aber er liebe es zu sehr, um weiterhin im Ausland zu leben. Und was machte er nach seiner Rückkehr? Er schrieb einen Roman, in dem er zum Widerstand aufrief und den *Caudillo* massiv angriff. Wie konnte er so naiv sein, er musste doch wissen, dass er sich einer Verfolgung aussetzte. Warum dieses Risiko? Warum konnte er nicht einfach ruhig hier in Madrid leben, zusammen mit ihr ein neues Glück in seiner geliebten Heimat suchen?

Hatte er gewusst, dass man ihn überwachte? Wollte er deshalb mit ihr noch eine letzte schöne Nacht verbringen? Er hatte viel riskiert, als er ihr den Brief schrieb und ihn im *Café Ana* für sie hinterlegte.

Margarita war immer ein unpolitischer Mensch gewesen. Sie hatte gearbeitet, ihre Kraft und Energie in ihr schwieriges Leben gesteckt. Sie konnte sich nicht mit Politik beschäftigen, sie nahm sie hin. Sie hatte zwar von Verhaftungen gehört, von vielen Intellektuellen, die heimlich das Land verlassen hatten. Offenbar wie Bartolomé, aber er war zurückgekommen. Hatte er wirklich geglaubt, hier als Regimegegner leben zu können? Margarita seufzte auf.

Elena unterbrach Margaritas Gedanken, als sie an die Tür klopfte, die wie immer offen stand.

»Geht es Ihnen gut?«, wollte sie wissen.

Margarita sah zu ihr hoch und lächelte sie an. Sie war sicher, dass Elena von unten gelauscht, aber nicht alles mitbekommen hatte. »Es ging um unseren Bartolomé«, erklärte sie leichthin, doch als sie den besorgten Ausdruck auf Elenas Gesicht sah, erzählte sie: »Er wird gesucht, aber ...« Sie sprach nicht weiter, denn durfte sie überhaupt darüber reden? Elena sah sie erwartungsvoll an. Sie mochte Bartolomé, also berichtete Margarita, er habe sich gegen das Regime gestellt, zum Widerstand gegen Franco aufgerufen. »Wie gesagt, er wird gesucht«, erzählte sie, »aber offenbar ist ihm die Flucht gelungen.« Ein erleichtertes Lächeln breitete sich auf Elenas Gesicht aus.

»Ich hatte mich schon gewundert, weil er nicht mehr kam, um seine Hemden zu bringen. Und da sind wir doch alle jetzt froh, nicht wahr, *señora?*«

Ihre Blicke trafen sich.

»Ja, Elena, das sind wir.«

Kapitel fünfzehn

Valentina

»Ich gehe jetzt, meine Mutter hat heute Geburtstag. Ich habe verschiedene Unterlagen für Sie auf meinen Schreibtisch gelegt. Bitte sehen Sie sie durch, und vereinbaren Sie die Termine.«

»Natürlich, und ich wünsche Ihnen und Ihrer Mutter einen schönen Nachmittag.« Marina stand im Türrahmen, so als wolle sie Valentina nicht vorbeilassen. »Trotzdem!«, betonte sie.

»Was soll das denn heißen?«

»Außer den Schlagzeilen über Ihre Tochter gibt es ja noch andere Gerüchte.« Jedes Wort, das Marina über die Lippen kam, kostete sie sichtlich aus. Sie wartete, doch Valentina steckte noch einige Zettel in ihre Handtasche, gab vor, uninteressiert zu sein. Sie wusste sehr genau, worauf Marina anspielte. Über ihre Affäre mit dem gut aussehenden Investor Johannes Bachmann wusste sicher jeder Bescheid, sie hatte womöglich weite Kreise gezogen. Aber wusste man auch, dass er der Vater ihrer Tochter war?

Valentina täuschte Gleichgültigkeit vor und ging direkt auf Marina zu, sodass diese ausweichen musste. »Also, *buenas tardes, Señorita* Lozano!« Valentina wartete die Antwort nicht mehr ab, sondern lächelte und ging an Marina vorbei.

Es war früher Nachmittag, also noch viel Zeit, bevor sie sich mit ihrer Mutter und Olivia in einem exklusiven Restaurant traf. Gegen Mittag hatte sie ihre Mutter in der *Una* angerufen und erfahren, dass die Wäscherei bereits geschlossen war und dort schon gefeiert wurde, wie Margarita ein wenig unwillig erklärt hatte. Sie und ihre Angestellten tranken Cava, den Ana zur Feier des Tages aus ihrem Café hatte herüberbringen lassen, zusammen mit einigen Delikatessen, darunter auch winzige Quiches. Elena hatte Luftballons aufgehängt, und sie hatten alle schon ziemlich viel getrunken, wie Valentina von ihrer Mutter erfuhr. Doch Margarita wirkte nicht fröhlich, nicht einmal besonders gut gelaunt. Sie schien nervös. Das sei ihr alles zu viel, erklärte sie auf die Nachfrage ihrer Tochter. Seit einiger Zeit war Margarita besonders unruhig, sah sich oft um, erschrak bei jedem Telefonläuten.

Oder machte ihr der Geburtstag, das Älterwerden so sehr zu schaffen?

Dann aber schweiften Valentinas Gedanken zu Johannes ab. Er hatte ihr einen Brief geschrieben, den sie heute per Luftpost erhalten und sofort aufgerissen hatte. Und als sie jetzt durch die Stadt schlenderte, stand sie plötzlich vor dem *Cibeles*-Brunnen, dem Ort, an dem sie ihn vor sechsundzwanzig Jahren zum ersten Mal getroffen hatte.

»Haben Sie noch nie etwas Verbotenes getan?«, hatte er sie mit einem Augenzwinkern gefragt, als sie ihm zusah, während er wieder aus dem Brunnenbecken stieg.

Sie verharrte einen Moment, erinnerte sich an diesen Augenblick, in dem sie sich in den schönen jungen Mann verliebt hatte. Dann folgte sie einem Impuls und ging weiter. Ob sie die Bar *Cádiz* noch fand, in der sie öfter gewesen waren, Händchen haltend, wo sie einander in die Augen gesehen hatten und glücklich waren?

Doch auch an dem Tag, als Johannes ihr eröffnet hatte, am selben Abend werde er Madrid verlassen, waren sie dort gewesen. Ob es diese Bar überhaupt noch gab?

Valentina ging an der Post vorbei, deren imposantes Gebäude Johannes damals bewundert hatte, suchte die Straße und fand dann auch die Bar, versteckt unter den Arkaden. Ein kleines Lokal mit schweren Möbeln aus Holz und mehreren Weinfässern. Das war für Johannes damals typisch spanisch gewesen, aber auch ihr hatte diese Bar gefallen, weil sie Johannes gefiel.

Valentina sah sich um. Licht fiel durch die offene Tür, und durch die Arkaden sah man die grelle Sonne auf den Platz scheinen. Seit fünfundzwanzig Jahren hatte sich nichts verändert, die Möbel schienen lediglich schäbiger, durch die Zeit abgenutzter zu sein. Aber vielleicht waren sie das damals auch schon gewesen, doch sie hatte das vor lauter Liebe nicht bemerkt.

Touristen saßen an den dunklen kleinen Tischen, tranken Wein und aßen Tapas. Sie erinnerte sich sogar daran: Hier wurde der Rotwein Valpensa angeboten, direkt aus den Weinfässern gezapft.

Valentina setzte sich an den Tisch, von dem sie glaubte, es sei »ihr« Tisch gewesen. In einer sentimentalen Anwandlung bestellte sie sich einen Valpensa. Als der Wein kam und der Wirt noch ein paar Oliven auf den Tisch stellte, fragte er, ob sie etwas essen wolle. Vielleicht ein paar Scheiben Schinken oder seine berühmten Tapas?

Valentina lehnte ab. Während sie den Wein trank, holte sie Johannes' Brief aus ihrer Handtasche und las ihn noch einmal langsam durch.

Valentina, meine Liebe,
nun bin ich also wieder in meinem Leben »gelandet«, doch die
Erinnerung an Dich lässt mich nicht los. Seit meiner Abreise aus
Madrid denke ich an Dich, denke an unsere Umarmungen, an
unsere neu erwachte Leidenschaft, die heute so ganz anders ist
als damals, als wir noch so jung und unerfahren waren.
Sicher wirst Du verstehen, dass ich nach so vielen Jahren meine
Ehe nicht mehr aufgeben werde. Das kann ich meiner Frau
nicht antun, sie würde das nicht verkraften. Aber ich habe einen
Vorschlag: Es wäre mir möglich, nächsten Sommer für drei
Wochen nach Madrid zu kommen. Wir könnten dann auch ans
Meer fahren, wenn Du willst.
Wir würden zusammen sein, das wäre doch ganz wunderbar.
Aber mehr als diese Zeit kann ich Dir nicht bieten.
Bitte lass mich auf Deine Antwort nicht zu lange warten. Ich
glaube fest daran, dass auch Du diese gemeinsame Zeit willst!
Ich umarme Dich
Johannes

Valentina ließ den Brief sinken, den sie bereits auswendig kannte. Die Zeilen von dem Mann, den sie einmal so sehr geliebt und wieder in ihr Leben gelassen hatte. Und der nichts von ihr wollte als eine unverbindliche Affäre. Drei Wochen im Sommer.

Johannes Bachmann, was bildest du dir ein? Ich soll deine heimliche Urlaubs-Affäre sein, während du weiterhin den guten Ehemann spielst?

Doch noch mehr kränkte es sie, dass Johannes in seinem Brief nichts über seine Tochter schrieb, nichts darüber, dass er auch Olivia gern treffen würde.

In einem Impuls zerriss sie den Brief, griff nach den Streichhölzern auf dem Tisch, legte die Schnipsel in den Aschenbecher und verbrannte sie. Dann zahlte sie, erhob sich und verließ mit einem guten Gefühl die Bar: Sie würde Johannes nicht wiedersehen. Sie würde ihn aus ihren Gedanken verbannen, selbst wenn sie ihre Gefühle für ihn nicht »verbrennen« konnte, wie sie es mit seinem Brief getan hatte.

Als sie zu Hause im Zwischenstock aus dem Aufzug stieg, ging sie die paar Stufen zu ihrer Wohnung hoch. Ihre Schritte verlangsamten sich, denn zwei Männer in dunklen Anzügen standen vor ihrer Tür und sahen ihr entgegen.
»*Señora* Serrano?«
Stumm nickte Valentina.
»Wir haben ein paar Fragen an Sie.«

Olivia

»Es tut mir leid, Olivia, aber ich muss eine Entscheidung treffen.«

Marisa Montero zog an ihrer Zigarette, drückte sie dann im Aschenbecher aus und faltete die Hände auf ihrem Schreibtisch. Olivia saß in dem Büro im ersten Stock des *Teatro Montero*. In den Regalen an den Wänden häuften sich Bücher, Kartons, lose Fotos, Programmhefte. Auf einem Ständer hingen ein paar Bühnenkleider, neue Entwürfe der Kostümbildnerin Inés. Dahinter hingen an der einzig leeren Stelle an der Wand die Skizzen ihrer Entwürfe für die nächste Premiere, die im November, nach den Theaterferien herauskommen sollte. Ein Programm, das eigentlich ganz auf Olivia abgestimmt war.

»Ich weiß.« Olivias Antwort klang ruhig und emotionslos. »Mach mit Julia den Vertrag, Marisa, ich kann dir einfach nichts versprechen.«

Marisa seufzte. »Warum bleibst du so dickköpfig? Warum kannst du nicht endlich eine Pressekonferenz geben und sagen, es sei alles doch nur ein Irrtum gewesen, die falsche Auslegung einer hingeworfenen Bemerkung von dir? Jetzt ist bereits ein Monat vergangen, alle warten auf eine Erklärung von dir, sei klug, verbaue dir nicht die Zukunft.«

Marisas Stimme klang eindringlich, und auf ihrem stark gepuderten Gesicht zeigte sich tiefe Sorge, nicht nur um ihr Theater, sondern auch um Olivia, in der sie vor sieben Jahren sofort das Talent eines großen Stars erkannt hatte. Sie waren zusammengewachsen, ein Team geworden. »Du lässt mich und mein Theater im Stich«, klagte Marisa jetzt.

»Ich kann nicht anders, es tut mir leid.« Olivia sah zur Seite und presste die Lippen aufeinander. Marisa kannte sie zu gut. Wenn Olivia einmal eine Entscheidung getroffen hatte, konnte man sie nicht mehr umstimmen. Olivia erhob sich jetzt. »Marisa, entschuldige bitte, aber meine Großmutter hat heute Geburtstag, und wir feiern in einem neuen Restaurant.«

Auch Marisa stand auf. »Dann wünsche ich euch einen schönen Abend, und grüße deine Großmutter ganz herzlich von mir.«

Marisa kannte Margarita gut, da sie zu jeder Premiere ihrer Enkelin erschien und oft anschließend mit Marisa angeregt plauderte. Marisa begleitete ihren ehemaligen Star zur Tür, dann den schmalen dunklen Gang entlang bis zur Treppe.

»Du kannst jederzeit hier trainieren«, schlug sie vor. »Im Probenraum oder auch auf der Bühne, du weißt, du bist immer willkommen. Ich hoffe immer noch, dass sich die Lage beruhigen wird und du in der nächsten Saison wieder auftreten kannst.«

Olivia schwieg dazu, ein schwaches Lächeln auf den Lippen. Sie glaubte nicht daran. Bis jetzt hatte sich die Lage nicht beruhigt. Die Zeitungen waren voll mit Vorberichten über den großen Kampf von José Díaz, die Stimmung war aufgeheizt. Immer mehr Leute schlossen sich den Debatten um die *corrida* an. Doch kaum jemand war gegen die Tradition des Stierkampfs, und so wurde Olivia Serrano mehr denn je angefeindet.

Eigentlich hatte sie heute Marisa von dem Angebot an den Broadway erzählen wollen, doch dann verabschiedete sie sich von der Theaterchefin, ohne darüber gesprochen zu haben. Sie machte den Umweg über die schwach beleuchtete Bühne und atmete den Geruch nach Moder, nach Holz, nach Vergangenheit ein. Langsam drehte sich Olivia und schloss die Augen, in ihren Gedanken brauste der Beifall auf, sie hörte die Bravorufe, dafür lebte sie, dafür arbeitete sie.

Langsam öffnete sie wieder die Augen. Im Hintergrund hörte sie ein paar Bühnenarbeiter, die sich lachend Anweisungen zuriefen und dann entschieden, eine Pause einzulegen. Ihre Stimmen verklangen, und Olivia sah hinunter in den dunklen leeren Zuschauerraum.

Ihr Blick wanderte hoch bis zur Loge I, hier musste Leandro gesessen haben, oder sollte sie ihn José nennen? Wie war sein richtiger Name? Sie wusste es nicht einmal. Von hier aus hatte er die letzte Vorstellung von ihr besucht und ihr eine gelbe Rose bringen lassen. Warum eine einzelne gelbe Rose? Das hatte sie ihn nicht gefragt. Ihn, Leandro, José.

Sie verharrte, machte ein paar Schritte, drehte sich, hob die Arme. Dann ließ sie sie wieder fallen. Vorbei, es war vorbei. Nie war ihr das so bewusst geworden wie genau in diesem Moment. Ein Teil ihres Lebens ging zu Ende, genau hier, genau heute.

Sie stieg die paar Stufen seitlich von der Bühne hinunter und lief wieder einen Gang entlang, der zum Bühnenausgang führte. Sie grüßte den Portier, doch als sie an ihm vorbeiging, rief er ihr nach, er habe einen Brief für sie. Eigentlich hätte es viele gegeben, die meisten aber hatte die Chefin in Empfang genommen, Drohbriefe gegen Olivia. Der hier aber sei privat, das stehe drauf.

Olivia nahm ihn entgegen. Ein längliches Kuvert, eine schöne Handschrift mit ihrem Namen und dem mehrmals unterstrichenen Vermerk *persönlich, vertraulich*.

Olivia schob ihn mit Herzklopfen in ihre Handtasche. Sie ahnte, von wem er kam.

Sie nickte dem Portier zu, verließ das Theater und sah sich suchend um, denn Marisa hatte erzählt, dass immer wieder Fotografen herumlungerten, in der Hoffnung, ein Foto von Olivia schießen zu können. Sie lief über ihre geliebte *Plaza Santa Ana*. Hier hatte sie oft noch vor einer Vorstellung gesessen und Kaffee getrunken, dem Auftritt entgegengefiebert. Eine kurze Pause, bis sie hinüber ins Theater ging, um sich im Probenraum aufzuwärmen, mit Kollegen zu sprechen und sich schminken zu lassen und in ihr Bühnenkleid für den ersten Auftritt zu schlüpfen. Auf diesem Platz war sie immer ein Teil der Energie gewesen, der Lebensfreude, die man hier zwischen den vielen Menschen gespürt hatte, die in einer der Bars noch einen Aperitif tranken, bevor sie ins *Teatro Clásico* oder ins *Teatro Montero* gingen.

Eine Bar neben der anderen reihte sich um den Platz. Vor dem imposanten Hotel Reina Victoria vertrieben sich Fotografen und Reporter die Zeit, standen unter den Bäumen herum, rauchten, unterhielten sich mit den Taxifahrern, ob einer ihnen einen Wink geben könnte, eine brauchbare Information für die Fotografen habe.

Manchmal tranken sie in einer der Bars einen *café solo,* bevor sie wieder nach einem Filmstar oder einem berühmten Matador Ausschau hielten.

Sie sollte sich jetzt aber beeilen, um nicht zu spät zu kommen. Sie wollte eigentlich noch nach Hause, um sich umzuziehen, doch dann setzte sie sich in »ihre« Bar und machte dem Kellner Pietro ein Zeichen, einen *café solo* wie immer.

Hier um den Platz herum hatten im siebzehnten Jahrhundert die Dichter Lope de Vega und Miguel de Cervantes gelebt. Seinen berühmten Roman *Don Quijote* hatte Olivia bereits als Dreizehnjährige verschlungen.

Erst als Pietro den Kaffee vor sie hinstellte, zog sie den Brief aus der Tasche und riss ihn auf. Langsam, mit zittrigen Fingern.

Leandro schrieb:

Liebste,
bitte gib mir die Möglichkeit, alles zu erklären.
Ich hätte es an jenem Morgen getan, aber leider bist Du gegangen und hast mich mit Schuldgefühlen zurückgelassen.
Ich werde in einigen Tagen Madrid verlassen, um mich auf dem Land auf meinen Kampf vorzubereiten. Ich muss Dich sehen.
Ich kenne Deine Adresse nicht, ich habe keine Telefonnummer, also schreibe ich Dir ans Theater. Und hoffe, man gibt Dir den Brief weiter, denn ich habe auf eine Nachricht von Dir gewartet. Ich bin zum Prado gegangen, habe Dich gesucht. So ergreife ich jetzt die Initiative und schreibe Dir diese Zeilen.

Kannst Du übermorgen, am fünfzehnten Juli, abends zu mir kommen?
Ich bitte Dich, gib mir eine Chance, lass mich nicht so zurück, wie Du es bereits getan hast. Leandro (das ist mein Name, mein wirklicher Name, Leandro del Bosque)

Heute war der fünfzehnte Juli. Der Geburtstag ihrer Großmutter. Zufall, dass sie gerade heute bei Marisa gewesen war? Oder doch Schicksal?

Ohne den Kaffee zu trinken, legte sie einen Geldschein auf den Tisch, nickte Pietro zu und verließ den Platz, ging an einem überdimensional hohen Plakat vorbei. Die Ankündigung des Kampfs am 27. Juli, ein Foto von *ihm,* überlebensgroß in der Pose des Siegers, *El Vencedor.*

*

Als Valentina ins Restaurant kam, war Margarita schon da. Sie trug ein neues weißes Kostüm, das ihr zu ihren schwarzen Haaren und ihrer dunklen Haut sehr gut stand. Nervös und aufgeregt, wie Valentina war, erkannte sie trotzdem, dass ihre Mutter sich die Haare hatte färben lassen. Keine einzige graue Strähne war mehr zu entdecken. Valentina beugte sich fahrig zu ihrer Mutter hinunter, küsste sie, gratulierte ihr und setzte sich ihr gegenüber. »Schön ist es hier.« Valentina sah sich unkonzentriert um.

»Ja, und die Speisekarte soll sehr außergewöhnlich sein«, antwortete Margarita, während sie ihre Tochter scharf beobachtete. »Was ist los?«, stellte sie dann die direkte Frage. »Ist etwas passiert?«

Valentinas Haare waren unfrisiert, und ihre Seidenbluse hing auf der Seite aus dem Rock heraus. »Nein, nichts«, versuchte Valentina, ihre Mutter zu beruhigen, während sie noch schnell die Bluse in den Rock schob. »Ich hatte es sehr eilig«, entschuldigte sie sich, als sie Margaritas erstaunten Blick auffing. Für ihre Mutter war das ein Warnzeichen, sie konnte sich nicht erinnern, dass Valentina irgendwann nicht korrekt gekleidet war. Irgendetwas stimmte nicht. Bevor sie noch einmal fragen konnte, betrat Olivia das Restaurant.

»Tut mir leid, ich bin spät dran«, entschuldigte sie sich.

»Das macht doch nichts«, lächelte Margarita und registrierte erstaunt, dass auch ihre Enkelin ziemlich aufgelöst wirkte.

Olivia trug ein zerknittertes Sommerkleid, ihre Haare hingen ihr offen über die Schultern. Es schien, als habe auch sie keine Zeit gehabt, sich zu frisieren oder sich über die Kleiderwahl für einen besonderen Abend Gedanken zu machen. Während sie sich setzte, folgten ihr die Blicke vieler Gäste an den voll besetzten Tischen, es wurde geflüstert, Olivia erkannt.

Sie gab vor, es nicht zu bemerken, doch sie spürte, wie dünnhäutig sie geworden war. Fast erwartete sie, dass jemand aufstand, an den Tisch kam und sie wegen ihres Engagements gegen die Tradition des Stierkampfs beschimpfte. Früher hatte es ihr gefallen, in der Öffentlichkeit angesprochen zu werden und Autogramme zu geben, doch in letzter Zeit war sie ständig in Abwehrhaltung. So blieb sie auch jetzt angespannt, gab aber vor, gut gelaunt zu sein.

Der gekühlte Champagner wurde serviert, und sie stießen auf Margarita an. Valentina überreichte ihrer Mutter eine kleine Schachtel mit den Worten: »Herzlichen Glückwunsch, Mama, das ist ein Geschenk von Olivia und mir.«

Ihre Mutter zog ein Paar Perlohrringe aus der Schachtel und

legte sie voller Freude sofort an. Sie drehte ihren Kopf nach rechts und nach links, und Valentina und Olivia erklärten, sie stünden ihr ganz wundervoll. Jede der beiden bemühte sich um ein bisschen Heiterkeit, bis Margarita fragte, was denn los sei. Es sei schließlich nicht ihre Beerdigung, sondern ihr Geburtstag.

Betroffen sahen Valentina und Olivia sich an.

»Wie kannst du nur so etwas sagen?«, entrüstete sich Valentina. Margarita zuckte die Achseln, und nachdem alle bestellt hatten, schlug sie Valentina vor, jetzt mit der Sprache herauszurücken.

Eigentlich hatte Valentina an diesem Abend nicht darüber reden wollen, doch aus Erfahrung wusste sie, dass ihre Mutter nicht nachgeben würde, bis sie wusste, was passiert war. So setzte sie vorsichtig ihr Glas ab und sah Margarita direkt in die Augen. Letztendlich sollte sie die Wahrheit erfahren, auch wenn heute ihr Geburtstag war. »Also, bevor ich hierherkam, hatte ich Besuch.«

»Besuch? Von wem?« Olivia war neugierig geworden, während Margarita ihr Glas in Erwartung einer unangenehmen Ankündigung ebenfalls auf den Tisch zurückstellte. Sie kannte ihre Tochter zu gut, um nicht zu wissen, dass etwas Gravierendes passiert war.

»Also, als ich nach Hause kam, standen zwei Männer von der Geheimpolizei vor meiner Tür.« Valentina bemühte sich sichtlich um einen ruhigen Ton.

»Was? Wieso?« Olivia reagierte erstaunt, während Margarita den Kopf senkte. Valentina warf ihr einen schnellen Blick zu. »Du weißt, um wen es sich handelt, nicht wahr?«

Ihre Mutter reagierte nur mit einem indifferenten Schulterzucken, zeigte sich scheinbar wenig interessiert, obwohl sie zutiefst erschrak. Zog ihre kurze Beziehung mit Bartolomé bereits so weite Kreise, dass sie auch Valentina schaden konnte?

Da sie nicht antwortete, wandte sich Valentina an ihre Tochter. »Von diesen Männern erfuhr ich, dass meine Mutter, die heute vierundsechzig Jahre alt wird, eine heimliche Affäre mit einem Mann hat, von dem sie angeblich nur den Vornamen kennt und den ...«

»Und deswegen kommt der Geheimdienst zu dir?«, unterbrach Olivia erstaunt ihre Mutter.

Bevor Valentina eine Antwort gab, erklärte Margarita ruhig: »Diese Affäre, wie du es nennst«, betonte sie, »war keine Affäre, sondern Liebe. Und sie wurde durch die politische Situation in unserem Land gezwungenermaßen beendet. Dieser Mann, dessen voller Name Bartolomé Llosa Martí lautet, hat Madrid bereits verlassen.«

Während Margarita sprach, spürten die beiden anderen Frauen ihre tiefe Erregung. Valentina erschrak und griff spontan nach der Hand ihrer Mutter und drückte sie in dem Versuch, sie zu beruhigen. Ihre Mutter sollte vorbereitet sein, falls Llosa Martí bei ihr auftauchen sollte. Sie musste sie schützen, vor Dummheiten bewahren.

»Was hast du ihnen gesagt?«, bedrängte Olivia ihre Mutter.

»Ja, was schon?«, antwortete Valentina gereizt. »Ich wusste ja so gut wie nichts, nur, dass ein Dichter mit dem Vornamen Bartolomé seine Hemden in die *Una* bringt, das hatte mir Elena einmal erzählt. Aber vielleicht war es ja gut, dass du mir nichts gesagt hast«, wandte sie sich an Margarita. »So kam sehr glaubhaft rüber, dass ich keine Ahnung habe. – Olivia, erinnerst du dich an den Empfang im Hotel Ritz am elften Juni?«

Olivia nickte. »Natürlich.« Es war der Tag gewesen, an dem

sie Leandro vor dem *Museo del Prado* kennengelernt hatte. Wie aus weiter Ferne hörte sie ihre Mutter erzählen.

»Da erschien sein Name auf der Gästeliste, aber er war wieder ausgeladen worden. Ich erfuhr ...« Valentina zögerte. »Dass er auf einer anderen Liste stand, auf der Verhaftungsliste.« Ihre Mutter sollte alles wissen, es war besser so. Also sprach sie weiter: »Mir wurde erzählt, er habe sich ins Ausland abgesetzt, bevor Francisco Franco mit seinen Truppen in Madrid einmarschierte. Das ist schon einige Jahre her, erinnert ihr euch? Es war im März des Jahres 1939. Vor Kurzem kehrte Llosa Martí zurück und brachte einen Roman heraus, in dem er sich gegen das Regime stellt. Er veröffentlichte ihn selbst, denn jedem Verlag war sein Manuskript zu brisant gewesen. Was dachte sich dieser Mann bloß dabei? Dass man ihm das durchgehen lässt?« Valentinas Stimme war laut geworden, ihre Erregung stieg von Minute zu Minute.

Margarita versuchte, ruhig zu bleiben, da bereits einige Gäste zu ihnen herübersahen. »Ich weiß es doch auch nicht, was er sich dabei gedacht hat«, betonte sie, blieb aber leise.

»Aber er scheint ein sehr mutiger Mann zu sein, meinen Respekt«, erklärte Olivia, die Bartolomé in Schutz nahm.

»Ja, wenn du es so sehen willst.« Valentina zögerte. »Aber es geht um deine Großmutter und in welche Gefahr er sie gebracht hat.«

»Warum hast du uns nie etwas erzählt?«, bedrängte Olivia jetzt Margarita.

»Es war doch nur so kurz«, erklärte sie, »kaum Zeit, mich überhaupt daran zu gewöhnen, dass ich mich verliebt habe.« In diesem Augenblick wurde das Hauptgericht serviert. Keine von ihnen hatte wirklich Hunger. Valentina und Margarita aßen *Chipirones en su Tinta,* ein baskisches Tintenfischgericht, Olivia nur eine kalte Gemüsesuppe. Margarita hatte in der *Una* bereits von den kleinen Vorspeisen gegessen, die Ana hatte bringen lassen.

»Schmeckt sehr gut«, war Valentinas Meinung, doch auch sie hatte wenig Appetit, der Besuch der Geheimpolizisten beschäftigte sie noch viel zu sehr.

Eine fröhliche Geburtstagsstimmung wollte nicht aufkommen, auch wenn Olivia sich um eine lockere Unterhaltung bemühte. Schließlich schob sie ihren Teller zur Seite und wandte sich an Valentina. »Was soll Großmutter jetzt tun?«

Auch Margarita legte ihr Besteck auf dem Teller ab und wartete auf Valentinas Antwort, die sich direkt an sie wandte.

»Ich denke, Mutter, du verhältst dich am besten wie immer, gehst in die *Una,* machst deine übliche Tour zu den anderen Wäschereien. Aber auf keinen Fall reagierst du, falls Llosa Martí sich bei dir meldet, versprich es mir.« Und Margarita versprach es. Sie wollte Valentina nicht noch mehr beunruhigen.

Während des Nachtischs, der aus Maroneneis mit Zimt und dünn gebackenen Waffeln bestand, versuchten sie, ein wenig lockerer zu sein, sie sprachen über Mode, Restaurants, Margaritas exklusive Kundschaft. Als aber keine entspannte Stimmung mehr aufkam, schlug Margarita vor, zu gehen. »Diego müsste gleich hier sein.«

Als sie vor dem Restaurant auf ihren Chauffeur warteten, wandte sich Margarita an ihre Tochter. Ihr war plötzlich etwas Entscheidendes eingefallen.

»Ich frage mich, wieso wurde Bartolomé nicht bereits im Hotel *Alta Vista* verhaftet? Sie haben ihn doch sicher damals schon überwacht.« Vor dieser Frage hatte sich Valentina während des Abends gefürchtet. »Du kennst doch den Grund, oder?«

Was Valentina dann aber sagte, versetzte Margarita und auch Olivia in grenzenloses Erstaunen.

»Es war nicht er, der überwacht wurde, sondern du, Mutter.« Valentina brauchte ihren ganzen Mut, um weiterzusprechen. »Durch die Überwachung deiner Person kamen sie auf diesen Mann, der auf der Fahndungsliste stand. Das wurde aber erst am nächsten Morgen erkannt, als man wissen wollte, mit wem du die Nacht verbracht hast. Doch da war Llosa Martí schon abgetaucht.«

Margarita brauchte einen Moment, um das zu verstehen.

»Wieso, ich meine ... Valentina! Das kann ich nicht glauben, wieso?«, wiederholte sie, um Fassung bemüht. »Warum werde ich überwacht, und warum erzählst du das erst jetzt?«

Valentinas Seufzer war ein Ausdruck ihrer Ratlosigkeit. »Ich wollte morgen Abend zu euch kommen, um es in Ruhe zu besprechen.«

»Was ist los, warum machst du so ein Geheimnis daraus?«, bedrängte Margarita sie, packte sie am Arm und hätte sie fast durchgeschüttelt. Sie konnte nicht glauben, was sie gehört hatte. Dann aber ließ sie den Arm ihrer Tochter los.

Valentina atmete durch und fuhr fort. »Es ist eine längere Geschichte«, wich sie aus.

»Wir haben Zeit, wir können gern wieder hineingehen, und du sagst uns sofort, was los ist«, forderte Margarita sie auf.

Valentina zupfte an ihrer Bluse, überlegte, wie sie es erklären könnte, ohne ihre Mutter zu sehr zu beunruhigen.

»Als ich mich damals um meine Stelle beworben habe, dauerte es sehr lang, bis ich die Zusage erhielt. Mir war klar, dass ich nach dem Vorstellungsgespräch überprüft und mein ganzes Leben von Geburt an durchleuchtet werden würde, auch das meiner Familie. Und ich vermutete auch, dass eine Akte über mich angelegt wurde. Ich ging davon aus, dass man mich ›im Auge behielt‹, über mein tägliches Leben Bescheid weiß. Aber bei den vielen Hunderten von Angestellten in den Ministerien konnte ich mir nicht vorstellen, dass auch meine Familie weiterhin überwacht wurde. *Beschützt,* nennt es die Geheimpolizei. Sie betonten, dass jeder, mit dem wir drei Kontakt haben, überprüft wird, überprüft werden *muss,* zu unserer Sicherheit und zu der unseres Landes.«

Margarita und Olivia sahen sie tief betroffen an. »Eigentlich hätte uns das klar sein sollen«, meinte Margarita dann. »Waren wir alle drei so naiv, so leichtsinnig?«

»Aber diese Überwachung gilt nicht vierundzwanzig Stunden am Tag«, erklärte Valentina in dem Wissen, dass es die Realität einer Überwachung nicht abschwächen konnte. »Mehr sporadisch, denke ich«, fügte sie hinzu. »Sie haben mich gefragt, ob du Llosa Martí schon länger gekannt und ihn schon öfter getroffen hast.«

Valentina sah ihre Mutter fragend an. Als Margarita nicht antwortete, sprach sie weiter: »Ich habe erklärt, das wüsste ich nicht. Ich denke, sagte ich ihnen, dass es nur ein kurzes Abenteuer war, mehr nicht.«

Margarita schwieg sich aus, verhielt sich indifferent, zuckte die Schultern.

»Also, sag mir jetzt bitte, wie lange kennst du ihn schon?« Valentina wurde ungeduldig, da ihre Mutter nicht antwortete.

»Wir trafen uns ein-, zweimal im Café«, erzählte Margarita dann ganz nebenbei. »Bevor wir die Nacht im Hotel *Alta Vista* verbrachten.«

»Dann hast du und auch er großes Glück gehabt.«

»Ja, wirklich ein Glück«, rief Margarita aus, die Schärfe in ihrer Stimme war nicht zu überhören.

Olivia überlegte. Was aber hatte diese Überwachung für Konsequenzen, für sie und auch Leandro?

Sie schwiegen, warteten nur noch auf Diego.

»Da ist er.« Olivia hatte ihn als Erste gesehen. Der Chauffeur fuhr an den Rand des Bürgersteigs, und nach einem kurzen Gruß ließen sich die drei Frauen von ihm in den Wagen helfen.

»Willst du noch zu uns kommen oder lieber gleich nach Hause fahren?«, wandte sich Margarita an Valentina, die vorne neben Diego saß. Ihre Tochter erklärte, sie habe Kopfschmerzen, und sie solle nicht böse sein, sie möchte einfach nur nach Hause. Während der Fahrt blieben sie stumm, und auch Diego hüllte sich in diskretes Schweigen. Er spürte, dass der Abend anders verlaufen war als geplant. Als er vor Valentinas Haus hielt und ihr die Wagentür öffnete, stieg Margarita zusammen mit ihrer Tochter aus. Valentina sah sich um. Konnte sie unter den vielen Leuten, die noch auf den Gehsteigen flanierten, jemanden von der Geheimpolizei entdecken?

Margarita umarmte ihre Tochter. »Du musst dir keine Vorwürfe machen«, erklärte sie ruhig. »Jetzt wissen wir Bescheid und werden uns entsprechend vorsichtig verhalten.«

»Wenn Llosa Martí mit dir Kontakt aufnimmt, musst du es melden, sonst machst du dich strafbar. Ich möchte nicht, dass meine Mutter noch ins Gefängnis wandert«, beschwor Valentina ihre Mutter.

»Jaja, ist ja schon gut.« Margarita versprach es und dachte an den Brief in ihrer Handtasche. Und sie dachte daran, dass durch ihre Schuld letztendlich Bartolomé aufgespürt worden war.

Als hätte Valentina ihre Gedanken erraten, erklärte sie mit Nachdruck: »Mach dir jetzt bitte keine Vorwürfe. Sie wussten nicht, mit wem du die Nacht verbracht hast. Erst bei der Routineüberprüfung am nächsten Tag wurde er durch die Fahndungsfotos erkannt. Ihr habt Glück gehabt, großes Glück«, betonte sie noch einmal, »aber du trägst keine Schuld daran.« Ihre Mutter sollte sich jetzt keine Vorwürfe machen, nachdem sie den Mann schon verloren hatte, der ihr sicher viel bedeutete. Niemals sonst hätte sich Margarita auf ihn eingelassen. »Ich denke, er hat sich längst ins Ausland abgesetzt.«

Der Brief brannte in Margaritas Handtasche.

»Ja, ja, ist ja gut, mein Schatz.« Sie spürte die große Sorge ihrer Tochter und küsste sie zärtlich auf die Wange, dann stieg sie wieder ins Auto ein. Aber nicht, ohne sich umzusehen. Wurden sie auch heute Abend überwacht? Würde morgen in ihrer Akte stehen, wo sie Margaritas Geburtstag gefeiert hatten? Wobei feiern nicht das richtige Wort war.

»Weißt du, Mama, ich denke, irgendwann in den nächsten Tagen holen wir eine Geburtstagsfeier für dich nach, was meinst du?«

Da lächelte Margarita, strich ihr gerührt über die Wange. »Ja, das machen wir, irgendwann.« Valentina beugte sich hinunter und winkte Olivia zu, die still im Fond des Wagens saß und ihrer Mutter nur schwach zulächelte.

Während der Heimfahrt blieb Olivia immer noch stumm, und auch Margarita schwieg. Was wäre gewesen, wenn man Bartolomé sofort erkannt und im Hotel verhaftet hätte? Vielleicht sogar noch, als sie beide im Bett lagen und sich liebten? Nicht auszudenken.

Jetzt fuhren sie an der hell angestrahlten Kathedrale *Santa María de la Almudena* vorbei, da wandte Olivia den Kopf ihrer Großmutter zu.

»Mutter geht öfter dort hinein, wusstest du das?« Offenbar

suchte Olivia nach einem Gesprächsthema, und Margarita ging darauf ein.

»Besucht sie den Gottesdienst?«

Olivia schüttelte den Kopf. »Nein, sie sagt, sie setze sich einfach in eine Bank, da könne sie gut nachdenken.«

»Ach ja?« Margarita zwang sich, sich auf Olivias Worte zu konzentrieren. Doch letztendlich suchte auch sie die Ablenkung, und so erzählte sie, dass kein Priester Valentina hatte taufen wollen, da sie ein uneheliches Kind gewesen sei.

»Das höre ich zum ersten Mal.« Olivia reagierte erstaunt.

»Leonora und ich fanden außerhalb Madrids einen Priester, der die Taufe vornahm. Tante Leonora spendete damals eine hohe Summe für eine neue Kirchenglocke, nur so ging es. Ungetauft hätte sie auch niemals die elitäre Mädchenschule besuchen können.«

»Und ich, *aba*?«, fragte Olivia.

»Auch in deinem Fall weigerten sich die Priester, ein uneheliches Kind zu taufen. Und wieder haben wir gespendet, auch als du zur Kommunion gegangen bist.« Margarita lachte auf, es klang ein wenig bitter, als sie sich an die jahrelange Ablehnung der Kirche und auch an die der Leute erinnerte. »Damals haben Valentina und ich gehofft, dass du einmal ein eheliches Kind bekommst, das in einer schönen Kirche getauft werden kann, dass du einen geachteten Mann an deiner Seite hast, der für dich und ein Kind sorgt.«

»Ach, *aba*«, wehrte Olivia ab. »Warum denn? Als ich ein Kind war, habt ihr mich beschützt, und heute bin ich erwachsen und kann für mich selbst sorgen.«

»Das ist richtig.«

»Ihr habt mir vorgelebt, was Freiheit bedeutet, und mir gezeigt, dass es gut ist, Entscheidungen allein zu treffen. Eine übliche Ehe in beruflicher und sozialer Passivität, das wäre doch nichts für mich.«

Sie wandte den Kopf ab und sah hinaus auf das leuchtende Madrid, ihre Stadt. Sie verstummten beide wieder, doch Olivia bemerkte, wie sich Margarita mehrmals umdrehte und durch das Rückfenster sah, ob ihnen ein Auto folgte. Olivia aber dachte an Leandros Brief. Spontan beugte sie sich zu Diego vor. »Bitte fahren Sie mich dann weiter, ich habe noch eine Verabredung.«

Leandro bot an, ihr alles zu erklären, und sie wollte alles wissen, auch, warum er sich als Matador einen anderen Namen zugelegt hatte und überhaupt Stierkämpfer geworden war. Was hatte ihn dazu bewegt, in der Arena die Gefahr zu suchen, sich auf einen Kampf einzulassen, einen Kampf auf Leben und Tod?

Sie musste es erfahren, sie musste versuchen, ihn zu verstehen, aber die tiefe Kluft, die sich zwischen ihnen auftat, würde keine Erklärung von ihm schließen können. Es würde nicht gehen. Es konnte nicht gehen.

*

»Pía?«, rief Margarita leise, als sie das Haus betrat. Es duftete nach Kuchen, und durch die offene Tür des Wohnzimmers sah sie den Schein flackernder Kerzen. »Pía? Bist du noch wach?« Margarita ging vor und stieß die Tür ganz auf.

Quijote sprang vom Sessel und kam schnurrend auf sie zu. Die Kerzen auf dem Tisch waren bereits gefährlich heruntergebrannt, der Schokoladenguss auf dem Kuchen war flüssig geworden und rann über den Rand der Platte auf die Spitzendecke. Und Pía lag auf dem Sofa hinter dem Tisch und schlief. Mit einem Kopfschütteln blies Margarita die Kerzen aus. »Da bin ich gerade noch rechtzeitig gekommen«, murmelte sie in Richtung der schlafenden Pía.

»Ach, Pía«, seufzte sie dann, »wie gut, dass du nicht dabei warst. Und danke dir, dass du mir noch einen schönen Abschluss des Tages bereiten wolltest. Das ist wirklich lieb von dir.« Pía antwortete mit einem kleinen Schnarchen, den Mund leicht geöffnet. Sie schlief tief und fest.

Da nahm Margarita die Decke, die über einem Sessel lag, und zog sie vorsichtig über die alte Frau. Pías Haarknoten hatte sich gelöst, und Margarita strich ihr zart über die grauen Strähnen. Pía, Freundin, Begleiterin durch viele schwere Jahre. »Danke dir«, flüsterte sie, »danke dir, Pía, danke für alles.«

Mit einem Lächeln schnitt sich Margarita ein Stück des klebrigen Kuchens ab, denn jetzt hatte sie Hunger, dann legte sie ihn auf einen bereitstehenden Teller und ging damit in die Küche.

»Wir wollen Pía nicht stören«, flüsterte sie Olivias Kater zu, der ihr bereitwillig folgte, in Erwartung einer späten Leckerei.

Wie lange Margarita in der Küche saß, wusste sie später nicht mehr. Sie ließ ihren Gedanken freien Lauf, sie dachte zurück an die Jahre, die so schnell vergangen waren. Vierundsechzig. Wie viel Zeit blieb ihr noch? Wie viele Geburtstage, Weihnachten würde sie noch erleben?

Aus dem Wohnzimmer drang ein immer lauter werdendes Schnarchen zu ihr herüber, und gerade als sich Margarita aus ihren Gedanken löste und aufstand, schrillte das Telefon. In der Diele hob Margarita den Hörer ab. Es war ihre Schwester Yolanda.

Valentina

Konnten sie sich jemals wieder frei bewegen? Jetzt, da sie die ganze Wahrheit kannten, wussten, dass sie überwacht wurden, und es eine Akte über sie gab?

Unruhig lief Valentina durch ihre Wohnung, schlüpfte aus den hohen Schuhen, schleuderte sie weit von sich, zerrte ungeduldig am Reißverschluss ihres Rockes, zog ihn und die Bluse aus, warf beides achtlos aufs Bett. Ihre Gedanken kreisten um Javier, um die Frage, ob sie die Schuld daran trug, dass man damals sein Atelier durchsucht und Negative vernichtet hatte. Aber war das nicht schon vor 1940 passiert?

Valentina ging ins Bad, schminkte sich ab, starrte sich im Spiegel an und setzte sich auf ihren Wäschekorb aus weichem Plüsch. Sie würde nicht schlafen können, wenn sie jetzt ins Bett ging, Javier ging ihr nicht mehr aus dem Kopf.

Sie erinnerte sich, als sie vor sieben Jahren in sein Atelier stürmte, um ihm zu sagen, das Unglaubliche sei passiert, sie habe die Stelle, von der sie ihm erzählt hatte. Sie war verletzt über seine kühle Ablehnung gewesen. Keine Bitte, sie sollte doch bleiben, nichts, gar nichts. Es sei eine einmalige Chance, sie müsse sie ergreifen.

Da war sie gegangen.

Vier Jahre hörte sie nur von Olivia, wie es ihm ging, bis sie das Schweigen zwischen ihnen nicht mehr ertrug, sie hatte ihm aufgelauert, ihn abgepasst, als er in die Bar *El Pequeño* ging, und war ihm ganz »zufällig« über den Weg gelaufen. Und sie war es gewesen, die ihn ansprach.

Eine spröde erste Annäherung, bei der auf Javiers Stirn das Wort *Freundschaft* stand.

»Ach, Javier«, seufzte Valentina jetzt und erhob sich. »Warum kannst du dich niemals äußern? Warum bleibst du so schweigsam, wenn es um Gefühle geht, bedeute ich dir nichts mehr?«

Das Telefon schrillte und riss Valentina aus ihren Gedanken. Sie sah auf die Uhr, es war bereits nach eins. Wer rief sie um diese Zeit an? Sie erschrak, war es die Geheimpolizei? Unsinn, kopfschüttelnd nahm sie den Hörer ab. Es war ihre Mutter.

»Meine Schwester Yolanda hat gerade angerufen«, erklärte Margarita mit sachlicher Stimme, so, als wäre es an der Tagesordnung, dabei hatten die Schwestern seit fünfundvierzig Jahren nicht mehr miteinander gesprochen.

»Und, was wollte sie?«, fragte Valentina mit der gleichen Sachlichkeit zurück.

»Unser Vater ist gestorben. Schon vor einigen Tagen, morgen ist die Beerdigung.«

»Und, fährst du hin?« Valentina wartete, bis ihre Mutter schließlich bestätigte, dass sie hinfahren würde. Der Zug ging schon sehr früh am nächsten Morgen, also praktisch in einigen wenigen Stunden.

Margaritas Stimme klang müde, sie sprach nicht weiter. Wünschte sie sich die Tochter an ihre Seite, wollte sie, dass Valentina mitkam?

»Soll ich dich begleiten?«, fragte Valentina. Der heutige Abend war für Margarita so wenig schön gewesen. Mitleid und Schuldgefühle ließen Valentina diesen Vorschlag machen. »Wenn du mich brauchst, fahre ich mit«, betonte sie, da Margarita schwieg. Am anderen Ende der Leitung blieb es immer noch still. »Ich würde mitkommen. Aber nur für dich«, fügte Valentina spröde hinzu, es fiel ihr so schwer, ihrer Mutter gegenüber Gefühle zu zeigen.

Endlich antwortete Margarita. Und Valentina schien es, als lächle sie. »Danke.«

War das alles? »Ja, was jetzt, was meinst du damit, soll ich mitkommen?«, stotterte Valentina.

»Danke, dass du es mir angeboten hast. Aber ich muss mich der Vergangenheit stellen, und das sollte ich alleine machen.«

Kapitel sechzehn

Margarita

Margarita lief mit ihrer Tasche in der einen und dem schon fast verwelkten Blumenstrauß in der anderen Hand die Wege des Friedhofs ab, bis sie das frische Grab entdeckte. Dort blieb sie stehen und las die Sprüche auf den Bändern der beiden großen Kränze.

> *Wir haben Dich geliebt, Vater,*
> *wir werden Dich nie vergessen.*
> *Basilio und Familie.*

> *Aber die Liebe bleibt.*
> *Wir vermissen Dich jetzt schon.*
> *Darío und Familie.*

Bitterkeit stieg in Margarita auf. Die Sprüche auf diesen Bändern sprachen von einer heilen Welt, einer heilen Familie, dabei wurde ein Vater betrauert, der die eigenen Kinder geschlagen, die Tochter aus dem Haus gejagt und die Ehefrau in den Tod getrieben hatte.

Margarita erschrak. Diese Gedanken durfte sie nicht zulassen. Ihre Mutter war nachts nach einem Streit mit dem Vater bei strömendem Regen aus dem Haus gerannt. So hatte es ihr Tante Leonora erzählt, als sie von der Beerdigung der Mutter zurückkam.

»Er hatte sie geschlagen. Sie wollte nur weg und lief hinaus in die Dunkelheit. Eigentlich kannte sie den Weg, doch durch den starken Regen war überall nur noch Schlamm und Geröll. Sie rutschte aus, verlor die Kontrolle und stürzte den Abhang hinunter. Dabei schlug sie mit dem Hinterkopf auf die Steine auf. Im Morgengrauen hat man sie unten am Fluss gefunden, sie ist an ihren Verletzungen gestorben.«

Wie konnten ihre Brüder das vergessen? Sie vermissten ihren Vater jetzt schon? Ihn, einen fast neunzigjährigen Greis, der ihnen allen die Kindheit zur Hölle gemacht hatte?

Margarita kamen die Tränen, während sie auf die imposanten Kränze starrte. Sie konnte ihm nicht verzeihen, vor allem nicht den Tod der geliebten Mutter.

Als Margarita ihr damals ein Foto der neugeborenen Valentina schickte, zerriss es der Vater und verbot seiner Frau, jemals wieder Kontakt zu Margarita aufzunehmen. Er habe keine Tochter außer Yolanda. Und die Mutter wagte nicht, nach Madrid zu fahren, um die Enkelin zu sehen und ihre Tochter zu besuchen.

»Ein Tyrann warst du, du bist viel zu alt geworden. Mutter sollte noch leben, nicht du.« Bei ihren gemurmelten Worten erschrak Margarita. Diese Aggression, diesen Hass kannte sie nicht von sich. War sie nicht immer um Harmonie bemüht? Sie sah auf ihren Blumenstrauß hinunter, den sie noch schnell am Bahnhof von Logroño gekauft hatte. Sie zögerte, doch dann schleuderte sie ihn auf die Kränze, wandte sich ab und ging zum Eingang des Friedhofs. Dort drehte sie sich noch einmal um. Ein Fremder war gestorben, nichts weiter.

Bevor sie damals gegangen war, hatten die Geschwister furchtsam zusammengestanden und sie flüsternd gefragt, wann sie denn zurückkäme.

»Wenn Vater tot ist«, hatte sie unter Tränen der Wut und der Verzweiflung erklärt. Sie hatte ihren Schwur gehalten.

Langsam ging Margarita die Hauptstraße entlang, am Rathaus blieb sie stehen und sah zu den beiden mittelalterlichen Türmen hoch, die dem Ort seinen Namen gaben: Dos Torres. Als Kind hatte Margarita dort auf dem Hügel gespielt und mit ihren Brüdern die Wendeltreppe der Türme bis zur Spitze erklommen. Von dort hatte man einen weiten Blick bis zu den Bergen, die sich in der Ferne erhoben.

Margarita lief weiter die sandige Straße entlang, die noch genauso uneben war wie früher.

Sie vermied es, nach rechts zu sehen, wo sich über niedrigen Häusern ein wuchtiger Bau mit runden Torbögen erhob, das war die Villa der Familie López. Dann kam sie an der Bodega vorbei, die zur Weinhandlung der Familie gehörte. *Ramón López Domínguez* stand in großen Lettern über dem Eingang. Die Familie López schien den Ort immer noch zu beherrschen.

Vor der Bodega standen einfache Holztische und Stühle, alte Männer saßen im Schatten, tranken ihren Wein und beobachteten Margarita unter schläfrigen Lidern. Am Ende der schmalen staubigen Straße, die durch das Dorf führte, stand ihr Elternhaus. Margaritas Schritte verlangsamten sich. Was würde sie erwarten – Ablehnung, Vorwürfe?

Zögernd blieb sie stehen. Sie sah sofort, dass das Haus renoviert worden war, es sah hübsch aus, gepflegt. Oleander stand in zwei großen Töpfen rechts und links von der Haustür. Eine

Frau kam heraus, schwarz gekleidet, schmal und zierlich, mit strengem Knoten im Nacken.

»*Buenas tardes,* Yolanda.« War das wirklich sie, Margarita, die das sagte? War das ihre Stimme, die so heiser klang, nur ein Flüstern?

»*Buenas tardes,* Margarita. Die Beerdigung ist bereits vorbei.«

»Der Regionalzug hatte Verspätung, es tut mir leid.«

»Tut es das?« Yolandas Stimme klang nicht aggressiv, sondern ruhig, nachsichtig.

Margarita stellte ihre Tasche auf den Boden. »Eigentlich nicht.« Wieso lügen?

»Dann war es ja gut, dass dein Zug Verspätung hatte.« Jetzt lächelte Yolanda.

»Ich habe in der letzten Zeit viel an euch gedacht«, erklärte Margarita.

»Ja, wir werden alle alt«, war Yolandas schlichte Antwort. »Und ein wenig sentimental.«

»Du wohnst noch hier?« Margarita ging auf Yolandas Antwort nicht ein, die sie ein wenig irritierte.

Yolanda nickte. »Ja, zusammen mit Vater. Aber nun bin ich allein«, erklärte sie einfach.

Die beiden Schwestern sahen sich an. Margarita erinnerte sich, was Leonora ihr erzählt hatte, als sie damals von der Beerdigung der Mutter kam. *Yolanda ist jetzt zweiundzwanzig Jahre alt, aber sie findet keinen Mann. Man sagt, sie habe Flausen im Kopf, wolle einen Beruf ergreifen.*

Viele Jahre waren seither vergangen.

»Ach, Yolanda, wo ist unser Leben geblieben?«

»Ja, es ist zu schnell vergangen. Und haben wir es genutzt?«

Margaritas Antwort war nur ein Schulterzucken.

Stumm sahen sie sich an, nachdenklich, abschätzend, in dem Gesicht der anderen die Kindheit, die Jugend wiederentdeckend.

Endlich trat Margarita auf ihre Schwester zu und umarmte sie ganz vorsichtig.

»Schön, dass du da bist«, sagte Yolanda leise.

*

Am nächsten Tag folgte Margarita der Einladung ihrer Brüder. Im Garten des Hauses von Darío war eine große Tafel eingedeckt worden. Weißes Tischtuch, schöne Gläser. Margarita erkannte, dass sich die Brüder Mühe gaben, ihre Schwester aus der Hauptstadt zu beeindrucken. Ihre Brüder waren erfolgreiche Gemüsebauer geworden, hauptsächlich für Artischocken und Champignons. Sie begrüßten Margarita verlegen, bedauerten, dass sie zu spät zur Beerdigung gekommen sei, und auch, dass sie bei dem anschließenden Essen nicht dabei gewesen war.

»Aber Yolanda war der Meinung, dass du das gar nicht wolltest, deshalb hat sie zu Hause auf dich gewartet.«

Sie sah ihre Brüder an, beide kräftige Männer, braun gebrannt, ein wenig linkisch ihr gegenüber. Erst ihre Frauen, Luisa und Carmen, schafften es, die Situation aufzulockern. Sie hießen Margarita in der Familie herzlich willkommen, freuten sich, dass sie den Weg zurückgefunden hatte, und stellten ihr die Kinder vor. Darío hatte drei Söhne und Basilio zwei Töchter und einen Sohn. Auch sie waren bereits erwachsen.

Sie hörten höflich zu, als Margarita von Valentina erzählte, doch erst als sie erwähnte, ihre Enkelin habe das große Talent ihrer Großmutter Rosa geerbt und sei eine berühmte Tänzerin geworden, kam großes Interesse auf, vor allem bei den Frauen.

Sie brachen in Erstaunen aus, denn sie kannten die berühmte Tänzerin Olivia Serrano aus verschiedenen Magazinen.

»Wir hätten niemals gedacht, dass sie zu unserer Familie gehört.« Die Überraschung war gelungen.

»Sogar auf dem Land kennt man dich«, würde sie nach ihrer Rückkehr zu ihrer Enkelin sagen.

»Wieso hat sie rote Haare?« Darío wurde jetzt auch neugierig.

»Ihr Vater ist Deutscher«, erklärte Margarita ruhig.

Da wechselten die Brüder bestürzte Blicke. Ein Deutscher, etwa ein Nazi, ein Anhänger Adolf Hitlers?

Als ahne Margarita ihre Gedanken, erklärte sie, der Krieg sei doch vorbei, oder nicht?

»Jaja, natürlich ... aber wir sind gegen den Faschismus, deswegen gehen wir hier auch nicht in die Kirche.«

»Wieso nicht?« Margarita wurde neugierig.

»Die katholische Kirche ist faschistisch, schon Papst Pius der Zwölfte war ein Freund Adolf Hitlers«, erklärte Darío bestimmt und ließ keinen Widerspruch zu.

Und so wechselte Margarita geschickt das Thema, indem sie von Valentina und ihrer interessanten, sehr gut bezahlten Position erzählte.

»Erlaubt ihr Ehemann, dass sie arbeitet?«, wollten die Brüder wissen.

»Nein, Valentina ist nicht verheiratet.«

Die beiden Männer tauschten rasche Blicke, die Margarita zu deuten wusste. *Wie die Mutter, so die Tochter* ... Wie oft schon hatte sie diese Anspielung schlucken müssen. So gab es wenige Gemeinsamkeiten mit den Brüdern.

Sie erzählte von ihrem Unternehmen, den acht Großwäschereien, die für die exklusivsten Hotels arbeiteten. Das irritierte die Brüder sichtlich, fast war es, als überforderte es sie, dass ihre älteste Schwester eine erfolgreiche Geschäftsfrau war.

Wie sie das erreicht habe, wollten sie wissen, so ganz ohne Mann? Wie hatte sie das finanzieren können?

Margarita überging ihre Neugierde mit einem Lächeln, beantwortete aber alle Fragen nach Olivia, denn über sie konnten die Frauen nicht genug erfahren.

Die Zeit, die sie mit Yolanda verbrachte, war ein spätes, kostbares Geschenk für Margarita. Die gemeinsamen Stunden ließen Nähe zwischen den Schwestern entstehen, erst vorsichtig, ein zögerndes Vortasten, Fragen, der Wunsch, sich kennenzulernen.

Yolanda erzählte, nach Mutters Tod habe Vater sich verändert. Er erlaubte Yolanda, in der Hauptstadt der Region, in Logroño, eine Ausbildung zur Lehrerin zu machen. Und das sei sie immer noch, Lehrerin an der katholischen Grundschule des Ortes, im Moment seien aber Ferien. Sie liebe ihren Beruf, die Arbeit mit Kindern. Aber es sei zu wenig Geld da, um eine neue Schule zu bauen. Und in der alten herrschten schlimme Bedingungen, teilweise zerbrochene Fenster, kaputte Fußböden, kein Geld für Material, für Hefte, Stifte. Man brauche Geld, auch für eine zweite Lehrerin. »Bildung gegen Armut, weißt du«, Yolandas Stimme klang unsicher, als sie ihre Schwester ansah, die ihr interessiert zuhörte.

»Gerade die Mädchen sollen lernen dürfen«, sprach Yolanda lebhaft weiter. Aber es sei immer noch Schwerstarbeit, die Bauern zu überzeugen, ihre Töchter in die Schule zu schicken. »Die Männer hier hängen an alten Verhaltensmustern. Mädchen sollen heiraten, brauchen nichts zu lernen außer kochen.«

»Da hat sich nicht viel geändert seit unserer Kindheit.« Margarita reagierte nachdenklich. Yolanda nickte. »Wenig. Es kommt ja noch dazu, dass seit dem Bürgerkrieg auf dem Land eine noch größere Armut herrscht als zuvor. Euch in der Hauptstadt geht es gut, das sagt man bei uns.«

»Ja, nur bedingt, nicht allen, aber es gibt auch reiche Leute, das stimmt schon.« Margarita dachte an ihre Straße, in der sich seit Jahrzehnten nichts verändert hatte.

Yolanda schwieg, lächelte und nickte nur. »Aber unseren Brüdern und der ganzen Familie scheint es auch gut zu gehen, was ich so gesehen habe.«

»Ja, schon, du hast recht. Aber die Einladung unserer Brüder für dich war etwas Besonderes, das gibt es nur alle paar Jahre. Sie wollten dich beeindrucken, auch sie kämpfen um ihre Existenz. Aber natürlich hast du recht, sie sind die Ausnahme.«

Nachdenklich sah Margarita ihre Schwester an, bis sie die Frage stellte, die sie beschäftigte.

»Gab es in deinem Leben nie einen Mann?« Margarita erschrak, war das zu neugierig?

»Doch, ja«, erzählte Yolanda ruhig. Er sei auch Lehrer gewesen, sie hätten sich immer heimlich getroffen, sich auch verlobt, doch kurz vor der Hochzeit sei er an Tuberkulose gestorben.

»Er war die Liebe meines Lebens«, erklärte Yolanda schlicht. »Aber ich bin glücklich«, lächelte sie, als sie Mitleid in Margaritas Augen erkannte, »dass ich ihn lieben durfte.«

Yolanda war ruhig und ausgeglichen, sie erklärte, jeder müsse sein Schicksal annehmen, egal, was es bereithielt. Sie sei ein zufriedener Mensch, weil sie in ihrem Beruf ihre Erfüllung gefunden habe. Sie habe sich selbst eine Aufgabe gestellt. »Und ich werde für eine Normalität kämpfen, die Kinder in die Schule bringt.«

Dann hörte Yolanda interessiert zu, als Margarita wieder von Valentina sprach, ihre Unsicherheit, ihren großen Wunsch nach gesellschaftlicher Anerkennung. Und Margarita sprach auch von Olivia. »Wir hoffen, dass sie einmal heiraten wird.«

»Warum?« Yolanda war erstaunt. »Ausgerechnet du und deine Tochter, die nie geheiratet haben, ihr wollt, dass die Enkelin die Ehe als Lebensziel sieht? Wollt ihr das wirklich?«

Da lächelte Margarita. Sie war erstaunt, wie modern Yolandas Ansichten waren.

»Olivia hat sowieso ihren eigenen Kopf, sie hat Karriere gemacht, und das war nicht einfach. Sie soll auch weiterhin das machen, was sie für richtig hält, aber manchmal wünsche ich ihr einen Mann, der ihr eine sichere Existenz bietet, mit dem sie ein Kind haben kann. Ein eheliches«, fügte sie mit einem kleinen Auflachen hinzu.

Margarita und Yolanda konnten nicht genug davon bekommen, miteinander zu sprechen, der jeweils anderen zuzuhören. Manchmal erzählte Yolanda eine Anekdote aus dem Ort, und dann lachte sie, und Margarita lachte mit ihr. Und dieses Lachen brachte sie in ihre Kindheit und Jugend zurück, in die Zeit, als sie sich heimlich unter der Bettdecke Geschichten erzählten, wahre und erfundene.

Vier Tage blieb Margarita, dann schien ihr die Zeit gekommen, in ihr Leben zurückzukehren. Aber war ihr Leben, so wie sie es lebte, das richtige?

Am Abend vor Margaritas Abreise ging sie zusammen mit Yolanda zu der Stelle, an der ihre Mutter tödlich verunglückt war. Ein Kreuz stand dort, mit Rosas Namen, und frische Blumen lagen davor.

»Das Kreuz haben unsere Brüder aufstellen lassen, der Bürgermeister hat es erlaubt. Und ich lege hier immer Blumen ab. Das erscheint mir passender, als sie aufs Grab zu legen. Mutter hat für dich gekämpft«, erzählte Yolanda plötzlich.

»Für mich?«

»Ja, unser Vater war ins Rathaus gegangen, dort hatte man ihn nach Logrōno verwiesen. Er wollte die Verfügung bewirken, dass sein Enkelkind zur Adoption freigegeben würde.«

»Was? Das hat mir Tante Leonora gar nicht erzählt.«

»Nein, sie wollte dich in der Schwangerschaft nicht aufregen. Der Amtsleiter dort wies Vater ab. Keine der Familien im weiten Umkreis hätte ein Kind adoptiert; die meisten waren und sind arm und haben genug Nachwuchs. Zudem drohte Mutter, ihn zu verlassen und uns mitzunehmen, wenn er nicht erlauben würde, dass du bei Leonora lebst.«

»Aber wohin hätte Mutter mit euch gehen wollen? Das wäre doch gar nicht möglich gewesen.«

»Nein, aber Vater bekam plötzlich Angst, die Leute könnten über ihn lachen, und niemand würde ihn mehr ernst nehmen.«

»Arme Mutter«, meinte Margarita leise und bedauernd. »Sie hatte ein schweres Leben.« Dann ging sie in das einzige Blumengeschäft des Ortes, kaufte eine weiße Lilie und brachte sie an das Kreuz.

»Willst du Ramón nicht sehen?« Erst jetzt, am letzten Abend, stellte Yolanda ihr diese Frage.

Margarita hatte darüber lange nachgedacht. Sie hatte ihn geliebt, wie sie niemals danach einen Mann geliebt hatte. Diesen schönen, leidenschaftlichen Mann mit den Augen eines Zigeuners. Wäre Ramón zu ihr gekommen, hätte sie mit ihm gesprochen, doch da er nicht kam, suchte sie ihn auch nicht auf. Es war nicht mehr wichtig.

Am Morgen ihrer Abreise brachte Yolanda Margarita an den Zug. Die beiden Schwestern standen sich auf dem Bahnsteig gegenüber. Yolanda schien nervös, immer wieder nestelte sie an den Haarnadeln herum, die in ihrem Knoten steckten, als habe sie Angst, er könne aufgehen. Sie trug heute kleine Perlohrringe, und Margarita sagte, dass auch sie Perlohrringe liebe. Ihre Tochter und die Enkelin hätten ihr gerade erst welche zum Geburtstag geschenkt.

»Die sind von Lorenzo«, sagte Yolanda und griff sich fast zärtlich an ihr rechtes Ohr, und Margarita verstand: von Lorenzo, ihrer großen und einzigen Liebe.

Da hatte Margarita plötzlich einen Gedanken. Sie holte das Kuvert mit Bartolomés Brief aus ihrer Handtasche hervor. Seit sie ihn bekommen hatte, trug sie ihn mit sich.

»Kannst du ihn bitte für mich aufbewahren? Er bedeutet mir sehr viel.«

Erstaunt griff Yolanda danach. »Natürlich«, antwortete sie und sah mit einem Lächeln hoch. »Dann weiß ich auch, dass du zurückkommen wirst.«

Und Margarita versprach es.

*

Margarita beugte sich weit aus dem Fenster des Regionalzugs und winkte Yolanda, bis der Zug beschleunigte, erst dann zog sie hustend das Fenster hoch, denn der beißende Rauch der Lokomotive, die mit Kohle beheizt wurde, drang ins Abteil.

Als sie sich umdrehte, stand Ramón in der Tür des Abteils.

»Du willst doch nicht abfahren, ohne mich gesehen zu haben?« Er lächelte sie an, und ohne zu fragen, setzte er sich und schlug die Beine übereinander. Dann griff er in seine Anzugtasche und holte ein Etui heraus, dem er eine Zigarre entnahm.

»Ich will nicht, dass du rauchst«, erklärte Margarita kühl.

Seine lockigen Haare waren weiß geworden, doch seine dunklen Augen waren immer noch die eines Zigeuners, und als er sie jetzt anlachte, konnte sie nicht verhindern, dass ihr Herz schneller schlug.

»Immer noch so widerborstig.« Wieder lachte er, und Margarita spürte seinen neugierigen, fast unverschämten Blick, der über ihre Figur glitt.

»Du hast dich gut gehalten«, meinte er dann. »Für dein Alter siehst du noch sehr gut aus.«

Wut stieg in Margarita hoch, Wut, doch auch eine gewisse Hilflosigkeit seiner Unverschämtheit gegenüber.

»Fährst du nach Logroño zu deiner Geliebten?« Wieso klang ihre Stimme so aggressiv? Es ging sie nichts an, und es interessierte sie auch nicht.

Wieder lachte er dieses Lachen, steckte aber das Etui mit den Zigarren in die Tasche zurück. Er war elegant gekleidet. Der helle Leinenanzug stand ihm sehr gut, machte ihn zu einem echten Caballero, wie Margarita fand.

»Wie war es zu Hause bei deiner Familie, den Gemüsebauern und der Lehrerin?«

Hörte sie eine gewisse Verachtung heraus, oder reagierte sie überempfindlich?

»Schön, schön war es.« Margarita blieb einsilbig, als sie sich ihm gegenübersetzte. Sie wollte sich nicht aus der Reserve locken lassen.

»Wie geht es unserer Tochter?«, fragte Ramón unvermittelt. »Du hast sie Valentina genannt, habe ich gehört.«

»Ja, *meine* Tochter heißt Valentina, und es geht ihr gut, sie hat eine sehr gute berufliche Position, spricht Fremdsprachen.«

»Ist sie verheiratet?« Ramón überhörte die Betonung auf *meine* Tochter.

»Nein, das ist sie nicht.«

»Familientradition.« Er blieb unverschämt. Stumm sah sie ihn an. Wie gern hätte sie ihn damals geheiratet, und wie gern hätte Valentina sicher auch Johannes Bachmann geheiratet, aber sie waren beide verlassen worden. Schwanger, allein.

»Ich habe da was gehört über meine Enkelin. Sie sei die berühmte Tänzerin Olivia Serrano. Das ist doch meine Enkelin, oder?« Eine kleine Unsicherheit in Ramóns Stimme ließ Margarita aufhorchen.

»Ja, das ist sie.«

Jetzt beugte sich Ramón ganz nahe zu ihr herüber. Sie nahm den Duft eines teuren Rasierwassers wahr, sah direkt in sein gebräuntes Gesicht, in seine dunklen Augen.

Hastig wandte sie den Blick ab und lehnte sich zurück. Sie wusste, für ihn war sie längst zu alt. Als sie damals ging, war sie jung gewesen, jung und schön, heute war sie für ihn nur eine ältere Frau, Typ Mutter oder Schwester. Er dagegen konnte es sich leisten, eine junge Frau als Geliebte zu haben. Das machte sie in diesem Moment verwundbar, mehr, als sie dachte.

»Wenn du das nächste Mal kommst, bring doch meine Tochter mit und auch unsere Enkelin.«

Jetzt sprang Margarita auf, doch der Zug rumpelte und ruckelte, sodass sie direkt in Ramóns Arme fiel. Wütend versuchte sie, sich zu befreien. Als er wieder lachte, versetzte sie ihm eine Ohrfeige. Abrupt ließ Ramón sie los, und sie fiel zurück auf ihren Sitz.

»Ich möchte von dir nicht provoziert werden, ist das klar?«, erklärte sie bestimmt. Jetzt hatte sie ihre Sicherheit zurückgewonnen. Es war egal, ob er sie als alte Frau betrachtete.

»Was habe ich denn gesagt?« Ramón verstand nicht ganz, aber offenbar sah er die Ohrfeige als Ausdruck weiblichen Temperaments.

»Heute kannst du mich nicht mehr verunsichern«, erklärte sie kühl. »Ich bin eine sehr wohlhabende Frau geworden, mir gehören acht Wäschereien, und ich besitze ein Haus in einem der besten Stadtviertel Madrids.«

Hatte sie es wirklich nötig, dass sie so angab?

»Respekt«, sagte er, und zum ersten Mal hörte sich seine Stimme ernst an, und das Lachen verschwand aus seinem Gesicht. »Meinen Respekt, aber wie hast du das geschafft?«

Plötzlich fiel etwas von Margarita ab: ihre Unsicherheit, die Angst vor ihm, dem Mann, den sie einst so geliebt hatte.

Sie lächelte und sagte: »Du hast ja keinen Hut auf.« Sie hatte seine Frage nicht beantwortet, sie hatte keine Lust für Erklärungen oder sogar Rechtfertigungen. »Ich erinnere mich, schon als junger Mann hast du einen Hut getragen.« Sie wusste, Hüte gaben Ramón etwas Verwegenes, das gewisse Etwas, das den Frauen gefiel, und das hatte Ramón immer schon gewusst. Auch Ramón lächelte jetzt. Nicht mehr herausfordernd wie zuvor, sondern einfach nur ein Lächeln. Er erhob sich.

»Bei der nächsten Station steige ich aus, ich wollte dich nur noch kurz sprechen.«

Auch sie stand auf, doch als er sie umarmen wollte, wich sie zurück. »Nicht, Ramón, bitte nicht.« Nähe durfte sie nicht zulassen.

»Ich würde meine einzige Tochter gerne kennenlernen«, sagte er noch. »Aber wahrscheinlich ist es zu spät dazu.«

»Ja, das denke ich auch.«

Schweigend sahen sie sich an.

»Letztendlich ist es Valentinas Entscheidung«, meinte Margarita. »Ich werde es ihr ausrichten.«

Jetzt verlangsamte der Regionalzug seine Fahrt und fuhr in den Bahnhof ein. Ramón schob die Tür des Abteils auf und drehte sich noch einmal um, bevor er auf den Gang hinaustrat.

»Damals«, sagte er, »habe ich dich geliebt, Margarita, aber ich war einfach zu schwach.«

Die Tür schloss sich, und Ramón war gegangen.

Kapitel siebzehn

Valentina

Für diesen Abend hatte Pía eine kulinarische Überraschung angekündigt. Im katholischen Blättchen habe sie ein Rezept für ein französisches Gericht gelesen, und das wolle sie ausprobieren. »Ein Soufflé«, erklärte sie.

Heute also würde Margarita zum zweiten Mal in ihrem Leben eine französische Spezialität versuchen, das erste Mal lag noch nicht lange zurück. Mit Wehmut dachte sie an ihren Abend mit Bartolomé, an dem sie bei Ana eine Quiche gegessen hatte, einer der schönsten Abende in ihrem Leben.

Nachdenklich saß Margarita auf der Terrasse, in Gedanken bei Bartolomé. Dann erschien Valentina und setzte sich zu ihr. Am Tag zuvor schon war sie hier gewesen, und Margarita hatte ihr und Olivia ein wenig von Dos Torres erzählt, über Yolanda, über ihre Brüder und deren Frauen, die alle schon sehr neugierig auf Valentina und natürlich auch auf den Star Olivia seien.

Für Valentina und Olivia war es eine neue Situation, plötzlich hatten sie eine Familie, die jetzt nicht nur in einer nebelhaften Vorstellung existierte, sondern real geworden war.

Jetzt begrüßte Valentina ihre Mutter mit einem schnellen Kuss auf die Wange und setzte sich ihr gegenüber. Aus der

Küche hörte man Pía Eischnee schlagen. »Es dauert noch«, rief sie.

»Das macht nichts«, rief Margarita zurück, »wir haben Zeit, und Olivia ist auch noch nicht bei uns.«

»Sie will heute noch weg«, kam es aus der Küche. »Das hat sie mit Diego vereinbart.«

»Aha«, war Margaritas verwunderter Kommentar.

»Zu wem fährt sie, weißt du mehr als ich?«, wollte Valentina wissen, doch Margarita schüttelte den Kopf. So verfielen sie in Schweigen, tranken einen Schluck des kühlen Weißweins, der in einer Karaffe auf dem Tisch stand, und warteten.

*

Olivia stand in ihrem Trainingsraum und starrte sich in der Spiegelwand an. Sie hatte keine Musik aufgelegt, sondern nur ein paar Dehnübungen gemacht, den Nacken gelockert, ihre Haltung kontrolliert.

Sie sollte heute Abend Margarita und Valentina von Leandro erzählen. Aber wie würden die beiden reagieren, wenn sie die Wahrheit erfuhren? Bestimmt würden sie wissen wollen, wie es weiterging. Doch das wusste sie selbst nicht. Als sie am Abend von Margaritas Geburtstag zu Leandro gekommen war, hatte er sie an sich gezogen. Sie hatte sich zunächst gewehrt, doch er küsste sie und drängte sie ins Schlafzimmer. Schweigend hatten sie sich geliebt, wortlos dabei in die Augen gestarrt, bis sie sich keuchend und schweißgebadet voneinander lösten. Olivia rollte sich zur Seite, wollte aufstehen, doch da drückte er sie mit einem festen Griff zurück in die Kissen. »Ich werde dir alles erzählen, was immer du wissen willst.«

Und sie setzte sich auf und hörte ihm zu. Er stützte sich auf den Ellbogen und sah sie dabei nicht an, seine Hand jedoch lag auf ihrem Körper, jederzeit bereit, sie wieder festzuhalten. Doch jetzt wollte sie ihm zuhören, alles wissen.

Er begann leise mit seiner Kindheit in Sevilla. »Es ging immer nur um den Stierkampf«, erzählte er, »die meisten meiner Vorfahren waren Toreros. Die Familie meines Onkels aber betrieb eine Schneiderei, in der die *trajes* für die Matadore angefertigt wurden, genäht und bestickt. Auch hier drehte sich alles um den Stierkampf.«

Leandro machte eine Pause, nahm seine Hand von ihrem Körper, setzte sich auf und lehnte sich neben sie gegen die Kissen. »Ein Großonkel von mir, José Díaz, war über Jahre hinweg in Sevilla der Lokalmatador. Er wurde bewundert, verfolgt, er hatte kein Privatleben, überall wurde er bedrängt, er konnte in kein Lokal gehen, nirgendwo ruhig sitzen, unerkannt bleiben. Eines Abends floh er vor seinen Bewunderern und geriet unter eine Straßenbahn. Wurde überrollt. Man musste ihm sein rechtes Bein abnehmen, und nach zwei Jahren des entsetzlichen Leidens starb er. Das Schlimmste für ihn war, dass er nicht mehr kämpfen konnte. Als er starb, war ich zwölf Jahre alt. Ich hatte stets viel Zeit mit ihm verbracht, und ich trauerte sehr um ihn, er war mein großes Vorbild gewesen.

Und dann erfuhren wir, dass er seine gesamten Ersparnisse mir vererbt hatte. Er wollte mir die Möglichkeit geben, hierher nach Madrid auf die berühmte *Escuela de Tauromaquia* zu gehen, um die Kunst des Stierkampfs zu erlernen.«

»Die *Kunst* des Stierkampfs ...«

»Ja, Olivia, die Kunst des Stierkampfs. Als ich meine ersten Kämpfe bestritt, schwor ich mir, niemandem jemals zu erlauben, über mich zu bestimmen. Das würde ich nicht zulassen, ich wollte frei sein, ein Privatleben haben, in Ruhe leben können. Das Schicksal meines Großonkels hatte mich tief berührt und auch geprägt.«

Olivia schwieg, ließ es aber zu, dass er sie jetzt ganz nahe zu sich heranzog.

»Meine Familie verließ mit mir Sevilla und zog in die Nähe von Madrid aufs Land, zwei meiner Brüder, Rubén und Nicolás, arbeiten seit vielen Jahren bereits ausschließlich für mich. Rubén ist mein Agent, kümmert sich um Verträge, und Nicolás übernimmt die Organisation, damit ich weitgehend anonym bleiben kann und meine Sicherheit gewährleistet ist. Auch andere Familienmitglieder sind für mich tätig. Eine Cousine wird mir ab sofort in dieser Wohnung den Haushalt führen. Bis jetzt habe ich draußen bei meiner Familie gelebt. Und die beiden Männer, die du sicher schon vor dem *Prado* gesehen hast, sind Cousins von mir.« Leandro lachte leise. »Wir sind eine Firma, ein Unternehmen.«

»Und deine Schwester?«

»Sie ist in Sevilla geblieben. Sie hat dort geheiratet, ist aber bereits Witwe. Ich besuche sie mehrmals im Jahr. Meine kleine Schwester Ariana.« Zärtlichkeit schwang in seiner Stimme mit. »Dann gehe ich mit ihr aus. Leider hat uns neulich ein Fotograf erkannt und ein Foto geschossen, da bin ich noch am gleichen Abend abgereist. Ich möchte nicht, dass Ariana von Reportern bedrängt wird, auch soll niemand eine Verbindung von mir nach Sevilla verfolgen können.«

»Du hast gesagt, zwei deiner Brüder, hast du nicht vier?«

»Ja, die beiden ältesten, Álvaro und Leo, haben draußen auf dem Land eine Zucht.« Nun zögerte Leandro. »Eine Zucht für Kampfstiere.«

In diesem Moment drehte sich Olivia impulsiv ab, um aus dem Bett zu springen. Sie wollte nur weg, weit weg. Doch Leandro hielt sie wieder fest. »Bitte geh nicht, bitte bleib.«

Sie zögerte, doch dann blieb sie. Sie wollte noch mehr wissen, alles über ihn erfahren.

»Wieso hast du den Namen deines toten Onkels angenommen und nennst dich José Díaz?«

»Mein Name ist Leandro del Bosque«, antwortete er. »Aber wenn ich kämpfe, dann kämpfe ich mit seinem Namen. Ich kämpfe für ihn, für das Andenken an einen großen Mann, einen großen Kämpfer.«

*

Langsam erhob sich Olivia. Sie hatte ihm noch von der Überwachung erzählt, doch da hatte er nur die Schultern gezuckt, er sei dieses Gefühl gewohnt, verfolgt zu werden. Sie verließ den Trainingsraum, doch auf der Treppe zögerte sie.

»Noch zehn Minuten«, rief Pía gerade aus der Küche. »Das Soufflé ist fast fertig, es geht wunderbar hoch.«

»Was genau ist ein Soufflé?«, wollte Valentina in dem Moment wissen, als Olivia auf der Terrasse erschien.

»Eine Art Auflauf, aus Eierschnee und Käse, glaube ich. Irgendetwas Französisches. Pía hat das Rezept aus ihrer Kirchenzeitung«, antwortete Margarita. »Komm, setz dich«, forderte sie Olivia auf. Ein scharfer Blick von ihr genügte, und sie sah, wie blass ihre Enkelin war, es ging ihr nicht gut, das war nicht zu übersehen, auch wenn sie jetzt lächelte und erklärte, sie freue sich schon auf die französische Spezialität. Erwartungsvoll sahen Margarita und Valentina sie an.

»Warum schaut ihr mich so an?«

Und in diesem Moment entschied sich Olivia, nichts über Leandro zu erzählen, jedenfalls noch nicht. Aber sie sprach über den Brief, den sie erhalten hatte.

»In vier Tagen findet in den Räumen der *organización* die Pressekonferenz statt, ich habe schon zu lange damit gewartet.«

»Und wie hast du dich entschieden?«

»Ich habe meine Meinung nicht geändert, ich werde erklären, dass ich mich mit sofortiger Wirkung aus der *organización* zurückziehe.«

»Aber es ist doch dein Projekt«, rief Valentina aus.

Olivia schüttelte den Kopf. »Nein, das war es noch nie. Ihr erinnert euch bestimmt noch an Héctor Moreno Cruz, der die *organización* vor fünf Jahren gründete.«

»Ja, natürlich erinnern wir uns. Du hast erzählt, dass die englische Königin Viktoria sein großes Vorbild ist, sie war eine der Ersten, die sich für den Tierschutz starkmachte.«

»Ja, *aba,* und das hat ihn sehr beeindruckt. Als ich in seine *organización* kam, kümmerten wir uns zuerst nur um Straßenhunde. Und dann gründeten wir das Altersheim für Pferde und Esel, das war unser nächstes Projekt.«

»Aber das wissen wir doch alles.« Verwundert sahen Valentina und Margarita sich an.

Olivia hingegen hatte eigentlich über alle diese Dinge, die ihr so viel bedeuteten, mit Leandro sprechen wollen, ihm klarmachen wollen, wie wichtig der Tierschutz für sie war. Doch die Nacht war zu schnell vergangen, und es war nur Leandro gewesen, der erzählt hatte.

»Das ist bitter für dich«, meinte Margarita bedauernd. »Es tut mir so leid, dass du das jetzt aufgeben musst.«

»Es ist, wie es ist. Héctor braucht das Geld der Sponsoren,

damit er und seine Mitarbeiter weitermachen können. Und aus diesem Grund ziehe ich mich zurück.«

»Und wenn du deine Aussagen gegen die *corrida* doch zurücknimmst?«

Olivia schüttelte den Kopf. »Liebe *aba,* du weißt, dass ich das niemals machen werde. Héctor versteht mich ja, aber ohne das Geld der Sponsoren kann er nicht weitermachen.«

Pía erschien auf der Terrasse, eine Auflaufform in beiden Händen, die sie auf den Tisch stellte. »Vorsicht, heiß«, warnte sie und legte die Topflappen daneben.

»Das sieht gut aus«, bewunderte Valentina die französische Spezialität. Margarita seufzte auf, in Gedanken an die Quiche und den Abend mit Bartolomé.

»Nun, du musst nichts davon essen, wenn du schon vorher seufzt«, meinte Pía spitz, drehte sich um und verließ die Terrasse.

»Aber Pía«, rief ihr Valentina nach, »du hast doch auch für dich gedeckt, komm, setz dich zu uns.«

»Ich habe keinen Hunger«, murrte Pía noch und verschwand.

»Na, dann auf einen schönen Abend«, spöttelte Valentina.

»Warum hat sie denn so schlechte Laune?« Margarita verstand Pía nicht.

»Du hättest eben nicht seufzen dürfen«, lächelte Olivia. »So hat sie geglaubt, wir essen dieses Soufflé nur gezwungenermaßen.«

»Oh, das tut mir leid, das hatte doch gar nichts mit ihr zu tun. Aber sie ist immer so empfindlich.«

Jetzt lachte Olivia.

»Wer von uns ist das nicht?«

Auch Margarita lachte, und nach dem ersten Bissen rief sie laut in Richtung Küche. »Pía, komm schon, iss mit uns.«

»Ja, gleich«, brummelte es dickköpfig aus der Küche.

So aßen sie von dem leichten Soufflé, nahmen sich von dem Tomatensalat mit Kräutern, eine von Pías Spezialitäten.

Margarita dachte wehmütig an Bartolomé, Olivia an Leandro und dass sie jetzt zwar einiges über ihn wusste, er aber wenig von ihr. Auch nicht, welche Bedeutung ihr jahrelanger Einsatz im Tierschutz wirklich für sie gehabt hatte, und wie schwer es ihr fiel, sich aus der *organización* zurückzuziehen. Und dass sie einfach nicht anders handeln konnte, als weiterhin die *corrida* abzulehnen. Sie musste ihm das alles sagen, es ihm erklären.

»Diego ist da.« Pía erschien in der Tür zur Terrasse, und als Olivia aufsprang und sich hastig verabschiedete, setzte sie sich zu Valentina und Margarita.

»Das Gericht kannst du öfter machen, Pía«, rief Olivia noch aus der Diele, dann fiel die Haustür hinter ihr ins Schloss.

*

Margarita wirkte auf Valentina angespannt und nervös, und als sie die Gabel auf den Teller legen wollte, glitt sie ihr aus der Hand und fiel krachend auf den Steinboden.

Endlich stellte Valentina die Frage, die sie am gestrigen Abend noch unterdrückt hatte. »Als du in Dos Torres warst, hast du ihn, ich meine …« Sie brach ab.

»Ja, ich habe deinen Vater gesehen, mich auch mit ihm unterhalten, aber nur kurz«, war Margaritas Antwort, dann schwieg sie wieder. Sie dachte an den schmerzlichen Moment im Zug, als sie erkannt hatte, dass sie eine alte Frau war und er in gewisser Weise als Mann immer noch jung geblieben war. »Er würde seine einzige Tochter gern kennenlernen«, setzte sie noch hinzu, sie sollte fair bleiben.

Diese Aussage überforderte Valentina, Margarita spürte es sofort. »Sag nichts, überlege es dir einfach.«

Nachdem auch Pía von dem Soufflé gegessen und gesehen hatte, dass es den anderen auch geschmeckt hatte, erhob sie sich, stellte die Teller zusammen und trug sie schweigend in die Küche. Auch Margarita stand auf. Sie wirkte weiterhin nervös und unsicher.

»Ich muss leider noch weg, ich habe es ganz vergessen«, erklärte sie hastig.

»Du triffst doch nicht etwa Llosa Martí?«, rief Valentina ihrer Mutter nach, die bereits die Terrasse verlassen hatte.

»O nein, nein«, wehrte Margarita mit einem erzwungenen Lachen ab, äußerte sich aber nicht weiter.

»Aber es ist doch bereits zehn Uhr«, protestierte Valentina, die ihr in die Diele gefolgt war.

Margarita warf ihr nur ein kurzes *buenas noches* über die Schulter zu, erklärte, Diego sei sicher bereits zurück, und griff nach ihrer Handtasche. Kurz darauf fiel die Haustür hinter ihr zu.

Valentina überlegte einen Moment, dann ging sie zu Pía in die Küche.

»Weißt du, wohin meine Mutter fährt?« Die Haushälterin schüttelte den Kopf und begann klappernd mit dem Geschirrspülen. Valentina überlegte. Ein Verdacht stieg in ihr hoch. Was war, wenn ihre Mutter doch Llosa Martí traf, obwohl sie es so kurz, aber heftig abgestritten hatte?

Unschlüssig blieb sie stehen, bis ihr Blick auf eine Visitenkarte fiel, die Margarita in der Eile offenbar aus der Tasche gerutscht und auf den Boden gefallen war. Valentina hob sie auf.

Julio Fernández González. Die angegebene Adresse lag in einem Viertel, das Valentina nur vom Hörensagen kannte. Eine ärmliche Gegend, in der der Schwarzhandel blühte. Und schummrige Kneipen, in denen Männer für wenig Geld ein schnelles Abenteuer suchten.

Sie wurde neugierig, grenzenlos neugierig, aber auch besorgt. Konnte es sein, dass ihre Mutter bereits die nächste Affäre hatte? Aber mit einem Mann in dieser Gegend? Valentina prägte sich den Namen und die Adresse auf der Karte ein und legte sie auf die Konsole unter das Telefon. Spontan entschloss sie sich, ihrer Mutter nachzufahren.

»Ich muss auch gehen. Und das Soufflé ist etwas ganz Besonderes«, rief sie noch rasch Pía zu, dann hastete sie aus dem Haus und weiter bis zur nächsten Ecke. Dort, an der großen Straße, nahm sie sich ein Taxi und nannte dem Fahrer die Adresse.

»Wollen Sie wirklich dorthin, *señora?*« Der Fahrer beobachtete sie im Rückspiegel. »Am Abend nicht ganz ungefährlich für eine Dame.«

Aber er kannte die Straße, die sie suchte, und erklärte ihr genau den Weg, bevor sie ausstieg.

Sie drängelte sich durch die Leute, hielt ihre Tasche fest an sich gepresst und war erleichtert, dass sie das Haus schnell fand. Auf der Visitenkarte hatte nicht gestanden, welche Nummer seine Wohnung hatte. Ratlos sah sie sich um, bis eine ältere Frau in einer Kittelschürze aus dem Haus kam und einen Eimer mit dreckigem Wasser im Rinnstein ausleerte.

»Zu wem wollen Sie?« Sie war freundlich, ein wenig neugierig, und so nannte Valentina ihr den Namen. »Ah, zu unserem Heiler«, die Frau lachte spöttisch auf und betrachtete Valentina mit großer Neugierde.

Es war ein peinlicher Moment, fand Valentina. Heiler, das stand nicht auf der Visitenkarte. Und da erschrak sie zutiefst.

War ihre Mutter krank? So sehr, dass sie es weder der Tochter noch der Enkelin erzählte?

Sorge und Angst ließen ihr Herz dumpf gegen die Rippen schlagen. Oder brauchte sie seelischen Trost, kam sie über die Trennung von Llosa Martí nicht hinweg, hatte sie Probleme mit dem Tod des Vaters?

»Also«, die Stimme der älteren Frau riss sie aus ihren ängstlichen Gedanken, »wenn Sie Julio Fernández González, den *Heiler*« – wieder betonte sie das Wort –, »suchen, dann drehen Sie sich um. Ich habe ihn vom Fenster aus gesehen. Er sitzt da vorne an der Ecke mit einer eleganten Señora.«

Valentina bedankte sich und ging langsam auf das voll besetzte Café zu. Unter den vielen Leuten sah sie einen älteren unscheinbaren Mann. Neben ihm saß eine Frau, die ihre Haare im Nacken zum Knoten geschlungen hatte und ein grünes Kleid trug. Jetzt beugte sich der Mann ganz nahe zu der Frau, nahm sie am Arm und redete eindringlich auf sie ein.

Und diese Frau war ihre Mutter.

*

Valentina fand nicht in den Schlaf. Sie war spät nach Hause gekommen. Zuerst hatte sie lange gewartet und zu den beiden hinübergestarrt, doch sie waren so in ihr Gespräch vertieft gewesen, dass sich Valentina entschloss, nach Hause zu fahren.

Und als sie am Morgen übernächtigt aus dem Bett stieg, traf sie eine Entscheidung. Sie würde noch einmal zu der Adresse Julio Fernández González fahren und versuchen, mit ihm zu sprechen. Sie hatte keinen festen Plan, aber irgendwas würde ihr schon einfallen. Hastig zog sie sich an, suchte sich wieder ein Taxi und fuhr zu der Adresse des *Heilers*. Im grellen Licht des heißen Tages wirkte die Straße mit den bunten Häusern, an denen der Putz abblätterte, heruntergekommen und verwahrlost. Ein paar abgemagerte Hunde trotteten am Rinnstein entlang.

Als Valentina vor dem Haus von Julio Fernández González stand, wurden gerade Möbel herausgetragen. Direkt neben den Packern stand ein Mann in einem hellen Anzug. »Suchen Sie jemanden?«, fragte er höflich, als Valentina sich umsah.

»Ja, ich suche *Señor* Fernández González.«

Der Mann lachte auf, warf seine Zigarette in den Rinnstein. »Da sind Sie nicht die Einzige. Auch ich wüsste gern, wo er sich aufhält. Ich bin der Besitzer dieses Hauses und sein Vermieter. Jetzt reicht es mir, ich lasse seine Wohnung wegen Mietschulden räumen.«

Unschlüssig verharrte Valentina einen Moment, beobachtete, wie Julios Vermieter die Möbel genau inspizierte, bevor sie in einen kleinen Lastwagen verfrachtet wurden.

Da drehte sie sich langsam um und ging. Doch Valentinas Sorge, ihre Mutter könne krank sein, blieb.

Kapitel achtzehn

Valentina

Auch diese Nacht konnte sie keinen Schlaf finden. Gegen Morgen aber hatte sie endlich einen Plan gefasst. Sie würde ihrer Mutter Zeit geben, vielleicht erzählte sie von sich aus, wer der geheimnisvolle Julio Fernández war. Erst nach Olivias Pressekonferenz würde sie Margarita zu einem Gespräch bitten. Nachdem sie diese Entscheidung getroffen hatte, fühlte sie sich erleichtert, auch wenn sie sich weiterhin Sorgen machte. Aber heute hatte sie selbst einen schwierigen Tag vor sich. Sie sollte jetzt ruhig bleiben, einen klaren Kopf behalten.

Sie fuhr am frühen Morgen zum Flughafen. Unruhig lief sie in der Ankunftshalle auf und ab, setzte sich dann auf die Bank und zog den Brief aus ihrer Tasche. Er war von Johannes.

Aurelia, meine Geliebte.

Er hatte Aurelia geschrieben!

Ich musste beruflich ganz überraschend nach Paris und London. Bevor ich Europa wieder verlasse und nach New York zurückfliege, möchte ich einen Abstecher nach Madrid machen, nur für zwei Tage zwar und eine wunderbare Nacht. Ich komme ganz

privat, und ich möchte diese kurze Zeit mit Dir verbringen,
Aurelia. Ich möchte Dich sehen, Dich fühlen. Bitte hole mich
am Flughafen ab.
Wir haben nicht viel Zeit für uns, und wir könnten sofort vom
Flughafen in mein Hotel fahren, wäre das nicht wunderbar?
Ich freue mich auf Dich, auf Deine weiche Haut, Dein
Lächeln, ich kann es kaum erwarten.
Johannes

Darunter hatte er den Tag und die Ankunftszeit angegeben. Der Tag war heute und die Ankunft um 9.35 Uhr, in genau fünfzehn Minuten. Valentina erhob sich, warf den Brief in den Papierkorb neben der Bank und lief wieder unruhig auf und ab. Gleich, gleich würde er herauskommen. Sie sah den Portiers in ihren Uniformen zu, die Schilder ihrer Hotels hochhielten, um die Gäste abzuholen. Sie beobachtete Frauen, die ankommenden Männern zuwinkten und sie dann umarmten, glücklich, sie wiederzusehen.

Auch die Maschine aus Paris war bereits gelandet, Johannes würde gleich durch die Glastür kommen. Jetzt spürte Valentina ihr Herz heftig schlagen, sie war nervös, unsicher, aber gerade das sollte sie nicht sein. In diesem Moment rief jemand ihren Namen, und als sie sich umdrehte, drängte sich Javier durch die Ankommenden und stand plötzlich vor ihr.

»Valentina!«, rief er aus. »Hast du gewusst, dass ich heute zurückkomme, hat Zacarías es dir gesagt?«

Er freute sich, er strahlte, doch als er sie umarmen wollte, sah er ihr Zögern. »Du bist nicht meinetwegen gekommen.«

Stumm verneinte sie und wandte sich unwillkürlich den Passagieren zu, die gerade durch die Glastür kamen. Javiers Blick war ihrem gefolgt. Johannes stand dort und winkte

Valentina lachend zu. Valentina spürte, wie sie blass wurde und ihre Knie fast nachgaben.

Jede Freude verschwand aus Javiers Gesicht.

»Ach so. Dann will ich dich nicht aufhalten. Viel Vergnügen mit ihm.« Schon wandte er sich von ihr ab, doch sie hielt ihn am Ärmel fest. »Es ist nicht so, wie du denkst, ich will …«

Doch da riss er sich unwillig los und ging weg. Sie wollte ihm nachlaufen, aber er drehte sich nicht mehr um und verschwand schnell zwischen den Reisenden. Da aber stand Johannes bereits vor ihr und zog sie an sich, wollte sie küssen. Heftig löste sie sich und schüttelte den Kopf, während sie in die Richtung sah, in die Javier gegangen war. Dann aber wandte sie sich Johannes zu: »Wir müssen reden. Und zwar hier und sofort.«

*

An diesem Abend ging Valentina zu ihrer Mutter. Sie musste mit ihr über die Ereignisse am Flughafen sprechen, vielleicht doch heute schon Margarita zum Reden bringen, wer dieser geheimnisvolle Heiler war. Sie hatte also einiges vor.

»Wie geht es Olivia? Ist sie oben?«, war ihre erste Frage an ihre Mutter, als sie das Haus betrat.

»Lass sie bitte in Ruhe, Valentina. Sie hat versprochen, zum Essen herunterzukommen, aber sie ist so blass und unruhig, sagt nur, sie sei müde. Sie will keine Fragen beantworten, so viel ist klar.« Gemeinsam gingen sie auf die Terrasse und setzten sich, Pía rief aus der Küche, sie habe Tapas, ein wenig Schinken und Käse gerichtet, auch Tomaten und Oliven.

»Ist gut, Pía, lass dir Zeit.«

»Javier ist zurück«, erzählte Valentina, sie konnte diese Neuigkeit nicht mehr zurückhalten. »Ich habe ihn am Flughafen getroffen, als Johannes aus Paris gelandet ist.«

Margarita warf ihr einen prüfenden Blick zu. »Johannes war hier?«, fragte sie befremdet. »Und du warst mit ihm verabredet?«

Valentina nickte. »Er kam aus Paris, und flog über Madrid nach New York zurück. Vor ein paar Tagen bekam ich einen Luftpostbrief von ihm aus Paris. Er wollte mich hier treffen, er habe zwei Tage und eine Nacht Zeit. Ich sollte ihn am Flughafen abholen.«

»Und?« Aus Margaritas Stimme war die Ablehnung nicht zu überhören.

»Ich wusste, wann sein Flieger landet, aber ich wusste nicht, in welchem Hotel er absteigen wollte. Also fuhr ich zum Flughafen hinaus, um mit ihm zu reden. Ich wollte vermeiden, dass er plötzlich vor meiner Tür steht«, fügte sie hinzu.

»Du wolltest also keine Zeit mit ihm verbringen?« Margarita war sichtbar erleichtert, und so lächelte Valentina. Sie verstand, ihre Mutter wäre enttäuscht von ihr gewesen, wenn sie sich erneut auf eine Affäre mit Johannes eingelassen hätte. Sie schüttelte den Kopf. »Nein, auf keinen Fall. Als er das letzte Mal hier war, da habe ich die Vergangenheit noch einmal aufleben lassen, sie verändern, erkennen wollen, dass Johannes mich damals geliebt hat.«

»Das ist vielleicht nicht ganz nachvollziehbar«, erwiderte Margarita vorsichtig lächelnd. Aber war Valentina letztendlich nicht eine sehr komplizierte Frau mit ganz eigenen Vorstellungen?

»Hauptsache ist doch, dass ich jetzt erkannt habe, dass es endgültig vorbei ist.« Valentina reagierte nervös, fast gereizt.

»Ja, da hast du recht. Und wie hat Johannes reagiert?«

»Sehr unschön«, seufzte Valentina. »Er behauptete, ich hätte ihn zum Narren gehalten, ich hätte ihm nach Paris schreiben können, dass sein Besuch nicht erwünscht sei. Aber das konnte ich ja nicht, ich wusste ja nicht, in welchem Hotel er wohnte. Nun ja, es ist vorbei, Johannes wollte die Nachmittagsmaschine nach New York nehmen, und ich bedaure meine Entscheidung nicht«, setzte sie bekräftigend hinzu.

»Aber was ist jetzt mit Javier?«

Valentina erzählte, was am Flughafen passiert war, dass die beiden Männer fast aufeinandergeprallt waren und Javier die Lage falsch eingeschätzt hatte.

»Du solltest mit ihm reden, und zwar so schnell wie möglich.«

Valentina schüttelte den Kopf. »Das kann ich nicht. Er schien so verletzt. Ich werde warten, bis er sich meldet.«

»Unsinn!« Margarita wurde lebhaft. »Das wird er nicht. Du musst den ersten Schritt machen, ihm die Situation erklären. Valentina! Das Leben geht so schnell vorbei und ist noch schneller verschwendet.«

Jetzt brachte Pía auf einer Platte das Essen und erklärte, Olivia wolle doch nicht herunterkommen. Sie selbst habe schon gegessen.

So blieben Margarita und Valentina allein.

»Und du?«, fragte die Tochter die Mutter so ganz nebenbei, als sie sich ein Stück Tomate von der Platte pickte. »Machst du immer das, was richtig ist?«

»Ich bin dabei, Valentina, ich bin dabei.«

»Was heißt das im Klartext?«, hakte Valentina nach und griff nach einer Olive.

»Ich sagte es dir doch, Valentina, aber alles braucht seine Zeit.« Margaritas Ton war ablehnend, und aus Erfahrung wusste Valentina, jetzt würde ihre Mutter nichts erzählen, ihr nichts verraten. Da erschien Pía und erklärte atemlos, Olivia sei nicht mehr oben, sondern inzwischen weggefahren, Diego habe sie abgeholt.

Olivia

Schon als Leandro ihr die Tür öffnete, hatte Olivia das Gefühl, sie hätte nicht kommen sollen.

Er schien nervös, und als er sie auf die Terrasse führte, blieb er schweigsam. Er bot ihr Platz in einem der Korbsessel an und setzte sich neben sie. Kaum, dass sie Platz genommen hatten, erklärte Leandro, er werde am übernächsten Tag aufs Land zu seinen Eltern fahren, um sich dort auf den Kampf vorzubereiten. In zwei Tagen also, schoss es Olivia durch den Kopf, dann würde auch die Pressekonferenz stattfinden. Ein schwerer Tag für sie, doch sie schwieg. Es war nicht der richtige Zeitpunkt, mit ihm über den Tierschutz zu reden und was er ihr bedeutete.

»Du wirst nicht zum Kampf kommen?« Seine Stimme klang fast drohend und besaß nichts mehr von der Weichheit, der Zärtlichkeit der Nächte, die sie mit ihm verbracht hatte.

»Nein, natürlich nicht.« Ihre Antwort kam langsam und bestimmt. Wieder dachte sie an die Pressekonferenz, an das letzte Mal, dass sie in die Räume ihrer geliebten *organización* gehen würde, denn Héctor hatte sich dazu entschlossen, die Pressekonferenz dort abzuhalten, um Olivia die schwierige Situation zu erleichtern.

Leandro atmete durch, sah an ihr vorbei in den Himmel, an dem die Sterne langsam aufglühten.

»Wie willst du mit einem Mann zusammen sein, dessen Leben du nicht verstehen kannst?«

»Sind wir denn zusammen?«, stellte sie die Gegenfrage.

Er zuckte mit den Schultern und begann zu erzählen, dass er nach Madrid einen Kampf in Sevilla habe, dann in Barcelona. Und der letzte in dieser Saison sei in Pamplona. Er wollte sich nicht verausgaben, da er immer noch Schmerzen in dem Fuß habe, den er sich vor einem Jahr gebrochen hatte. »Ich werde Argentinien absagen.«

»Argentinien?«

»Ja, nach der Saison in Europa habe ich sonst immer in Argentinien einige Kämpfe bestritten. Dieses Jahr aber will ich zu meinen besten Freunden nach England fahren, einige Monate dort verbringen.«

Es klang provozierend, und er sah sie von der Seite an, wartete auf eine Reaktion von ihr. Doch sie schwieg, der Moment, mit ihm über sich und die Pressekonferenz, ihre schwere Entscheidung zu sprechen, schien heute nicht gegeben.

»In England«, erzählte er weiter, »interessiert man sich nicht für den Stierkampf, man kennt mich dort auf dem Land nicht, es ist eine einsame Gegend in Surrey.«

»Du bist immer auf der Flucht, Leandro, was ist das für ein Leben? Warum willst du nicht erkannt werden? Die Leute lieben dich, sie wollen an deinem Leben teilhaben. Freut dich das nicht?«

»Nein, den Menschen gehöre ich in der Arena. Ich kämpfe für sie, ich bin überwältigt über ihre Begeisterung, ihren Applaus, ihre Bewunderung. Aber mein Leben will ich ohne mein Publikum leben, das habe ich dir doch schon erklärt, als ich dir von meinem Großonkel erzählt habe.«

Seine Stimme klang ungeduldig, und als sie wieder schwieg, sprach er weiter: »Als ich mit zwanzig Jahren anfing, Erfolg zu haben, da genoss ich die Aufmerksamkeit, die Bewunderung. In den folgenden Jahren stürzte ich mich in Affären, ich brauchte nach jedem Kampf eine Frau, es waren meist verheiratete Frauen, die auf den Tribünen der Reichen saßen, mir Blumen in die Arena zuwarfen und die eine Affäre mit einem Matador haben wollten, einem Mann, der in jedem Kampf sein Leben aufs Spiel setzt, sie wollten wissen, wie ein solcher Mann im Bett ist. Sie haben mich benutzt, und ich habe sie benutzt. Bis ich erkannte, dass es nicht das ist, was ich wirklich will. Und ich zog mich ganz zurück.«

»Und was willst du wirklich?«

Jetzt wandte sich Leandro ihr zu, erhob sich und zog auch sie vom Stuhl hoch. Still zog er sie an sich.

»Liebe, Olivia, ich suche die Liebe. Ich will eine Frau, die mich, Leandro, liebt und nicht den Matador.« Jetzt klang seine Stimme wieder weich, zärtlich, so wie Olivia sie kannte. »Und ich denke, ich habe sie endlich gefunden.«

Schweigend verharrten sie in der Umarmung, horchten auf die Geräusche der Stadt unter ihnen, hielten sich fest, bis Leandro sie schließlich losließ. Er wandte sein Gesicht ab, schien weit weg von ihr zu sein.

»Ich glaube, dass der Stierkampf das kultivierteste Fest der Welt ist, es ist das reine Drama, der einzige Ort, an dem man den Tod sieht, umgeben vom höchsten Glanz des Schönen.«

Olivia erschrak. »Glaubst du das wirklich?«

»Das ist ein Zitat von García Lorca, ja, Olivia, und es spricht mir aus der Seele. Jedes Mal, wenn ich in die Arena komme, weiß ich nicht, wer sie lebend verlässt, ich oder der Stier.«

»Also jedes Mal eine Entscheidung auf Leben und Tod.« Olivia unterdrückte ein Schluchzen. Wie konnte der Mann, der so viele Gefühle in ihr geweckt hatte, der so zärtlich, so leidenschaftlich sein konnte, eine solche Entscheidung suchen. Sie sprach es aus.

»Du suchst also diesen Moment, diesen einen Augenblick, in dem du dem Stier gegenüberstehst, ihn ansiehst, diesen Augenblick, in dem sich entscheidet, wer leben wird, du oder er, ist das wirklich so?« Sie erschrak, als sie den gequälten Ausdruck auf seinem Gesicht sah. »Leandro«, flüsterte sie, »das kann doch nicht sein, liebst du das Leben so wenig, dass du den Tod suchst?«

Er antwortete nicht, sondern zog sie noch fester zu sich heran, bis er mit seinen Lippen ihren Mund öffnete und damit diesen düsteren Moment vergessen wollte.

Später, als sie zusammen im Bett lagen, suchten sie nach Worten, nach der Leidenschaft ihrer ersten Nächte, doch sie fanden nicht zusammen. Irgendwann war Leandro in einen unruhigen Schlaf gefallen. Er warf sich von einer Seite auf die andere, murmelte von seiner *muleta,* seinem Tuch, er rief im Traum nach dem *mozo de estoque,* dem Degenbewahrer des Matadors. Schweißgebadet fuhr er hoch, kam langsam zurück, bis er erkannte, dass Olivia neben ihm lag und ihn schweigend ansah. Wieder liebten sie sich, verzweifelt, stumm.

*

So war die Nacht vergangen. Mittlerweile war heller Vormittag. Olivia erschrak, so lange war sie noch nie geblieben. Hastig zog sie sich an und rannte fast aus der Wohnung. Was sollte sie noch sagen? Was konnte sie sagen? Sie wusste es nicht.

»Ich rufe meinen Cousin an, er soll dich nach Hause fahren«, rief Leandro ihr nach, doch da lief sie bereits die Treppen hinunter ins Erdgeschoss. Vor dem Haus blieb sie stehen und sah sich nach einem Taxi um. Und plötzlich stand Leandro neben ihr, das Tuch und ihre Sonnenbrille in der Hand. Bevor sie sich den Schal um den Kopf schlingen konnte, zog er sie heftig an sich. »Es tut mir leid«, flüsterte er zwischen zwei Küssen, »mir geht es nicht so gut. Ich habe Schmerzen in meinem Fuß, meine Beweglichkeit ist noch nicht wieder ganz da.«

Wieder küssten sie sich, vergaßen die Umwelt, die Vorsicht der vergangenen Wochen, sie wollten vergessen, bis Olivia sich löste und ihm versprach, ihn vor seinem Kampf noch einmal zu treffen.

Valentina

Das Leben ist so schnell vorbei, noch schneller verschwendet.

An diesen Satz ihrer Mutter dachte Valentina, als sie am Nachmittag vor Javiers Haus stand und nach oben sah.

Margarita hatte recht, sie musste handeln, sie durfte keine Lebenszeit mehr verschwenden. Auch wollte sie Javier sagen, dass am nächsten Morgen die Pressekonferenz in den Räumen der O. P. A stattfand, für Olivia ein schwerer Tag.

Langsam stieß sie die Tür auf und lief Zacarías in die Arme, der gerade das Haus verlassen wollte. Er ließ ihr den Vortritt und bemerkte dann noch: »Hübsch sehen Sie aus, wenn ich das sagen darf.«

Valentina lachte, das gab ihr jetzt ein gutes Gefühl, als sie langsam die schmale Holztreppe nach oben stieg. Ihre Haare trug sie lockig, wie in der ganzen letzten Zeit. Und sie hatte für diesen Besuch bei Javier ein Seidenkleid gewählt, das sie sich vor ein paar Tagen gekauft hatte.

»Sie sehen so anders aus«, hatte Carmen Polo de Franco geklagt. »Wo sind Ihre gut frisierten Haare und die Seidenblusen? Das passte alles gut zu Ihrer Position, aber jetzt ...« Sie hatte den Satz nicht beendet, sondern war kopfschüttelnd aus Valentinas Büro gegangen.

Valentina atmete durch und klopfte an die Tür. Javier öffnete sofort. Seine Begrüßung klang weder freundlich noch unfreundlich.

»Darf ich mich setzen?«

»Warum so schüchtern, Valentina? Natürlich, nimm Platz.«

Wie immer räumte er das Ledersofa frei, und sie setzte sich, atmete durch und fing an zu sprechen: »Am Flughafen, das war ein Irrtum, da ...«

»Valentina«, unterbrach er sie, »ich will nichts hören. Vor meiner Abreise habe ich dir erklärt, dass du mir keine Rechenschaft schuldig bist. Du sollst das machen, was du für richtig hältst.«

»Du hast geglaubt, Johannes käme nach Madrid, um mit mir zusammen zu sein?«

»Ja, was sonst?«

»Das ist richtig. Aber er hatte sich verrechnet.« Wie schon Margarita erzählte sie auch ihm, dass sie nur zum Flughafen gefahren sei, um ihm abzusagen. »Ich wollte nicht, dass er plötzlich bei mir zu Hause vor der Tür steht.«

Javier stand mit dem Rücken zu ihr am Tisch.

»Willst du meine neuesten Aufnahmen sehen?«, schlug er dann vor, nahm einige der Bilder hoch und drehte sich zu ihr um.

»Ist das ein Friedensangebot?«

»Ich wusste nicht, dass wir uns im Krieg befinden.« Javiers Antwort klang steif, doch er setzte sich neben sie. Nacheinander nahm er die Fotos aus der Mappe und zeigte sie ihr, erklärte, wo er sie gemacht hatte. Aufnahmen eines einsamen Dorfs, zwischen Hügeln und hohen Zypressen gelegen. Ruinen alter Schlösser und Fotos von Florenz.

»Das muss eine schöne Stadt sein«, erklärte Valentina mit einem Seufzen, »da würde ich auch gern einmal hinfahren. Aber warum bist du so schnell zurückgekommen?« Sie sah Javier an, der mit einem Achselzucken abrupt aufstand, die Fotos wieder zurück in die Mappe legte und ihre Frage offenbar bewusst überhörte.

»Wie geht es Olivia?«, wechselte er das Thema, als er sich ihr wieder zuwandte.

»Morgen findet diese Pressekonferenz statt«, erklärte Valentina nach einer kleinen Pause, in der sie ihn beobachtete. Warum war er so nervös?

»Und da wird Olivia ihre Erklärung abgeben?«

Valentina nickte. »Ja, sie will nicht dementieren, weiterhin gegen die *corrida* kämpfen. Wenn sie dementieren würde, dann ...« Valentina seufzte.

»Nein! Das ist für Olivia keine Lösung. Wenn sie eine Entscheidung getroffen hat, dann bleibt sie dabei, sie ist ein Mensch, der keine Kompromisse machen kann. Ich glaube, wie auch du und deine Mutter.« Jetzt lächelte Javier und sah sie lange an. »Du hast ein hübsches Kleid an«, meinte er schließlich.

Da erzählte Valentina, dass sie es bei einem jungen Modeschöpfer gekauft habe. »Das Kleid hing im Laden, ich habe es durchs Schaufenster gesehen. Dieser Junge scheint sehr begabt zu sein.«

»Wie heißt er denn?«

»Er nennt sich nur Izan. Er arbeitet gerade an seiner ersten Herbstkollektion, das Geld dafür gibt ihm ein Verwandter, der auch sein kleines Modegeschäft finanziert, aber jetzt reicht das Geld nicht mehr für Fotos, mit denen er den Wettbewerb einer bekannten Modezeitung gewinnen will.« Valentina wurde lebhaft. »Und da habe ich ihm angeboten, am Wochenende Fotos von der Kollektion zu machen, umsonst.«

»Das macht dir Freude, nicht wahr? Vielleicht ist das sogar das Richtige für dich.« Nachdenklich sah Javier sie an.

»Wie meinst du das?«

»Modefotografie. Du hast Gespür für Eleganz, Sinn für Farben und Schnitte. Ich freue mich, dass du diesem ... wie heißt er noch gleich?«

»Izan!«

»Dass du mit Izan zusammen Fotos machen, lernen, dich ausprobieren kannst.«

Sie sahen sich an und lächelten sich zu.

»Ach, Javier«, wieder seufzte Valentina. »Ich muss dir noch etwas sagen, das dir nicht gefallen wird.«

Javiers Gesicht verschloss sich. »Du willst Johannes doch wiedersehen?«

»Nein, nein!«

Endlich erzählte sie von dem Besuch der Geheimpolizei und ihrem Begreifen, dass ihre ganze Familie überwacht wurde. »Mir war das nie so ganz bewusst«, erklärte sie. »Aber jetzt fühle ich mich wirklich schuldig, ich hätte aufmerksamer sein müssen. Es hat sich herausgestellt, dass auch die Leute, mit denen wir Kontakt haben, überwacht werden, somit auch du.«

Javiers Gesicht entspannte sich. Er kam auf sie zu, blieb aber vor ihr stehen.

»Rede dir jetzt bitte keine Schuldgefühle ein. Zacarías und ich haben eine Presseagentur und arbeiteten auch mit dem *Life* Magazin in New York zusammen. Das war der Grund, warum wir unter schärfster Überwachung standen. Das hat nichts mit dir zu tun, aber wie ich dir schon sagte, ich habe mich angepasst. Die Überwachung ist geblieben, wir haben aber gelernt, damit zu leben.«

»Warum hast du mir das nie erzählt, Javier?«

»Ich nahm an, du wüsstest das.«

Sie zögerte, wartete, doch als Javier stumm blieb, erklärte Valentina, sie gehe jetzt, sie sei schon spät dran.

»Warum?« Javiers Stimme klang bei dieser Frage belegt. Erstaunt sah sie ihn an. »Was: warum?«

»Warum hast du dich noch mal mit Johannes Bachmann eingelassen?«

»Ich wollte wissen, ob er mich damals geliebt hat. Doch dann habe ich erkannt, dass es für mich nicht mehr wichtig ist, und das habe ich ihm auch gestern am Flughafen gesagt.«

Verstand Javier sie jetzt endlich? Doch er wandte sich nur ab, räusperte sich und trug ihr Grüße für Olivia auf. Valentina überging seine Bitte.

»Ich habe ihm abgesagt«, ihre Stimme wurde fester, »weil ich geliebt werden möchte, aber von dem richtigen Mann.« *Und zwar von dem Mann, den ich liebe,* doch diesen letzten Satz sprach sie nicht aus. Sie verharrte einen Augenblick, in dem Javier seine Brille abnahm, putzte und wieder aufsetzte. Er verstand sie nicht, das sah sie in seinen Augen. Oder wollte er es nicht begreifen? So wandte sie sich um und ging.

Die Tür fiel hinter ihr zu, langsam, Schritt für Schritt ging sie die Treppe hinunter. Sie wusste, Javier würde nicht nachkommen, würde sie nicht rufen. Endlich hatte sie ausgesprochen, was sie empfand. Endlich war sie sich klar darüber, was sie selbst wollte. Gestern am Flughafen, als ihr Johannes gegenüberstand, da hatte sie es ganz klar erkannt. Aber warum hatte Javier es nicht verstanden?

*

Wieder fuhr Valentina am Abend zu ihrer Mutter. Margarita war eine kluge Frau, und so wollte sie ihr von ihrem Besuch bei Javier am heutigen Nachmittag erzählen und darüber, dass er sie trotz ihrer Anspielungen nicht verstanden hatte. Auch wollte sie Olivia treffen, vielleicht brauchte sie Unterstützung, da am nächsten Morgen ihr schwerer Tag war. Als Valentinas Taxi vor dem Haus hielt, kam Margarita gerade heraus, und Diego hielt ihr die Wagentür auf.

Valentina kurbelte die Scheibe hinunter. »Wo fährst du hin?«, rief sie ihrer Mutter zu, blieb aber noch im Taxi sitzen.

»In die *Una*«, rief Margarita kurz angebunden zurück. Ein kurzes Nicken, dann verschwand sie im Fond des Autos. Diego grüßte Valentina freundlich, und sie fuhren ab. Valentina fasste einen raschen Entschluss. Sie beugte sich zu dem Fahrer vor und bat: »Bitte, warten Sie einen Moment, dann folgen Sie dem Wagen vor uns.«

*

In der *Una* brannte kein Licht, und die Tür war verschlossen. Valentina sah sich suchend um. Ein wenig entfernt sah sie Diego, der am Wagen lehnte, eine Zigarette rauchte und ihr ein Zeichen machte. Sie verstand, nickte und winkte zurück. Kurz zögerte sie, dann aber betrat sie das *Café Ana* und sah ihre Mutter an dem gewohnten Ecktisch am Fenster sitzen, die Hände lagen gefaltet auf dem Tisch, den Kopf hielt sie gesenkt. Neben ihr stand ein bauchiges Glas mit Brandy. Das allein war schon ungewöhnlich. Wann hatte sie ihre Mutter jemals Brandy trinken sehen?

Während Valentina noch zögerte, fiel ihr Blick auf einen älteren Mann, der an der kleinen Bar lehnte, sein Glas austrank und einen Geldschein auf die Theke legte. Als er an Margaritas Tisch vorbeikam, deutete er eine Verbeugung an, lächelte spöttisch, doch Margarita hatte das Gesicht abgewandt, gab vor, ihn nicht zu sehen. Valentina stand noch an der Tür, als er direkt an ihr vorbeikam und das Café verließ. Auch wenn sie ihn zuvor nur aus einiger Entfernung gesehen hatte, wusste sie sofort, wer er war: Julio Fernández González. Valentina atmete tief durch, gab sich einen Ruck und ging auf den Tisch ihrer Mutter zu. Unsicher blieb sie vor ihr stehen.

»Hallo«, war das Einzige, was sie herausbrachte.

Ihre Mutter hob den Kopf und sah sie erstaunt an.

»Bist du mir gefolgt?« Nur ein Nicken von Valentina war die Antwort.

»Komm, setz dich doch!«, forderte Margarita dann ihre Tochter auf, die abwartend vor ihr stand. Zögernd ließ sich Valentina auf der Kante des Stuhls nieder. Wie sollte sie beginnen, wie sich entschuldigen, was überhaupt sagen?

»Sicher bist du erstaunt, dass ich hier auftauche, aber ...« Bevor sie eine stammelnde Erklärung ausgesprochen hatte, fiel ihr Margarita ins Wort. »Ich werde meine Wäschereien verkaufen«, erklärte sie, atmete tief durch und lehnte sich zurück, während sie auf ihre Hände starrte.

»Warum, und warum so plötzlich?« Valentina konnte es nicht begreifen.

Ein Schulterzucken war die Antwort, eine indifferente Geste mit den Händen.

»Wer war dieser Mann, der dich gegrüßt hat?«, fragte Valentina nach einem Moment des Schweigens. Während sie noch fragte, entschied sie sich spontan, nichts darüber zu erzählen, dass sie ihn vom Sehen kannte und sie Margarita gefolgt war. Es schien besser, es nicht zu verraten.

Ihre Mutter antwortete erst nach einer Weile. »Ja, ich kenne ihn«, antwortete sie, »ich habe mich heute Abend ein letztes Mal mit ihm getroffen. Und darauf trinke ich.« Margarita griff nach ihrem Glas und nahm den letzten Schluck ihres Brandys.

»Und wer ist es?«, drängte Valentina auf Antwort.

Wieder Schweigen, dann sah Margarita ihrer Tochter direkt in die Augen. »Mein langjähriger Geliebter.« Die Antwort ihrer Mutter war klar und einfach. Valentina erstarrte.

»Dein *wer*?« Mehr brachte sie nicht über die Lippen.

Margarita lachte ein wenig auf. »Du hast schon richtig verstanden.« Als sie sah, dass Valentina außer Fassung geraten war, keine Worte fand, sprach sie weiter: »Valentina, ich wollte dich nie damit belasten. Irgendwann, ich glaube, es war kurz nach Olivias Geburt, hast du mich einmal gefragt, wie ich mein Unternehmen ohne Kredite aufbauen konnte. Ich sagte damals nur, ich bekäme Geld von der Bank, und damit hast du dich zufriedengegeben, vielleicht aber wolltest du auch keine ehrliche Antwort bekommen.«

Valentina sah auf ihre Hände, die verkrampft in ihrem Schoß lagen.

Es war Johannes gewesen, der sie bereits vor fünfundzwanzig Jahren darauf hingewiesen und sie bei seinem Besuch vor einem Monat wieder darauf angesprochen hatte. Sie hatte ihre Mutter leidenschaftlich verteidigt, aber hatte sie nicht längst geahnt, was sie gerade hören musste? Sie hielt ihren Blick gesenkt, während ihre Mutter ruhig und gelassen weitersprach: »Als Tante Leonora starb, warst du zehn Jahre alt. Ich wollte mehr als diese Wäscherei, die sie mir vererbt hatte, ich wollte ein Haus in einer guten Gegend, ich wollte eine bessere Zukunft für dich und auch für mich. Und da erfuhr ich, dass ein Wäschereibesitzer seinen Betrieb verkaufen wollte und sein altes Haus dazu. Die Mieter, ein Butlerehepaar, seien kurz zuvor verstorben. Ich wollte beides, unbedingt. Aber dafür brauchte ich Geld. Also klapperte ich die Banken ab und bekam nur Absagen, auch wenn ich als Sicherheit die *Una* anbieten konnte. Aber an eine Frau wurden keine Kredite vergeben.«

»Brauchst du immer noch Bankkredite?«

Margarita schüttelte den Kopf. »Nein, schon lange nicht mehr. Aber damals, im Jahr 1913, bekam ich nichts, ich wurde überall höflich hinauskomplimentiert, mir wurde geraten, mit meinem Ehemann oder Vater wiederzukommen, denn ohne die Einwilligung eines männlichen Familienangehörigen hätte ich keine Chance.«

Margaritas Hände, mit denen sie das bauchige, leere Brandyglas umfasste, zitterten stark. »In der letzten Bank«, erzählte sie weiter, »erklärte ich, ich würde mich auf den Boden setzen und so lange warten, bis ich den Direktor selbst sprechen könne. Ich blieb tatsächlich, drei Stunden saß ich dort auf dem Boden. Es war erniedrigend, Valentina. Ich wurde angestarrt, belächelt, mit Spott überhäuft. Dann aber kam der Direktor, Julio Fernández González.«

»Und er gab dir den Kredit?«

Margarita schüttelte den Kopf. »Nein, auch er lehnte ab. Aber dann schlug er mir vor, mich mit ihm am nächsten Abend zu treffen. Ich wusste sofort, was das bedeutete.« Margarita sah ihre Tochter an, die keine Reaktion zeigte, sondern sie nur ansah. »Ach, Valentina, ich denke, du hast es immer geahnt, oder nicht? Julio bot mir einen Kredit an, aber nur«, hier beugte sich Margarita über den Tisch ihrer Tochter entgegen, »aber nur, wenn ich mit ihm schlafe«, beendete sie leise den Satz.

Es fiel Margarita nicht leicht, das auszusprechen, und Valentina erkannte ihre Unsicherheit, auch ihre Angst, wie ihre Tochter reagieren würde.

»Was darf ich Ihnen bringen?« Anas Kellner stand neben Valentina. Sie sah zu ihm hoch, und mit einem Kopfschütteln gab sie zu verstehen, sie wolle jetzt nichts. Ihre Kehle war wie zugeschnürt, sie brachte kein Wort heraus. Aber was erstaunte sie jetzt so, hatte sie nicht immer schon die Wahrheit geahnt, sie nur verdrängt? Einfach nicht mehr darüber nachgedacht? Nicht wissen wollen, wie ihre Mutter hatte kämpfen müssen, sich nur durch Erniedrigung den geschäftlichen Erfolg erkaufen konnte? Mit einem Mann wie Julio Fernández González, einem Mann, sichtlich älter als Margarita, schlank, gut gekleidet, eine beginnende Glatze. Unauffällig, durchschnittlich, ein Mann, den man eigentlich übersah. Und das war der Liebhaber ihrer Mutter gewesen? Über Jahre hinweg? Ein Mann, der sie erpresste, mit ihm zu schlafen, um ihr einen Kredit zu bewilligen?

»Was hast du alles ertragen müssen.« In einer Gefühlsaufwallung griff Valentina nach der Hand ihrer Mutter, während ihr die Tränen in die Augen stiegen. »Warum aber hast du es mir nie erzählt, und warum gerade jetzt, heute? Weil ich dir nachgefahren bin?«

Margarita schwieg, sah hinüber zu ihrer geliebten *Una*.

»Es gibt im Leben für alles den richtigen Zeitpunkt«, antwortete sie ruhig.

»War Julio Fernández der Einzige? Oder gab es noch andere?« Der Gedanke, ihre Mutter hatte noch mit weiteren Männern schlafen müssen, entfachte tiefe Wut in ihr, auch Hilflosigkeit dem herrschenden System gegenüber, das Frauen in die Abhängigkeit von Männern zwang, ihnen keine Freiheit erlaubte. Und seit Franco an der Macht war, hatte sich die Lage der Frauen noch verschlechtert.

»Er war der Einzige, aber ich habe ihn gehasst, ich musste ihm zur Verfügung stehen, wann immer er wollte. Er behandelte mich wie eine Hure, er verlangte von mir Dinge, die ich ... ich will sie nicht aussprechen.« Margaritas Stimme wurde zu einem tonlosen Flüstern. Es tat Valentina zutiefst weh, sodass sie sich erhob, ihren Stuhl neben ihre Mutter rückte. Ganz nahe zu ihr setzte. Beide schwiegen sie.

»Warum hast du das nur nie erzählt, Mama, was hast du durchgemacht? Und was will dieser Kerl jetzt noch von dir, erpresst er dich wieder?«

»Ich habe ihm damals eine große Summe Schweigegeld gegeben, und er verschwand aus Spanien. Vor Kurzem aber hat er sich an mich gewandt. Er sei schon einige Monate wieder in Madrid. Er habe in den Schweizer Bergen eine Offenbarung erlebt, er könne Menschen heilen, aber dafür brauche er Geld.«

Margarita lachte auf, es klang hart, höhnisch und verunsicherte Valentina.

»Aber du gibst ihm doch nichts mehr, oder? Letztendlich kann er dich nicht mehr erpressen.«

»Er hat gedroht, meine Geschichte an die Presse zu geben. Ich würde alles verlieren, was ich mir erkämpft habe. Achtung, Respekt, meine Kunden. Es würde den Zusammenbruch meiner persönlichen Existenz und meines Unternehmens bedeuten. Und du, in deiner Position, das wäre ...«

»Das wäre mir egal, ich …«

Margarita hob die Hand und strich ihrer Tochter über die Wange. »Das ist lieb von dir, aber ich habe die ganzen Jahre auch für dich gekämpft, und so werde ich es nicht zulassen, dass du in der Zeitung lesen musst, deine Mutter habe sich Kredite erschlafen. Auch für Olivia wäre das in ihrer jetzigen Situation eine Katastrophe, für die Medien ein gefundenes Fressen.«

»Aber«, überlegte Valentina, »vielleicht warst du nicht die Einzige, die das durchmachen musste. Eventuell gab es noch andere Frauen, die er erpresst hat, man könnte sie vielleicht finden und dann …«

»Ach, Valentina«, unterbrach Margarita sie. »Ich bin müde. Ich kann mir vorstellen, dass es noch andere Frauen gab, doch das spielt für mich jetzt keine Rolle mehr. Ich habe für mich, für uns eine Entscheidung getroffen. Ich werde Julio Geld geben, das aber nur in monatlichen Raten bis zu seinem Lebensende. Die Zahlungen übernimmt die Kanzlei meines Anwalts. Heute hat Julio dort den Vertrag unterschrieben. Er ist dann hierhergekommen, um sich von mir zu verabschieden, aber der Abschied fiel kurz aus.« Margarita lachte auf. »Ich sagte *adiós*, und das war es dann.«

Valentina überlegte fieberhaft, ob sie ihrer Mutter doch gestehen sollte, dass sie ihr nachgefahren und sie in dem Café beobachtet hatte.

»Wann hast du ihn zum letzten Mal getroffen, außer heute Abend?«

»Vor ein paar Tagen, er suchte einen Vorwand, um noch irgendwie Bargeld aus mir herauszupressen. Er könne nicht mehr in seine Wohnung, man habe die Schlösser ausgetauscht, er müsse auf der Straße schlafen. Er hatte überhaupt kein Geld mehr.«

»Und?«

Margarita machte mit der Hand eine wegwerfende Bewegung. »Ich habe ihm Geld gegeben. Und ich sage dir, es war ein gutes Gefühl, er war in diesem Moment in der verzweifelten Lage eines Bettlers, und das tat mir gut. Das verstehst du sicher nicht, oder?«

»Doch, doch.« Valentina war nicht ganz bei der Sache, dachte angestrengt nach. »Und wenn er dich wieder erpresst und dann noch mal und immer weiter?«

»Nein, das wird nicht der Fall sein. Denn sollte er an die Öffentlichkeit gehen, würde er ab sofort kein Geld mehr bekommen, das wird er nicht riskieren. Dadurch würde er seine lebenslange Absicherung verlieren. Er wird Madrid morgen verlassen, auch das ist Teil des Vertrags.«

»Und deshalb musst du dein Unternehmen verkaufen? Wegen diesem ... diesem ...«

»Ich bin müde, Valentina, einfach müde. Die *Una* behalte ich noch, den Ertrag aus den anderen lege ich gut an. Aus diesem Fond bekommt Julio sein Geld. Der Rest ist für dich und Olivia.«

Ana kam an den Tisch und fragte, ob alles in Ordnung sei, und Margarita nickte nur. Doch Ana begriff, dass nichts in Ordnung war.

»Geht aufs Haus«, meinte sie, wies auf Margaritas leeres Glas und ging zurück an die Theke.

»Und wie war das damals in der Bank?«, fragte Valentina. »Ist keinem aufgefallen, dass du die Kredite bekommen hast, und das ohne die Einwilligung eines Ehemanns oder Vaters?«

»Julio war der Chef, und er war ein guter Bankier. Außerdem unterschrieb ich die Anträge mit dem Namen meines Vaters, ein Gekritzel, das war es dann. Es war eine List für die Akten, eine List, die Julio deckte.«

»Aber damit hast du ihn doch auch in der Hand, wenn er an die Presse gehen will, kannst du reagieren.«

Resigniert strich sich Margarita eine Haarsträhne aus dem Gesicht.

»Valentina, ich bin alt. Ich will meine Ruhe haben. Der Moment, um zu verkaufen, ist günstig, ich habe Glück. Der neue Besitzer wird alle Angestellten übernehmen, auch die Fahrer. Nur Diego behalte ich und, wie gesagt, auch die *Una*.«

»Wie schwer hast du unser gutes Leben erkauft, hättest du mir nur früher davon erzählt.«

»Ich bereue nichts, und alles ist gut. Als ich damals nach Madrid kam, konnte ich kaum lesen und schreiben. Ich musste mir vieles aneignen, Leonora zahlte für mich den Unterricht bei einer pensionierten Lehrerin. Sie wollte, dass ich lerne, darauf hat sie bestanden. Sie hat mich damals aber auch gelehrt, dass wir Frauen nur eine Chance haben, indem wir unsere Weiblichkeit einsetzen«, fügte sie mit einem verächtlichen Lachen hinzu. »Aber ich glaube fast, es hat sich nicht viel verändert. Du bist eine große Ausnahme, und ich bin stolz auf dich. Du hast es wirklich geschafft.« Valentina freute sich zwar über Margaritas Anerkennung, doch jetzt beschäftigte sie der harte Weg ihrer Mutter. »Was musst du durchgemacht haben«, flüsterte sie. »Wenn du doch bloß etwas gesagt hättest. Vielleicht hätte ich dir sogar helfen können.«

»Ach, Valentina, meine liebe Valentina, mach dir doch nichts vor. Ich habe das erreicht, was ich im Leben erreichen wollte, für dich, für mich und letztendlich auch für Olivia. Ich brauche kein Mitleid.«

»Du kannst stolz auf dich sein«, sagte Valentina leise.

»Ja«, antwortete Margarita schlicht, »ich bin stolz auf das, was ich erreicht habe. Ich hasse Julio auch nicht mehr. Letzt-

endlich hat er es mir ermöglicht, meine Ziele zu realisieren.«
Auch wenn er mich jahrelang erniedrigt hat, fügte sie in Gedanken hinzu.

Margarita ballte ihre Hände zu Fäusten. Es war nicht vorbei, es würde nie vorbei sein, solange die Erinnerung sie quälte. Wie er sie benutzte, wenn er sie in die Knie zwang und ihr seinen Penis in den Mund schob und sie ihn befriedigen musste. Und sie ertrug es. Er nahm sie mit Gewalt, weil ihre Schmerzen ihn erregten, und sie ertrug es.

Ihr Erfolg, das Geld gaben ihr die Freiheit, die sie als unverheiratete Mutter sonst nicht gehabt hätte. Durch Spenden an die Kirche konnte Valentina katholisch getauft werden, die exklusive Mädchenschule besuchen, auf der sie die beste Schülerin wurde.

Margarita richtete sich auf. »Es ist gut so, glaube mir, alles gut. Und am Ende bin ich jetzt die Siegerin.«

Mit einem Ruck erhob sich Margarita. »Komm, Valentina, lass uns gehen, lass uns zusammen nach Hause fahren.«

»Und er war heute Abend nur noch hier, um sich von dir zu verabschieden? Das ist unglaublich.«

»Ja, Valentina, ja, ist das nicht absurd? Er wurde sentimental, letztendlich hätten wir doch eine gute Zeit zusammen gehabt, und ich hätte die ›Liebe‹, wie er es nannte, mit ihm genossen, auch ich hätte das gewollt.« Margaritas Stimme brach, sie hielt sich am Tisch fest und presste die Lippen zusammen. Dann richtete sie sich auf.

»Es ist vorbei, ich muss lernen zu vergessen. Komm, Valentina.«

Schweigend verließen sie das Café, Margarita winkte Ana noch kurz zu, dann schloss sich die Tür hinter ihnen. Als sie auf der Straße standen, hakte Valentina ihre Mutter unter, und Margarita lächelte ihre Tochter an und drückte ihren Arm.

*

Die Pressekonferenz am nächsten Morgen im Büro der *Organización Protectora de Animales* war für elf Uhr angesetzt. Diego sollte Olivia abholen, doch er verspätete sich, was ungewöhnlich für ihn war. Olivia hatte sich für ein schlichtes dunkelblaues Kostüm entschieden und die Haare zu einem Knoten im Nacken gebunden. Dazu trug sie die Perlohrringe ihrer Großmutter.

Als sie die Treppe herunterkam, sah sie Margarita mit Diego unten in der Diele stehen. Beide verstummten, als sie Olivia sahen. Und hinter ihnen stand Valentina an der Haustür, sie schien gerade gekommen zu sein. Alle drei hielten Tageszeitungen in den Händen. Schweigend griff Olivia nach der *La Vanguardia,* die ihr Margarita entgegenhielt.

Olivia Serrano liebt El Vencedor!

Olivia sank auf die unterste Treppenstufe, blätterte die Zeitung durch und sah die Fotos von sich und Leandro. Eine Aufnahme, die bereits vor Wochen entstanden war, als Leandro und sie sich vor dem Prado gegenüberstanden. Rex, der Hund, war auf dem Foto. Leandros Silhouette war unscharf, aber Olivia war klar zu erkennen. Es schien, als lege sie ihren Arm um Leandro. Dann eine weitere Aufnahme: sie beide auf dem Rasen beim Picknicken. Aber das große Foto, das die Titelseiten zierte, war das des gestrigen Morgens, als Leandro plötzlich neben ihr stand, sie an sich zog und sie sich küssten.

Olivia Serrano in engster Umarmung mit José Díaz.

Ihr Einsatz gegen die Corrida, alles nur Lüge?
Läuten bald die Hochzeitsglocken?

Olivia Serranos böses Spiel mit dem Tierschutz.

»Die Journalisten haben sich Zeit gelassen und genau recherchiert, bevor sie heute zugeschlagen haben«, hörte Olivia Diego sagen.

Sie konnte nur eines denken: Leandro hatte heute Madrid verlassen, würde er die Berichte lesen?

»Warum hast du nur geschwiegen, warum hast du uns nie von ihm erzählt?«, beklagte sich Valentina, setzte sich neben ihre Tochter und legte den Arm um sie, doch Olivia rückte ein Stück ab. Sie wollte keine Nähe, kein Mitleid, keine Fragen.

Pía tauchte in der Tür auf, sie trug ein Tablett in den Händen, auf dem Tassen mit heißem *café con leche* standen, doch niemand griff danach.

Jetzt erhob sich Olivia und wandte sich an Diego. »Ich werde nicht an der Pressekonferenz teilnehmen. Bitte, Diego, fahren Sie zur *organización,* und richten Sie meinem Anwalt und *Señor* Cruz aus, dass ich nicht kommen kann und auch in den nächsten Tagen keine Aussage machen werde.«

Sofort verabschiedete sich Diego und verließ das Haus. Schweigend sahen Margarita, Valentina und auch Pía Olivia an, doch sie schüttelte den Kopf und wies damit die stummen Fragen der Frauen zurück. Dann wandte sie sich ab und ging die Treppe hinauf. Sie musste allein sein.

»Armes Mädchen«, seufzte Margarita. »Aber was meint sie damit, sie mache jetzt keine Aussage, was meinst du? Verschiebt Olivia sie jetzt nur auf einen späteren Zeitpunkt?«

»Ich weiß es nicht.« Valentina zuckte ratlos die Schultern.

»Vielleicht hat sie durch ihr heutiges Schweigen ihre Beziehung schützen wollen. Daran erkennt man, wie viel ihr dieser Leandro oder auch José bedeutet.«

»Ausgerechnet ein Matador, hätte sie sich nicht in einen unauffälligen Geschäftsmann verlieben können?« Kopfschüttelnd brachte Pía das Tablett zurück in die Küche.

*

Die nächsten beiden Tage lebten Olivia und Pía im Halbdunkel. Hinter geschlossenen Fensterläden beobachteten sie die Fotografen, die jetzt auch Margaritas Haus belagerten. Diego holte Margarita im Morgengrauen ab und fuhr sie in die *Una* und holte sie am späten Nachmittag dort wieder ab und brachte sie nach Hause.

Marisa Montero wies jeden Reporter ab, gab keine Interviews und verlangte dies auch von ihrem gesamten Ensemble. Einige frühere Tänzer des Theaters aber erzählten der Presse bereitwillig irgendwelche belanglosen Geschichten über Olivia. Auch den Mitarbeitern der O. P. A lauerte man auf, doch sie berichteten nur Positives über sie, über ihren Einsatz für die Tiere, ihre Gründung des Heims für alte Pferde und Esel. Man habe ihr sehr viel zu verdanken.

Aber jetzt stand ihr Kampf gegen die *corrida* nicht mehr im Mittelpunkt, jetzt wollte man jede Kleinigkeit über ihre Beziehung zu José Díaz herausfinden. Olivia selbst las keine Zeitung, sie blieb oben im Zimmer, kam nur zum Essen herunter und zeigte durch ihr Schweigen, dass sie nicht bereit war, über Leandro zu reden.

Am Samstag rief ein Freund von ihm an, ob er sie am Tag

des Kampfs abholen dürfe, es bedeute Leandro sehr viel. Olivia willigte ein, sie hatte es ihm ja versprochen.

Die Tage vergingen zäh, und am Morgen wünschte sich Olivia den Abend herbei. Valentina rief an, erzählte, auch sie sei im Büro unangenehmen Fragen ausgesetzt.

Und dann war plötzlich die Zeit doch vergangen, und der Tag des großen Kampfes war da.

Kapitel neunzehn

Olivia

Glühende Hitze lag am Sonntag, dem 27. Juli, über der Stadt und würde am heutigen Nachmittag die Arena *Las Ventas* in eine Gluthölle verwandeln. Wenn die dreiundzwanzigtausend Besucher ihrem Idol zujubelten, wenn die Musik des Paso doble durch die Lautsprecher schallte und die Matadore mit ihren *picadores* und *banderilleros* in die Arena einzogen.

Leandros Kampf war der Höhepunkt dieses Tages, er war der Letzte der Matadore, der kämpfte. Olivia wusste, dass die Damen der Gesellschaft in der Arena teure Cocktailkleider und kostbaren Schmuck trugen und die Männer in dunklen Anzügen erschienen, als gingen sie in die Oper. Sie würden auf den teuren, überdachten Tribünenplätzen sitzen, während die meisten anderen Zuschauer, die sich das nicht leisten konnten, stundenlang in der glühenden Sonne des Nachmittags ausharren mussten.

Wenn ein Stier heldenmütig starb und das Publikum danach verlangte, wurde der tote Stier nicht einfach aus der Arena geschleift, sondern von Pferden in einer Ehrenrunde aus der Arena gezogen.

Jedes Mal, wenn ich in die Arena komme, weiß ich nicht, wer sie lebend verlässt, ich oder der Stier. Leandros Worte.

»Olivia?«

Pía klopfte an ihre Tür. »Ein gewisser Ernesto Fuentes ist da.«

Als Olivia jetzt die Treppe herunterkam, stand Margarita unten und sah zu ihr hoch. Olivia trug ein dunkles leichtes Seidenkleid, die Haare waren streng nach hinten genommen. Sie sah blass aus und so zerbrechlich, dass Margarita nicht anders konnte, als sie in die Arme zu nehmen.

Olivia wehrte mit einem Lächeln ab.

»Kann ich denn nichts für dich tun?«, fragte Margarita besorgt ihre Enkelin. Olivia schüttelte den Kopf.

»Es geht mir gut«, versicherte sie. »*Aba,* wirklich, wenn der heutige Tag vorbei ist, wird man weitersehen.«

Margarita ahnte, was sie damit sagen wollte. Sie musste sich entscheiden.

»Ich möchte nur, dass du glücklich bist.« Margarita fühlte sich hilflos, ihre Worte klangen banal und drückten nicht aus, was sie empfand. Mitleid, Liebe für die Enkelin, die sicher die schwerste Zeit ihres Lebens durchmachte.

»*Aba*«, sagte Olivia leise, »es tut mir so leid.«

»Was meinst du?«

»Dass ich euch nicht von Leandro erzählt habe und ihr es durch die Zeitung erfahren musstet. Ich konnte einfach noch nicht darüber reden, aber ich wollte ...«

Sie sprach nicht weiter, da Margarita ihr mit einem Lächeln den Finger auf die Lippen legte.

»Es ist alles gut, wirklich. Ich verstehe dich. Und ich weiß, wie schwer es jetzt für dich ist.«

Olivia nickte, ging zur Haustür, begleitet von Margarita, die dort stehen blieb und ihr nachsah.

Ernesto Fuentes hatte direkt vor der Gartentür geparkt, sodass Olivia sofort auf den Rücksitz schlüpfen konnte. Während der Fahrt sah Olivia aus dem Fenster, spürte aber, dass Leandros Freund sie durch den Rückspiegel beobachtete. Doch sie wollte sich nicht unterhalten, fragte auch nicht, wohin er sie brachte. Sie wusste nur, dass Leandro nach seiner Rückkehr nicht mehr in seine Wohnung gegangen war, da das Haus rund um die Uhr von Reportern belagert wurde.

Als Ernesto anhielt, sah Olivia erstaunt, dass sie vor einer Kirche standen, zu der eine Steintreppe hochführte. Mehrere schwarze Limousinen parkten in dichten Abständen auf der Straße davor, Männer lehnten dagegen und beobachteten ihre Ankunft.

»Er wird abgeschottet«, erklärte Ernesto, als er Olivias erstaunten Blick auffing. »Wir dürfen vor seinem Kampf nichts riskieren.«

»Und in dieser Kirche hält sich Leandro auf?«

»Ja, *señorita,* hier ist er vor jedem Kampf. Jetzt wartet er auf Sie.«

*

Ihre Schritte hallten auf dem Steinboden der *Iglesia de la Santa Madre de Dios* wider.

Brennende weiße Kerzen standen auf dem Altar, neben einem großen Strauß weißer Lilien. Es war kalt, es roch nach Weihrauch, und es herrschte Stille, für Olivia eine beklemmende Stille.

Olivia fröstelte in ihrem dünnen Kleid. Als sie die Kirche betrat, hatte sie sich einen schwarzen Spitzenschleier um den Kopf gezogen, doch er gab ihr keine Wärme. Sie sah sich um und ging an den Wänden entlang, in deren Nischen das Leben der Mutter Gottes figürlich dargestellt war: die Verkündigung, die Geburt Christi, Christus am Kreuz, die Auferstehung. In jeder Nische stand eine flackernde Kerze vor der Statue. Jetzt hörte sie ein Geräusch, drehte sich rasch um und sah, wie sich der Beichtstuhl öffnete und Leandro herauskam. Fast hatte sie erwartet, ihn in dem bestickten *traje de luces* zu sehen, bereit zum Kampf, in dem er in einigen Stunden als Held gefeiert, umjubelt wurde. Aber er trug wie meist ein weißes Hemd und eine schwarze Hose.

Er hatte sie noch nicht entdeckt, leise sprach er mit dem Pater, der ihn segnete, während Leandro den Kopf gesenkt hielt. Eine Haltung der Demut. In diesem Moment liebte sie ihn mehr denn je, hatte sie Angst um ihn. Sie wollte ihn festhalten, ihn nicht aus der Kirche, nicht in die Arena gehen lassen.

Jedes Mal, wenn du in die Arena gehst, weißt du nicht, wer sie lebend verlässt, du oder der Stier.

Leandro suchte in der Arena unter dem aufpeitschenden Jubel der Menschen, bei der ekstatischen Musik diesen einen Moment, in dem er dem Tod begegnete. Der kurze Augenblick, in dem sich entschied, wer den Kampf gewinnen konnte, der Stier oder der Matador, wer der Stärkere war und wessen Tod dieser Kampf bedeuten würde. Was ging in Leandro vor, um diesen Moment zu suchen, immer und immer wieder?

Sie sah zu ihm hinüber, jetzt verabschiedete er sich von dem Pater, dann kam Leandro zu ihr.

Schweigend standen sie sich gegenüber. Zeit war vergangen, seit sie sich zum letzten Mal geliebt hatten, seit ihre Liebe entdeckt und durch die Medien gezerrt, Wunden geschlagen wurden. Mehrmals hatten sie telefoniert, doch nur kurz miteinander gesprochen, nur Belangloses, aus Angst, dass sie abgehört wurden.

Sie hatte ihm heute sagen wollen, dass ihre Liebe bereits groß war, und sie wusste, dass auch er es so empfand. Und doch zweifelte sie, dass sie jemals miteinander glücklich werden könnten. Und so schwieg sie.

Sie wandte ihr Gesicht ab und beobachtete einen Lichtstrahl, der sich im bunten Glasfenster hinter dem Altar fing und den Christus am Kreuz mit unwirklichem Licht umgab. Wieder fröstelte sie, ihre Zähne schlugen aufeinander, und es wollte ihr kein Wort über die Lippen kommen.

»Vor jedem Kampf bin ich hier«, hörte sie Leandro sagen, »es ist ein jahrelanges Ritual. Würde ich es nicht tun, könnte es Unglück bedeuten.«

Er machte einen Schritt auf sie zu, blieb dann stehen und nahm ihre Hand. »Wirst du heute Abend nach dem Kampf zu mir kommen? Nicolás kann dich abholen, ich wohne wieder im Hotel. Im Hotel unserer ersten Nacht«, betonte er und zog sie jetzt an sich. »Bitte komm.«

Sein Gesicht war ganz nahe, und sie erinnerte sich an den Moment im *Prado,* als er sich neben sie gesetzt und sie angesehen hatte. Wann war das gewesen? Noch keine zwei Monate, und doch lag eine Ewigkeit dazwischen.

Sie schüttelte den Kopf. »Nein, Leandro, heute nicht, bitte nicht, aber morgen, wenn du willst, morgen sehen wir uns.«

Sie dachte an seine Erzählung, dass er viele Jahre lang nach jedem Kampf eine Frau gebraucht habe. Das wollte sie nicht, und sie wollte ihn nicht umarmen, wenn er aus der Arena kam und getötet hatte.

Abrupt ließ er sie los. »Nun«, sagte er steif, »dann eben morgen.«

»Es tut mir leid«, flüsterte sie nur.

»Ich werde gleich abgeholt und in die Arena gefahren«, erklärte er jetzt. »Es ist schon spät.«

Jetzt schien er weit weg von ihr, sein Gesicht verschloss sich. Er war bereit. Bereit für seinen Kampf.

Ein letztes Mal wandte er sich Olivia zu und küsste sie zart auf den Mund. Dann drehte er sich um und ging auf eine Tür hinter dem Altar zu. Wie konnte sie ihn halten, nur für einen Moment, noch einen Augenblick der Nähe haben?

»Warum eine gelbe Rose?«, rief sie ihm aus einem Impuls heraus nach. Sie hatte ihn das immer fragen wollen. Und jetzt fiel es ihr wieder ein.

Er drehte sich zu ihr um, machte spontan ein paar Schritte auf sie zu, blieb dann aber stehen.

»Als ich in deiner Vorstellung war, hast du am Anfang ein gelbes Kleid getragen. Da hatte ich die Idee, meinen Cousin zu bitten, mir in der Pause bei der Blumenfrau vor dem Theater eine gelbe Rose zu besorgen.«

»Ja, aber warum nur eine einzelne Rose?«

Noch ein Schritt, wieder blieb Leandro stehen.

»Eine Rose symbolisiert für mich Schönheit, Sinnlichkeit, Leidenschaft, doch auch Vergänglichkeit der Liebe, Schmerz, und das alles hast du im Tanz ausgedrückt.«

Olivia war überrascht. »Und warum gelb?«

»Gelb ist für mich die Farbe der Kraft, der Energie, auch das spürte ich bei dir.«

Jetzt lachte Leandro sie an, und trotzdem nahm sein Lachen nicht das Düstere, die Schwere dieses Augenblicks. Auch nicht die Unruhe, die von ihm ausging. Bevor er sich wieder umdrehte, rief er ihr leise zu: »Ich bin glücklich, dass du gekommen bist und ich dich noch einmal gesehen habe.«

Dann verließ er die Kirche. Und seine Worte hallten in dem hohen Raum wider und ließen Olivia noch mehr fröstln.

*

Auf der Straße vor Margaritas Haus standen keine Reporter mehr. »Unsere Nachbarn haben eine einstweilige Verfügung erwirkt. Mit Erfolg«, erzählte Margarita, die am heutigen Sonntag zu Hause blieb und nicht wie so oft in die *Una* fuhr. Olivia nickte nur, wie sollte sie die Zeit während des Kampfs verbringen, was tun, hinaufgehen und tanzen? Im Tanz vergessen?

»Hier.« Pía kam aus der Küche und hielt ihr die Sonntagszeitung hin. »Sie nennen José Díaz den *Matador des Jahrhunderts*. Aber hast du nicht gesagt, Díaz sei sein Künstlername?«

Olivia lächelte. »Ja, so kann man es nennen, und ich bin sehr erleichtert, erleichtert für ihn, dass man trotz aller Neugier und Nachforschungen seinen richtigen Namen noch nicht herausgefunden hat.«

Jetzt lief die Zeit, der Ablauf vor dem Kampf begann. Olivia wandte sich ab und ging langsam die Treppe hoch. Die Stiere waren ausgesucht, warteten unruhig. Ahnten sie, dass sie sterben mussten? Auch die Pferde würden ankommen, die Toreros, und auch ein Freund Leandros, der die *muleta* trug. Sie alle würden nach genau bestimmten Abläufen auftreten, nichts wurde dem Zufall überlassen, alles geschah nach jahrhundertealter Tradition.

Oben angekommen, hörte sie aus der Küche das Radio. Pía wollte Musik hören, aber es wurde einzig und allein über den Kampf berichtet.

Da rannte Olivia die Treppe wieder hinunter und grußlos an Margarita vorbei und aus dem Haus. Nur irgendwohin, wo man nichts hörte, kein Radio, keine Gespräche, nichts, niemanden sehen, der den heutigen Kampf kommentierte oder ihm auch nur im Radio lauschte. Die Stunden nur irgendwie herumkriegen. Irgendwie. Und morgen, Leandro, morgen sehen wir uns …

*

Javier öffnete und zog Olivia wortlos an sich. »Diego wartet unten«, erklärte sie und löste sich aus der Umarmung. »Wenn du keine Zeit hast, dann sag es mir bitte.«

»Unsinn, Olivia, du weißt doch, dass du jederzeit zu mir kommen kannst.«

Javiers Fenster stand offen, und aus dem Innenhof schallte die Stimme eines Radiokommentators bis zu ihnen herauf. Olivia wandte den Kopf dem Fenster zu und lauschte angespannt. Der Sprecher berichtete live aus der Arena, seine Stimme klang heiser, da der Sender bereits seit Stunden vom Ort des großen Kampfs berichtete.

»Eine berühmte Opernsängerin hat zu Beginn gesungen«, erzählte Javier, »es ist ein großes Fest. Danach zogen die Matadore ein, mit frenetischem Jubel gefeiert. Die beiden ersten Kämpfe sind schon vorbei, gleich beginnt der letzte Kampf.«

Er sah Olivia an, und sie wusste, was es bedeutete: Jetzt kam José Díaz, jetzt kam seine Stunde, sein Kampf, sein Sieg. Der Höhepunkt des Tages. »Kann ich das Fenster schließen?«

»Natürlich, Olivia, ich gehe schnell hinunter und sage Diego, dass du hierbleibst.«

Olivia nickte, ihr Gesicht war immer noch dem Fenster zugewandt.

»Gleich ist es so weit, gleich beginnt der Kampf, auf den alle seit Monaten gewartet haben, der Kampf von José Díaz, des großen *Vencedor*.«

Aus dem Radio schallte Jubel herauf.

»Vergebens sucht man nach Olivia Serrano, bleibt sie dem Kampf ihres Geliebten etwa fern? Wird sie weiterhin eine Gegnerin der *corrida* bleiben?«

Javier war in das Atelier zurückgekommen, und Olivia wandte sich ihm zu. »Ich dachte, du willst es nicht hören.«

Olivia nickte und ging jetzt zum Fenster.

»Unten im Innenhof sitzen schon seit Stunden die Familien zusammen und lassen das Radio auf höchster Lautstärke laufen«, erzählte Javier.

Olivia schloss das Fenster, doch die Stimme des Kommentators hörte man trotzdem noch. Einen Moment sah Olivia in den Innenhof, drehte sich vom Fenster ab und ging zum Ledersofa. Sie schob die Zeitungen und Fotos zur Seite und setzte sich mit untergeschlagenen Beinen darauf.

»Versuche, dich abzulenken«, schlug Javier vor, obwohl er wusste, wie unsinnig sein Vorschlag klang. »Ich weiß, es klingt banal, aber nur so überstehst du jetzt diese Stunden.«

»Und dann?« Olivia wandte sich ihm zu. »Wie geht es weiter, der nächste Kampf, der nächste Sieg, dann wieder so weiter? Bis zu, ja ... bis wann?«

»Diese Frage kann ich dir nicht beantworten, du musst für dich die Entscheidung treffen, ob du damit umgehen kannst oder willst.«

Olivia wandte ihr Gesicht ab. Javier sollte ihr nicht ansehen, wie sehr sie litt.

»Ich verstehe es einfach nicht, wie kann ...« Sie sprach erst nach einer kleinen Pause weiter, in der Javier schweigend abwartete. »Wie kann der Matador seinen Degen von oben zwischen die Schulterblätter des Stieres stoßen, ganz tief, damit das Herz oder die Aorta des bereits geschwächten Tieres getroffen wird. Es ist so grausam, der Stier kämpft noch um sein Leben, er weiß ja nicht, dass er längst zum Tod verurteilt ist. Schon in dem Moment, in dem er in die Arena getrieben wird.«

Olivia war wieder vom Sofa aufgesprungen. Leandro, der zärtliche Geliebte, wie konnte er nur Freude am Töten haben, warum brauchte er diesen Moment der Herausforderung, der Gefahr, des Tötens. Weil er in einer Familie aufgewachsen war, die sich seit Generationen dem Stierkampf verschrieben hatte?

»Entweder der Stier oder der Matador, einer von beiden muss sterben«, hörte sie Javier sagen, »das ist die Tradition, das Spiel, wenn du es so nennen willst, ein Spiel um den Tod. Aus diesem Grund gehen die Leute in die Arena. Sie wollen den Tod sehen, ihn miterleben.«

»Meinst du wirklich?«

Javier zuckte die Achseln. »Ich kann es mir nicht anders vorstellen.«

Olivia schwieg. Javier hatte die Wahrheit gesagt, einfach und ungeschminkt, ohne sie zu beschönigen.

»Willst du etwas trinken?«

»Ein Wasser, bitte.« Sie ließ sich wieder auf das Sofa fallen und sah Javier nach, wie er die geschwungene Wendeltreppe nach oben in seine Wohnung stieg. »Mit einer Zitronenscheibe?«, rief er nach unten.

»Ja, bitte.«

Als er mit dem Glas herunterkam, drückte er es Olivia in die Hand, die es in einem Zug austrank. Erst jetzt bemerkte sie, wie ausgetrocknet ihr Mund war. »Ich kann nicht mit ihm leben, ich kann das nicht«, brach es aus ihr heraus. Vorsichtig nahm Javier ihr das Glas aus der Hand und stellte es auf dem Tisch ab. Anschließend setzte er sich neben Olivia und zog sie an sich.

»Wie soll das gehen, Javier?«

»Das musst du nicht jetzt entscheiden.« Sanft strich er ihr die Haare aus dem Gesicht.

So verharrten sie schweigend, von unten hörten sie gedämpft Musik. Aus dem Radio drang ein Paso doble, die Auftrittsmusik des Matadors. Der erste Teil von Leandros Kampf hatte begonnen.

Olivia presste beide Hände gegen die Ohren. Der Paso doble, den hatte sie mit Leandro im *Magnolia* getanzt, das sinnliche aufregende Vorspiel zu ihrer ersten Nacht.

Er hatte mit ihr das teilen wollen, was ihr am meisten bedeutete, der Tanz. Aber das war nicht die ganze Wahrheit, denn die Tiere und deren Schutz bedeuteten ihr auch sehr viel in ihrem Leben. Warum verstand er sie nicht?

»Komm, ich zeige dir meine Fotos von meiner Reise, willst du sie sehen?« Olivia nickte, um jede Abwechslung, um jede Minute dankbar, die die Zeit bis zum Ende des Kampfs verkürzte. So erhob sich Javier, holte vom Tisch eine Mappe und setzte sich wieder neben sie.

»Wir haben die Aufnahmen sehr gut verkauft«, erzählte er. Olivia versuchte, sich zu konzentrieren, versuchte, Javier zuzuhören, doch ihre Anspannung wuchs. Immer wieder hob sie den Kopf und horchte durch das geschlossene Fenster auf die gedämpfte Stimme des Radiokommentators. Sie sah auf ihre Uhr. Jetzt musste die *faena* beginnen, die dritte und letzte Phase des grausamen Spiels, wie Javier es gerade genannt hatte.

Jetzt also war der Matador allein in der Arena, mit einem Degen und seiner *muleta*.

»Wem wird er den Stier widmen?«, hörte man in die Stille hinein den Kommentator ins Mikrofon rufen.

»Auch das ist so barbarisch«, flüsterte Olivia. »Bevor der Matador den Stier tötet, widmet er ihn seiner Frau, Francisco Franco oder wem auch immer ...« Wieder horchte sie angespannt. Der Augenblick, in dem sich alles entschied, der große Moment des Matadors, des Tötens, des Siegens, des frenetischen Beifalls. Jetzt hörte man wieder den Paso doble, die Musik des Matadors durch das geschlossene Fenster heraufdringen.

»Ich habe Angst, Javier, ich habe Angst um Leandro. Er hat sich vor einem Jahr den Fuß gebrochen und ist nicht mehr so beweglich wie früher.«

Jetzt hielt sie nichts mehr auf dem Sofa, sie sprang auf, rannte zum Fenster und riss es auf.

»Jetzt!«, schrie der Kommentator. »Jetzt erhebt *El Vencedor* unter dem Jubel der Massen den *estoque*. Er, der große Matador, blickt dem Stier direkt in die Augen! Die Spannung im Stadion steigt ins Unerträgliche, doch ... was ist das ...«

Olivia wartete, konnte sich nicht bewegen, nicht atmen. Wieso dauerte es so lange, wieso diese Stille, wieso sprach er nicht weiter? Wieso kam kein Jubel, keine Bravo-Rufe? Warum plötzlich dieses Schweigen?

Und da überschlug sich die Stimme des Kommentators, dessen Worte in einem einzigen Schrei der Menge fast untergingen: »Sie können es nicht sehen, nicht live miterleben, doch die Leute auf den Rängen springen auf ...« Pause, dann: »Das Furchtbare, das Entsetzliche ist passiert, eine Tragödie! *El Vencedor!* Der Stier hat José Díaz durchbohrt! Díaz taumelt, jetzt bricht er in die Knie, er fällt zu Boden, er bleibt liegen. Die *banderilleros* rennen auf den Stier zu, wollen ihn ablenken, doch was ist das? Auch der Stier bricht zusammen, meine Damen und Herren, direkt neben José Díaz! Hören Sie seinen qualvollen Aufschrei? José Díaz hat ihn noch mit einem letzten Stich getötet. José Díaz ... doch was ist mit ihm ... Planen werden um ihn hochgezogen, wir können ihn nicht genau sehen. Jetzt hasten Ärzte zu ihm, ein furchtbarer Moment der unerträglichen Spannung ... jetzt wird José Díaz auf einer Trage aus der Arena gebracht. Die Ärzte laufen neben ihm her, sie beugen sich zu ihm hinunter ...«

Stille, keine Stimme mehr aus dem Radio. Erst nach einer gefühlten Ewigkeit der Qual, der Ungewissheit flüsterte der Kommentator heiser ins Mikrofon: »Gerade erhalte ich die Information, dass José Díaz, der große Matador, in die nächstgelegene Klinik gebracht wurde. Dort steht ein Ärzteteam mit den besten Chirurgen Madrids bereit.«

Jemand hatte das Radio leiser gedreht. Von unten drang kein Geräusch mehr herauf. Ganz Madrid verharrte im Schock, in Angst um ihren Helden.

»Er ist nur verletzt, nicht wahr, Javier, er ist nicht tot, nicht wahr?«, schluchzte Olivia auf und trommelte mit den Fäusten gegen Javiers Brust, der neben ihr stand und den Arm um sie gelegt hatte. »Sag es mir, sag es mir, er kann mich nicht verlassen.«

Javier nahm sanft ihre Hände und hielt sie umfasst.

»Er lebt ja, er scheint nur verletzt«, versuchte er, sie zu beruhigen. Javier war zutiefst betroffen, niemals zuvor hatte er Olivia so außer sich erlebt, so verzweifelt.

*

»Du wirst ihn nicht sehen können«, warnte Javier Olivia, während sie zusammen im Auto saßen und von Diego in die angegebene Klinik gefahren wurden. »Seine Familie wird bei ihm sein, sie werden dich nicht zu ihm lassen.«

Diego lenkte den großen Wagen mit lautem Hupen und rücksichtslosem Fahren durch den Verkehr, der schlimmer wurde, je näher sie der Klinik kamen.

Dort ging es nicht mehr weiter, überall Autos, Leute strömten durch die Straße zum Hospital, Reporter mit Kameras standen oder saßen auf ihren Übertragungswägen. Olivia riss die Tür des Wagens auf, stieg aus. Diego und Javier bahnten ihr mit Fäusten den Weg, bis sie direkt am Fuß einer breiten Treppe standen, die zum Eingang hinaufführte. Da wurde Olivia von Fotografen entdeckt, sie umringten sie, und Diego konnte sie kaum mehr schützen.

»Da ist Olivia Serrano! Was geht jetzt in Ihnen vor? Haben Sie Angst? Wie sind Ihre Gefühle für José Díaz?«

Bevor Olivia reagieren konnte, wandten sich die Fotografen von ihr ab, gespanntes Schweigen entstand, denn in diesem Moment trat der Leiter der Klinik in Begleitung zweier Ärzte aus dem Eingangsportal, die sich rechts und links von ihm postierten.

Stille entstand, alle starrten zu den drei Männern hoch. Dann räusperte sich der Klinikleiter und rief in die Menge, José Díaz sei nach seinem tragischen Unfall sofort hierhergebracht worden, man habe alles versucht, ihn zu reanimieren, doch er sei seinen schweren Verletzungen erlegen, ohne das Bewusstsein wiedererlangt zu haben.

»*El Vencedor,* José Díaz, der große Matador, ist vor zehn Minuten gestorben. Gott sei seiner Seele gnädig.«

In tiefstem Entsetzen verharrte die Menge schweigend, niemand wollte gehen, niemand bewegte sich, als hoffe man noch auf ein Wunder.

Als Javier nach Olivias Arm griff, wehrte sie ihn heftig ab, kämpfte sich durch die schweigende Menge zum Auto und stieg ein, bevor die Reporter sie erneut bedrängen konnten.

»Vorhin noch habe ich gesagt, ich kann nicht mit ihm leben.«

Mit einem verzweifelten Lachen wandte sich Olivia an Javier, der dicht neben ihr saß. »Und jetzt muss ich es, und ich weiß nicht, ob ich das kann.«

*

Die Familie del Bosque ließ ihren Sohn Leandro in der *Iglesia de la Santa Madre de Dios* aufbahren. Olivia erfuhr es von Ernesto Fuentes. Er rief sie an und schlug ihr vor, dass er sie am nächsten Morgen, am besten noch vor Morgengrauen dorthin fahren würde, wenn sie Leandro ein letztes Mal sehen wollte.

Es war noch dunkel, fast noch Nacht, als er Olivia abholte. Sie kauerte auf dem Rücksitz, jederzeit bereit, ganz nach unten zu rutschen, falls sie von Reportern verfolgt wurden, während Ernesto über Umwege zur Kirche fuhr.

»Niemand folgt uns«, meinte er nach einem Blick durch den Rückspiegel, »ich denke, Sie können hochkommen. Sie sollten wissen«, sprach er weiter, als sich Olivia auf dem Rücksitz aufrichtete, »dass heute Nachmittag in der Kirche eine Trauerfeier stattfinden wird. In einer Stunde werden die Straßen rund um die Kirche bereits abgesperrt sein.«

»Eine Trauerfeier?«

»Ja, für die Familie und für die engsten Freunde von Leandro. Seine Mutter hat diese Feier arrangiert. Aber Ihnen wird die Teilnahme verwehrt, obwohl Leandro seiner Familie noch vor dem Kampf gesagt hat, dass er Sie liebt.«

Als Olivia weiterhin schwieg, nur das Gesicht in den Händen verbarg, fügte Ernesto hinzu: »Persönlich bedaure ich die harte Entscheidung von *Señora* del Bosque.« Olivia ließ die Hände sinken und wandte ihr Gesicht ab.

»Ich kann sie sogar verstehen«, sagte sie nach einer Weile wie zu sich selbst. »Ihre Trauer ist so stark, so elementar, dass sich ihr großer Schmerz nur in Wut ausdrücken kann, in Wut und Hass auf mich, die Frau, die ihr in den letzten Wochen seines Lebens die Liebe ihres Sohnes nahm. Sie kann nicht anders.«

Da warf ihr Ernesto einen erstaunten Blick durch den Rückspiegel zu, und beide schwiegen auf dem weiteren Weg zur Kirche.

*

Olivias Schritte hallten auf dem Steinboden, als sie die Bankreihen entlang bis zum Sarg ging. Drei Mönche, die die Totenwache hielten, bekreuzigten sich und zogen sich in den Hintergrund zurück. Ein Meer von weißen Lilien und brennenden Kerzen umgab den Sarg von Leandro. Man hatte ihm den *traje de luces* angezogen, ein Kreuz in die gefalteten Hände gegeben.

Ich bin glücklich, dass du gekommen bist und ich dich noch einmal gesehen habe ...

Die letzten Worte Leandros klangen jetzt wie eine furchtbare Ahnung seines bevorstehenden Todes. Als habe er gewusst, dass er im Kampf sterben würde, der Besiegte sei.

Olivia presste die Lippen aufeinander. Langsam begreifen zu müssen, dass er hier lag, für immer von ihr getrennt, wie konnte sie das? Wie würde es weitergehen ohne seine Liebe?

Irgendwo fiel eine Tür zu, deren Widerhall ein unheimliches Echo fand.

Olivia beugte sich zu ihm hinunter, küsste seine kalten Lippen, strich ihm über die glatte Stirn. Was hast du im Moment des Todes gefühlt? War es Angst, Entsetzen, dass es jetzt so weit ist, dass du sterben wirst? An wen hast du noch gedacht, was empfunden? Hast du unerträgliche Schmerzen gehabt?

Sollte sie ein Gebet sprechen, ein Vaterunser? Gab es einen Trost? Fortan war er nur noch in den Gedanken der Menschen lebendig. Gab es ein Leben nach dem Tod?

Sie hatte eine gelbe Rose mitgebracht und legte sie ihm jetzt auf die Brust.

Langsam drang die Morgendämmerung durch die bunten Glasfenster. Mit einem Ächzen öffnete sich die schwere Kirchentür, und als sie sich umdrehte, stand Ernesto dort am Eingang und machte ihr ein Zeichen. Sie mussten jetzt losfahren. Da löste sich Olivia von dem Sarg, verließ die Kirche und ließ Leandro in der Einsamkeit des Todes zurück.

Kapitel zwanzig

Valentina

Wie immer war die Bar *El Pequeño* brechend voll. Javier drängelte sich durch die vielen Gäste bis vor zur Theke, an der Valentina ihn erwartete. Javier hatte ihr dieses Treffen vorgeschlagen, und es fühlte sich für sie wie früher an, fast wie eine richtige Verabredung.

Javier hauchte ihr einen Kuss auf die Wange und bestellte sich einen *café solo*.

»Tut mir leid, dass ich mich verspätet habe«, entschuldigte er sich, »aber durch die Absperrungen in der Innenstadt ist kein Durchkommen, ganz Madrid scheint auf den Beinen zu sein.«

»Sie wollen ihrem Helden die letzte Ehre erweisen«, antwortete Valentina. Javier nickte mehrmals, nahm seine Brille ab und fuhr sich über das erhitzte Gesicht.

»Ein schwerer Tag für Olivia, was macht sie heute?«

»Ich weiß es nicht. Sie zieht sich zurück, lässt niemanden an sich heran. Meine Mutter und ich fühlen uns hilflos. Wir wollen ihr helfen, wissen aber nicht, wie.«

Javier setzte die Brille wieder auf und griff nach der Tasse, die der Barkeeper vor ihn hingestellt hatte.

»Wir wussten ja nicht einmal, wer der Mann ist, mit dem sie sich traf«, klagte Valentina, »das erfuhren wir erst durch die

Zeitungen. Und jetzt geht sie nach New York, und das bereits in ein paar Tagen. Auch das wussten wir nicht, nur dass bereits vor vier Monaten dieses Angebot bei ihrem Agenten einging und er den Vorvertrag unterschrieb.«

»Es ist die einzig richtige Entscheidung, auch der Zeitpunkt stimmt. Und mach dir nicht wieder so große Sorgen, Valentina. Olivia schafft das.«

Javier trank seinen Kaffee in einem Zug aus und sah nervös auf seine Armbanduhr. »Ich habe gleich den nächsten Termin, tut mir leid. Ich wollte mit dir sprechen, dir einen beruflichen Vorschlag machen.«

Valentina versuchte, ihre Enttäuschung zu verbergen. Es war also kein Rendezvous, sondern ein beruflicher Termin.

»Was meinst du damit? Wenn du glaubst, ich komme als deine Assistentin zu dir zurück, dann vergiss es.«

Javier war überrascht über ihren aggressiven Ton. »Nein, Valentina, aber nein. Nachdem du mir die Abzüge deiner Fotos gezeigt hast, habe ich sie Zacarías vorgelegt. Er war begeistert von deiner Idee, die eleganten Kleider auf einem Wochenmarkt zwischen Kisten und Gemüse zu fotografieren.«

Valentina hatte sich wieder etwas beruhigt. »Ja, Izan gefielen sie auch. Er hat sie bereits an die Redaktion des Frauenmagazins geschickt. Ich denke, mit seinen Entwürfen hat er eine gute Chance, den Wettbewerb zu gewinnen.«

»Deine Fotos werden sicher auch große Beachtung bei den Redakteuren finden. Hast du noch mehr Material, Fotos, die du vor Kurzem gemacht hast?«

Valentina schüttelte den Kopf. »Das nicht. Aber eine andere bekannte Zeitschrift bringt Izans Mäntel in der Oktoberausgabe, und ich soll die Fotos machen.«

»Das klingt wunderbar, Valentina, gratuliere. Zeig sie mir dann bitte sofort. Zacarías und ich haben nämlich eine Idee. Was hältst du davon, wenn wir dich in die Kartei aufnehmen? In unserer Agentur kommen in letzter Zeit erste Anfragen nach guten Modefotografen rein.« Bevor Valentina reagieren konnte, sprach er bereits weiter: »Aber jetzt stellt sich die Frage, ob du neben deinem Beruf überhaupt einen Auftrag annehmen kannst, bist du verfügbar?«

Valentina trank einen Schluck ihres Kaffees. »Ich bin raus«, erklärte sie kurz angebunden. »Dem Personalchef wurde der Wirbel um meine Tochter zu viel. Das alles schade der Position, die ich bekleide, wie er sich ausgedrückt hat. Außerdem sei mein familiärer Hintergrund sowieso sehr zweifelhaft und werde im Moment von der Presse wieder thematisiert.« Jetzt lachte Valentina auf, fast amüsiert, was Javier in Erstaunen versetzte. »Ich bekomme noch zwei Monate lang mein Gehalt, das sei sehr großzügig, und mehr könne ich nicht erwarten, hieß es. Ja, Javier, sieh mich nicht so an. Ich bin gegangen, noch am selben Tag.«

»Und, wie fühlst du dich?«

»Sehr gut. Monatelang hatte ich überlegt, ob ich kündigen soll und ob das überhaupt möglich wäre, und dann wurde mir die Entscheidung abgenommen. Und es geht mir gut«, betonte sie noch einmal.

Es entsprach der Wahrheit. Als sie nach der Besprechung mit dem Personalchef in ihr Büro zurückgekommen war, hatte sie ihre Sachen gepackt und erklärt, sie würde sie noch am Nachmittag abholen lassen. Sie hatte sich von Marina verabschiedet, die großes Bedauern heuchelte. Da Carmen Polo de Franco verreist war, ließ Valentina ihr die besten Grüße ausrichten, und dann fiel die Tür hinter ihr zu. Und es hatte sich wunderbar angefühlt.

Als sie jetzt daran dachte, lächelte sie. Javier beobachtete sie nachdenklich.

»Du hast dich in den letzten Monaten sehr verändert, nicht nur durch dein Aussehen.« In einem plötzlichen Impuls strich er ihr zärtlich über die Wange, zog aber sofort die Hand zurück. »Ich muss jetzt gehen, ich bin schon spät dran.« Nervös kramte er einen zerknitterten Geldschein aus seiner Jackentasche, legte ihn auf die Theke und nickte dem Barkeeper zu. »Also, bis dann ... und ich gratuliere dir zu deiner neuen Freiheit. Und natürlich zu deinem Erfolg.«

Da aber griff Valentina plötzlich nach seinem Arm. »Glaubst du, Olivia wird in New York ihren Vater treffen?«

Javier, der sich bereits zum Gehen wandte, blieb stehen. Er verstand ihre Verlustangst und auch ihre Eifersucht.

»Ich denke, ja. Und das sollte sie auch. Es ist wichtig für sie. Aber du bleibst als ihre Mutter immer der wichtigste Mensch für sie.«

»Wirklich?«

Javier küsste sie zart auf die Wange, und er erkannte die Erleichterung auf Valentinas Gesicht.

»Wirklich«, betonte er. »Aber jetzt wird es kritisch, ich sollte schon längst weg sein.« Valentina sah ihm nach, wie er an der Tür noch schnell einen Kollegen begrüßte und dann die Bar verließ.

Da ging auch Valentina.

Draußen blieb sie stehen, obwohl Javier längst außer Sicht war. Sie war frei, sie musste nicht mehr jeden Tag ins Büro gehen, nicht täglich beweisen, dass sie die Beste in dieser Position war, keine Sorge haben, dass ihr Fehler unterlaufen könnten, keine täglichen Intrigen. Auch wenn ihr die Position in gewisser Weise Freude gemacht hatte, dieses neue Gefühl der Freiheit fühlte sich gut an.

Ihr Traum, selbstständig als Fotografin zu arbeiten, wurde durch Javiers Angebot Realität, war nicht mehr nur ein Wunschtraum.

Und sie würde mit Javier zusammenarbeiten, aber jetzt auf einer neuen, einer anderen Basis, einer Basis auf Augenhöhe.

Als sie sich zum Gehen wandte, sah sie sich verstohlen nach allen Seiten um. Wurde sie noch überwacht? Oder war die Akte »Valentina Serrano und Familie« geschlossen worden?

Diese Unsicherheit blieb.

Margarita

Müde saß Margarita an ihrem Tisch in der *Una,* die Ellbogen aufgestützt, das Gesicht in den Händen vergraben. Alles war zu viel für sie. Nicht nur, weil sie Olivias stumme Trauer miterlebte und sie zum ersten Mal keinen Zugang zu ihrer Enkelin fand. Heute Nachmittag war die *Una* geschlossen wie viele andere Geschäfte in der Stadt. Heute an diesem großen Tag, da jeder unterwegs schien, um den Trauerzug ihres Helden José Díaz mitzuerleben.

Die vergangenen Tage waren anstrengend, auch deprimierend gewesen, und das hatte nicht nur mit ihrer Enkelin zu tun. Margarita hatte Valentina zwar gesagt, sie verkaufe die Wäschereien, aber nicht, wie schwer ihr diese Entscheidung fiel. Julio Fernández' erpresserische Absichten waren der Auslöser für den raschen Verkauf gewesen, aber nicht unbedingt die Ursache, denn durch ihn hatte sie erkannt, dass es der richtige Zeitpunkt war, ihr Unternehmen abzugeben. Und das schmerzte sie mehr, als sie erwartet und vor Valentina zugegeben hätte.

Vor einigen Tagen gab es eine große Abschiedsfeier für ihre Angestellten sämtlicher Wäschereien bis auf die *Una,* ein Händeschütteln, gegenseitige Wünsche für die Zukunft, das große Bedauern der Angestellten, die Margarita als strenge, aber auch großzügige Chefin kannten und zutiefst schätzten. In der Abschiedsrede sprach eine der Leiterinnen mit glühender Verehrung über Margarita, die immer ein offenes Ohr gehabt hatte für die Sorgen ihrer Leute, vor allem die der Frauen mit unehelichen Kindern. Was hätten sie nur ohne sie gemacht? Margarita, die sie aus der Verzweiflung, aus der Armut und der Verachtung der Familie geholt hatte und ihnen eine Chance gab. Von diesen Frauen kam ein ganz besonderer Dank an Margarita, der sie alles zu verdanken hatten. Ein schmerzhafter Abend war es gewesen, die Frauen weinten, und Margarita hatte sie in die Arme genommen, als seien es ihre Töchter. »Gott schütze Sie, *señora,* Sie sind ein guter Mensch.«

Margarita bekam Blumen, selbst gebackene Kuchen, kleine Geschenke. Und Margarita versprach, sie zu besuchen, und versicherte ihnen, mit dem neuen Besitzer sei abgesprochen worden, dass den weiblichen Angestellten nicht gekündigt werden durfte, und wenn dieser Fall doch eintreten sollte, ginge das laut Vertrag nur mit einer hohen Abfindung. Er wolle es doch gar nicht, hatte der neue Besitzer Margarita versichert, der Betrieb liefe doch gerade durch diese Frauen so reibungslos. Er würde das Unternehmen in Margaritas Sinne weiterführen. Aber würde er sich an diese Vorgaben halten?

»Genießen Sie Ihr Leben im Ruhestand, den haben Sie sich verdient«, meinte der Notar, nachdem der Vertrag unterschrieben und alle Formalitäten abgeschlossen waren. Ruhestand?

Was war das für ein schreckliches Wort, jedenfalls für sie, Margarita. Was bedeutete das, das Leben genießen? Nein, sie würde sich weiterhin um junge schwangere Frauen, verstoßen von den Familien, kümmern.

Und dann nahm sie sich vor, ihre Schwester Yolanda finanziell zu unterstützen, um für die Mädchen dort eine bessere Schule aufzubauen, eine Schule mit hellen Räumen, Lehrbüchern, Heften und Stiften und einer Mahlzeit in den Pausen. All das konnte sie jetzt. Und auch das bedeutete Glück. Das Gefühl des großen Verlustes aber blieb, die Erinnerung an die ersten Erfolge, an die Verträge mit den großen Hotels, an den Triumph, mit erhobenem Haupt in die Bank zu gehen und als erfolgreiche Geschäftsfrau nicht mehr um einen Kredit betteln zu müssen. Auf diese Momente hatte sie jahrelang hingearbeitet, und es waren die größten Augenblicke in ihrem Berufsleben gewesen.

Mit einem Seufzen ließ sie die Hände fallen und sah sich um, als sähe sie den Raum zum ersten Mal. Die *Una,* die gehörte ihr noch, darauf hatte sie bestanden. Sie war hart geblieben, wie immer bei Verhandlungen, denn diese Wäscherei mit ihrer besonderen Klientel, dem außergewöhnlichen Ruf in Madrids bester Gesellschaft, würde sie niemandem überlassen, schon aus Respekt ihrer verstorbenen Tante Leonora gegenüber.

Margarita straffte jetzt die Schultern, sie durfte nicht einer Depression nachgeben, das war nicht ihre Art.

»Wir gehen jetzt, *señora*«, rief Elena zu ihr hoch. »Wir wollen noch einen guten Platz an der Gran Vía bekommen, im Radio hat man gesagt, die Leute warten dort schon seit Stunden auf den Trauerzug.«

»Ist gut, Elena, und vergesst nicht, das Schild in die Tür zu hängen.«

Sie hörte, wie die Frauen sich noch unterhielten, während sie die *Una* verließen. Die Tür fiel hinter ihnen ins Schloss.

Und damit kam die schmerzliche Erinnerung an den achten Juni zurück, an den Tag vor fast zwei Monaten, als die Frauen gingen, um Evita Perón zu sehen. Der Tag, als Bartolomé an die Scheibe der Tür geklopft hatte und damit in ihr Leben trat und ihre Gedanken nicht mehr verließ.

Sie erhob sich, schloss das Fenster und stieg die Treppe hinunter. Gerade als sie die *Una* verlassen wollte, fiel durch den Schlitz in der Tür die Post durch. Auch der Postbote hatte sich heute verspätet. Margarita hob sie auf und steckte sie rasch in ihre Handtasche, öffnete die Tür, winkte dem Postboten noch zu, der den Gehsteig eilig hinunterradelte. Nach kurzem Zögern überquerte sie die Straße und betrat das *Café Ana,* das an diesem Nachmittag wenig besucht war. Sie setzte sich an ihren gewohnten Tisch, sah zum Fenster hinaus auf die Straße, die wie ausgestorben in der Sonne lag.

Margarita sah auf ihre Hände hinunter, drehte den kleinen schmalen Ring, den ihr Leonora zur Geburt von Valentina geschenkt hatte. Viele Jahre hatte sie ihn nicht mehr getragen. Gestern aber hatte sie ihn aus der Schublade ihrer Kommode geholt, eine Geste der Sentimentalität, einer Ratlosigkeit, vielleicht das Zeichen eines Stagnierens ihres Lebens. Sie holte die Post aus ihrer Tasche. Flüchtig ging sie die Kuverts durch und schob sie zurück. Dazwischen aber lag eine Ansichtskarte.

Puente del Burgo in *Pontevedra.*

Eine alte Brücke mit Laternen. Erstaunt drehte Margarita sie herum.

Am schönsten ist sie am Abend im Licht der Laternen. Acht Uhr. Auch hier gibt es ein Lokal, in dem man eine Quiche essen kann.

Ein undefinierbares Gekritzel als Unterschrift. Da wurde eine Tasse *café con leche* vor sie auf den Tisch geschoben, und als sie hochsah, lächelte Ana zu ihr hinunter.

»Gut, dass Sie endlich wieder kommen.«

»Ich hatte viel zu tun.«

»Dann umso besser, dass Sie wieder hier sind.«

Margarita hörte ihre Stimme wie aus weiter Ferne. Denn ihr Herz schlug heftig. Sie strich sich die Haare aus dem Gesicht, die Karte brannte in ihrer Hand.

Neugierig sah Ana auf sie hinunter, als Margarita aber schwieg, wandte sie sich ab und begrüßte ein paar neue Gäste. Der Hinweis auf die Quiche … eine Uhrzeit … und diese hingekritzelte Unterschrift …

Es gab nur einen einzigen Menschen, mit dem sie jemals eine Quiche gegessen hatte, von ihm musste diese Karte sein. *Er* hatte sie geschickt. Er war also nicht ins Ausland gegangen, sondern hielt sich im Norden auf. Und er ging offenbar jeden Abend auf diese Brücke und wartete auf sie.

Bartolomé.

*

Vor der Arena lag ein Blumenmeer, Kerzen waren aufgestellt worden, und heute am Tag von Leandros Beerdigung war die Arena schwarz beflaggt. Hier, an diesem Ort war Spaniens Held gestorben, und ganz Madrid trauerte um ihn.

Die Innenstadt war seit Stunden gesperrt, seit dem frühen Morgen verharrten die Menschen, bis am Nachmittag der Wagen mit dem Sarg von José Díaz, dem großen Matador, langsam an ihnen vorbeiziehen würde. Die Presse hatte seinen Namen herausgefunden, Leandro del Bosque, und auch die Motivation des Matadors, unter dem Namen seines Onkels zu kämpfen, dessen tragisches Schicksal er dadurch würdigte. Und dafür bewunderten ihn die Menschen noch mehr, liebten ihn, denn das bewies, dass er Herz und Gefühle hatte, und diese menschliche Größe mache ihn bereits jetzt unsterblich, wie die Presse schrieb. Und endlich, gegen vier Uhr, war es so weit.

Acht Rappen, deren Köpfe mit silbernen Federbüschen und Scheuklappen geschmückt waren, zogen den Wagen. Auf ihrem Rücken lagen silberbestickte Samtdecken, so zogen sie den Wagen mit dem Sarg, der über und über mit weißen Rosen bedeckt war. Entlang der Absperrung standen Vertreter des Militärs, sie salutierten, als der Trauerzug an ihnen vorbeifuhr. Stille herrschte über der Innenstadt, die Fenster der Häuser waren schwarz beflaggt, die meisten geöffnet, trauernde Menschen warfen weiße Lilien auf den Sarg. Hier lag *El Vencedor,* der einen Heldentod gestorben war. Durchbohrt von einem gleichwertigen Gegner, einem jungen kräftigen Stier, tapfer und voller Kampfgeist, ein stolzes Tier. Ein ehrenvoller Tod für den großen Matador.

Dem Sarg folgten die Eltern, die Geschwister, bedeutende Mitglieder der Regierung, der Stadt, des ganzen Landes.

Die Strecke des Leichenwagens führte durch Madrid bis zum Bahnhof und dort an den Sonderzug nach Sevilla. Denn José Díaz sollte in seiner Heimatstadt im Familiengrab seine letzte Ruhe finden. Nur in Anwesenheit eines Priesters und der Familie. Sie hatte im Fernsehen an die Presse und an Tausende Menschen appelliert, Josés Leichnam in Sevilla nicht mehr zu verfolgen, aus Achtung und Respekt vor ihm, vor dem Tod.

In Madrid konnten die Bevölkerung und die Presse ihn betrauern, doch ab der Ankunft des Sargs in Sevilla wurde der tote José Díaz zu Leandro del Bosque und gehörte der Familie.

Obwohl jeder jetzt wusste, wie sein wirklicher Name lautete, nannte man ihn weiterhin José Díaz. Mit diesem Namen würde er in die Geschichte der ganz großen Stierkämpfer eingehen und zur Legende werden.

Während der Trauerzug durch die Stadt fuhr, während die Menschen José Díaz ihre letzte Ehre erwiesen, tanzte Olivia. Sie hatte sich am Portier des *Teatro Montero* vorbeigeschlichen und war auf die Bühne gegangen. In der Ecke stand neben dem Klavier ein Plattenspieler mit verschiedenen Schallplatten, bereit für eine Probe am nächsten Morgen, denn heute Abend fand keine Vorstellung statt.

Olivia legte die Platte mit einem Paso doble auf, still verharrte sie in der Mitte der Bühne im fahlen Licht des Raums. Langsam richtete sie sich auf, nahm Position ein, und dann tanzte sie und tanzte weiter und immer weiter, auch als die Musik längst verstummt war.

Und während Leandros Leichnam bereits im Zug auf seiner letzten Fahrt nach Sevilla war, tanzte Olivia noch immer. Sie sah zur Loge hinüber, dort, wo Leandro gesessen und ihr nach der Vorstellung eine einzelne gelbe Rose hatte bringen lassen. Und sie tanzte weiter, während ihr die Tränen über die Wangen liefen, tanzte für Leandro, von dem sie in dieser Stunde auf ihre Weise für immer Abschied nahm. Von dem Mann, den sie nur für eine so kurze Zeit lieben durfte.

*

Einen Tag nach der Beerdigung ließ Olivia durch ihren Agenten eine Pressemitteilung veröffentlichen. Sie, Olivia Serrano, werde sich nicht mehr gegen den Stierkampf starkmachen, nicht mehr gegen die *corrida* kämpfen.

Aus Achtung vor dem Tod des großen José Díaz, dem Mann, dem sie durch ihre Liebe immer verbunden sein würde und für den der Stierkampf sein Leben bedeutete, sein Leben, das er im Kampf verlor.

Kapitel einundzwanzig

Olivia

Olivia lehnte mit dem Rücken am Fenster ihres Zimmers und ließ ihren Blick über die Möbel gleiten, sie prägte sich jedes Detail ein, fast als käme sie nicht mehr zurück. Doch gegen diesen Gedanken wehrte sie sich sofort, sie würde zurückkommen. Aber sie würde dann nicht mehr hier wohnen, oder doch? Wer wusste das schon, wer konnte wissen, was passieren würde? Die Möbel waren im Lauf der Jahre mehrmals ausgetauscht, neue gekauft worden. Es gab nur ein paar Erinnerungsstücke aus ihrer Kindheit. Ein Druck der *Las Meninas* von Velázquez, ihre Großmutter hatte ihn ihr geschenkt, nachdem sie zum ersten Mal im *Museo del Prado* gewesen war. Ein paar Fotos aus ihrer Schulzeit, die meisten aber von ihren Katzen, Hunden, die sie in ihrer Kindheit und Jugend gerettet hatte, auch eines von Quijote. Sie alle standen in Rahmen eng aneinandergereiht auf dem Schreibtisch, an dem sie selten gesessen hatte.

An dem verschnörkelten Goldrand ihres Spiegels an der Wand hingen ihre ersten, durchgetanzten Ballettschuhe. Erinnerung an erste Tränen über zerschundene, schmerzende Füße, die blutigen Blasen und doch vor allem an die große Freude über die ersten Erfolge in einer Schulaufführung.

Da löste sich Olivia vom Fenster, ging zum Spiegel, nahm die beiden Satinbänder mit den Schuhen ab und legte sie neben ihre Handtasche. Sie würde sie nach New York mitnehmen.

Sie hatte ihr Privatleben immer geheim gehalten, niemand hatte bis vor Kurzem gewusst, dass der Star Olivia Serrano bei der Großmutter lebte, und das in einem Haus, das mehr einfach gehalten als luxuriös war. Aber sie hatte ihre Gagen und die Honorare für Interviews und Fotos in den Tierschutz gesteckt, in die *organización*. Es war ihr unwichtig gewesen, wie sie wohnte, sie brauchte keinen Luxus, und sie liebte die Geborgenheit dieses Hauses, das Miteinander mit ihrer geliebten Großmutter und bis vor sieben Jahren auch mit ihrer Mutter, bevor Valentina plötzlich ausgezogen war.

Ab morgen aber war dieses Zimmer Vergangenheit, morgen saß sie im Flugzeug nach New York, um ein neues, ein anderes Leben zu beginnen. Ein neues, doch nicht unbedingt ein besseres. Das würde sich erst noch herausstellen. Hätte sie diese Entscheidung auch getroffen, wenn Leandro noch lebte?

Sie wusste keine Antwort darauf.

Die Schranktür stand weit offen, nur noch wenige Sachen hingen darin. Sie hatte am Tag zuvor bereits gepackt, und am heutigen Nachmittag hatte Diego ihre Koffer zum Flughafen gebracht. Am nächsten Morgen würde er sie bereits um fünf Uhr abholen und zum Flughafen fahren. An einem Seiteneingang würden zwei Stewards sie kurz vor Abflug zur Maschine nach New York bringen. Sie flog in der ersten Klasse und unter einem falschen Namen. Niemand von der Presse sollte erfahren, wohin Olivia aufbrach.

Denn jetzt, nach ihrer Presseerklärung, jagte man sie noch mehr. Man wollte ein Interview mit ihr, sie ausfragen über ihre Gefühle, die Beziehung zu José Díaz. Auch über ihre überraschende Entscheidung, nicht mehr gegen die *corrida* zu kämpfen.

Aber Olivia sprach nicht darüber, sie schwieg. Sie gab den Kampf auf, um nach seinem Tod eine Verbindung zu Leandro zu halten, ihm dadurch ihre letzte Ehre erweisen. Ihm ihre Liebe zu zeigen, ihre Liebe und auch Achtung vor seinem Mut und seiner Tapferkeit.

Sie hatte ihre Mutter und Großmutter gebeten, sie nicht zum Flughafen zu begleiten. Sie wollte keine Tränen mehr, sie musste in die Zukunft schauen. Wenn sie das nicht tat, was blieb dann? Schmerz und die Verzweiflung über den Tod des Mannes, den sie geliebt hatte und der sterben musste, ohne es von ihr erfahren zu haben. Auch das bedeutete Schmerz.

Hatte er gespürt, dass auch sie ihn liebte? Diese Ungewissheit blieb.

Die nähere Zukunft war bereits entschieden, festgelegt. Olivia setzte sich an ihren Schreibtisch und sah noch einmal die Liste durch, die vor ihr lag.

Den Namen der Produktionsassistentin, die sie am Flughafen New York abholte, die Adresse des Hotels, in dem sie die ersten Wochen in New York bleiben würde, bis sie eine Wohnung bezog, die ihr gefiel und die ihr die Produktionsfirma zur Verfügung stellte.

»Sie werden zufrieden sein«, hatte ihr Agent ihr versichert. »Und vergessen Sie nicht, die sind verrückt nach Ihnen, darum haben sie sich auf alle Bedingungen eingelassen.«

Man ließ ihr Zeit, um sich in New York einzugewöhnen, bevor es losging. Englischunterricht, Gesang. Schauspiel. Während sie noch lernte, sollte sie dem Komponisten vorsingen, damit dieser entscheiden konnte, inwieweit er für Olivia eigene Nummern komponieren würde. Wenn ihre Stimme nicht ausreichte, sollte sie nur ein einziges Duett mit dem männlichen Hauptdarsteller singen, dafür noch mehr Szenen tanzen. Während der mehrmonatigen Lernphase begannen auch die Proben des Ensembles. Zugleich wurde an dem Inhalt des Musicals noch gefeilt, Dialoge umgeschrieben, die Darsteller für Nebenrollen ausgesucht, Tanzszenen mit dem Ensemble bereits einstudiert.

Ob sie das schaffte, in ihrer jetzigen Situation?

Gestern hatte sie mit ihrem Agenten ein letztes Mal telefoniert.

»Es ist alles gut«, hatte er ihr versichert. »Es wird umdisponiert, ein neuer Terminplan auf Sie abgestimmt. Es ist auch von Vorteil, dass Sie und Serge Devereaux sich bereits so gut kennen. Machen Sie sich keine Sorgen, Olivia. Die wollen Sie haben, denken Sie immer daran.«

Viereinhalb Monate war es bereits her, dass ihr Agent für sie den Vorvertrag unterschrieben hatte. Damals erschien es ihr reizvoll, etwas Neues anzugehen, sich ganz neu zu definieren. Es war nur ein gedankliches Spiel gewesen, das sie erst nach und nach ernsthaft in Betracht gezogen hatte.

Sie wusste, dass Serge Devereaux sie unbedingt für diese Rolle haben wollte, ebenso der reiche amerikanische Co-Produzent, der die Show finanzierte.

Alles lief gut, und wie es aussah, würde sie in New York mit offenen Armen aufgenommen und nicht von der Presse gedemütigt werden. Niemand würde ihr den Neustart erschweren, sie verfolgen, der Lügen bezichtigen. Alles über sie und den berühmten Matador wissen wollen.

Aber jetzt würde sie erst einmal zu ihrer Mutter und Großmutter hinuntergehen und ihnen sagen, wie es um sie stand.

Auf der Treppe blieb Olivia stehen, Schwindel erfasste sie, und so ließ sie sich vorsichtig auf die oberste Treppenstufe nieder. Dabei horchte sie auf die erregten Stimmen ihrer Großmutter und ihrer Mutter aus dem Esszimmer. Hatten sie Streit? Sie blieb noch sitzen, schloss die Augen, atmete tief durch. Plötzliche Panik ergriff sie, Angst vor dem langen Flug, unbestimmte Angst auch vor dem Neuanfang, auch Angst vor dem Weggehen aus der Geborgenheit dieses Hauses. Schweiß brach ihr aus, mehrmals atmete sie tief durch, bis der Schwindel endlich vorbei war. Dann zog sie sich am Geländer wieder hoch.

Sie durfte jetzt keine Zweifel aufkommen lassen, sie wusste doch, dass sie die richtige Entscheidung getroffen hatte. Und dass dieses Angebot, an den Broadway zu gehen, zu genau dem richtigen Zeitpunkt gekommen war.

*

Valentina war erhitzt und etwas zu spät angekommen. Sie hatte fünf Stunden lang die Mäntel aus der neuen Herbstkollektion von Izan fotografiert. Als Hintergrund wählte sie den *Cibeles*-Brunnen, und Izan war begeistert gewesen. Schon nach dem Fototermin spürte Valentina, dass ihr diese Aufnahmen sehr gut gelungen waren. Izan hatte sie umarmt, die Mannequins hatten ihr einen Kuss auf die Wange gehaucht, obwohl sie selbst auch völlig erschöpft vom langen Stehen in der Augusthitze waren. Sich zu drehen, zu lächeln, und das über Stunden in dicken Wollmänteln.

Valentina kühlte sich in Margaritas Badezimmer im Erdgeschoss ab, spritzte sich Wasser ins Gesicht und kämmte die Locken durch, die sich bei der Hitze besonders stark kräuselten.

»Ist Olivia noch oben?«, fragte sie Pía, als sie die Badezimmertür hinter sich schloss.

»Sie kommt sicher gleich«, antwortete Pía einsilbig auf ihre Frage. Die Haushälterin schlug gerade mit einem Schneebesen die Eier für ein Omelett mit Avocados, das mochte Olivia besonders gern.

Pía konnte nicht verstehen, dass »ihre kleine Olivia« so plötzlich aus dem Haus ging, und dann noch so weit weg. Da half es auch nicht, dass Olivia ihr vorgeschlagen hatte, sie zusammen mit Margarita und Valentina in New York zu besuchen.

»Ich bin im Esszimmer«, erklärte Valentina der schweigsamen Pía und setzte sich dort an den gedeckten Tisch. Gleich nach ihr kam auch Margarita. Sie wirkte nervös, fahrig und nahm ihrer Tochter gegenüber Platz.

»Olivia kommt gleich«, gab Valentina an sie weiter. Doch Margarita ging darauf nicht ein, hörte nicht zu.

»Jetzt, da du gekündigt hast, werden wir doch nicht mehr bespitzelt, oder?«

Valentina war überrascht über diese direkte Frage, die Margarita ohne vorherige Begrüßung an sie richtete. »Ich hoffe nicht«, antwortete sie gedehnt und beobachtete ihre Mutter scharf.

»Meinst du, auch unsere Post kann überwacht werden?«

»Warum fragst du, ist irgendwas?«, wollte Valentina wissen.

Margarita schüttelte den Kopf. »Nein, nein. Habe ich dir schon gesagt, dass ich mich über deine berufliche Entscheidung freue?«, lenkte sie ab.

»Es war nicht ganz meine Entscheidung, und das weißt du auch. Und ob wir oder andere Menschen in unserem Land bespitzelt werden, kann ich dir nicht beantworten. Aber lenk nicht ab, du hast doch was!«

In der Küche rief Pía, sie mache jetzt das Omelett fertig, und man sollte Olivia rufen.

Aber die beiden Frauen im Esszimmer überhörten die Bitte. Margarita seufzte auf, überlegte, sah Valentina fest an.

»Ich werde demnächst verreisen.«

»Und wohin so plötzlich?« Valentina war völlig überrascht. Margarita zupfte eine Serviette zurecht und reagierte übernervös. »Wird das jetzt ein Verhör? Ich will in den Norden fahren, an den Atlantik«, fügte sie noch hinzu. »Da wollte ich schon immer mal hin.«

Margaritas Bemühen, gleichgültig zu wirken, erregte Valentinas Misstrauen.

»Davon hast du aber noch nie erzählt.«

Margarita schoss das Blut in die Wangen. Valentina beobachtete sie und überlegte fieberhaft. Da stimmte etwas nicht, noch nie hatte sie miterlebt, dass ihre Mutter plötzlich so stark errötete.

»Mutter, du willst doch nicht …«, kurz zögerte sie, da ihr diese Idee zu absurd erschien, doch dann beendete sie den Satz, »… etwa Llosa Martí treffen? Hat er dir etwa geschrieben, willst du deswegen wissen, ob wir noch überwacht werden?« Valentinas Stimme wurde lauter, je aufgeregter sie wurde.

»Nein, nein«, dementierte Margarita heftig. »Ich will einfach ein paar Tage an den kühlen Atlantik, mehr nicht, mach doch bitte nicht so ein Drama daraus. Außerdem kann ich doch wohl machen, was ich will.«

Valentina aber ließ nicht locker. »Ach ja?«, rief sie und sprang auf. »Hält sich Llosa Martí vielleicht gerade zufällig im Norden auf? Darum also wurde er an der Grenze nicht gefasst, weil er das Land gar nicht verlassen hat!«

»Ich treffe ihn nicht, und damit genug. Ich muss meine Tochter nicht um Erlaubnis fragen, wenn ich verreisen will.«

Verärgert sprang auch Margarita vom Stuhl auf. Wieso musste Valentina ausgerechnet jetzt so schnell auf den Punkt kommen? In schweigendem Misstrauen sahen sie sich an.

Valentina sagte dann in die plötzliche Ruhe hinein: »Das musst du dir sehr gut überlegen. Ich hoffe, dir ist klar, dass du mit einer solchen Reise nicht nur dich, sondern auch ihn einer großen Gefahr aussetzt. Du scheinst eine der letzten Personen zu sein, die mit Llosa Martí zusammen war.« Valentinas Stimme nahm an Erregung zu. »Und da kann es schon sein, dass du noch überwacht wirst. Damit führst du den Geheimdienst direkt zu ihm. Willst du das? Denn solange er nicht im Ausland ist, ist er auch nicht in Sicherheit, und auch du bist in Gefahr. Willst du ins Gefängnis gehen?«

»Ach, Unsinn«, wehrte Margarita lautstark ab. »Übertreib doch nicht so.«

»Streitet ihr euch? Wer muss ins Gefängnis?«

Beide Frauen fuhren erschrocken herum. In der offenen Tür stand Olivia. »Nein, nein, wir streiten doch nicht, und niemand geht ins Gefängnis, wir haben nur über einen flüchtigen Bekannten geredet«, beteuerte Valentina, etwas überlaut, und auch Margarita bekräftigte diese Aussage mit einem Kopfnicken. Rasch nahmen sie wieder Platz, und auch Olivia setzte sich, genau in dem Moment, als Pía mit der Pfanne ins Esszimmer kam und das perfekt glänzende Omelett auf eine Platte gleiten ließ. Der Geruch nach Ei und Öl durchzog das Esszimmer.

Olivia würgte, sprang auf und rannte aus dem Zimmer. Drüben, auf der anderen Seite des Flurs in Margaritas Badezimmer übergab sie sich. Pía sank mit der Pfanne auf einen Stuhl, schweigend starrten die Frauen sich an. Das konnte doch nicht sein.

»Nein.« Valentina schüttelte den Kopf. »Das darf nicht wahr sein, oder?«

Schweigend sahen sie Olivia entgegen, als sie ins Esszimmer zurückkam. »Schaut mich nicht so an. Ja, so ist es. Ich bin schwanger«, erklärte sie, um einen ruhigen Ton bemüht. »Und ich möchte keine Diskussionen. Und um gleich alle Zweifel auszuräumen, ich war beim Arzt, und ich kann morgen fliegen, auch wenn ich schwanger bin. Der Terminplan in New York wird auf mich abgestimmt, jeder dort weiß von meiner Schwangerschaft, und die Premiere findet erst sechs Wochen nach der Geburt meines Kindes statt. So sieht es aus.«

»Ja, aber«, wollte Valentina protestieren, doch ihre Tochter schüttelte den Kopf und sprach rasch weiter.

»Also, mein Agent hat alles geregelt. Sie sind verrückt nach mir«, wiederholte Olivia seinen Satz. »Sie wollen mich unbedingt haben. Ich hoffe, es ist alles gesagt, und eure Fragen sind damit beantwortet.«

»Aber du kannst doch nicht tanzen, wenn du schwanger bist.« Margarita war entsetzt.

»Meine Kollegin Amanda im *Teatro Montero* probte und tanzte bis zum achten Monat. Und vier Wochen nach der Geburt ihres Kindes stand sie bereits wieder auf der Bühne. Ich bin nicht krank, sondern schwanger.«

Wieder schwiegen Margarita und Valentina. Sie fanden keine Worte. Olivia hatte ihre Hände auf den Tisch gelegt und zupfte nervös an ihrer Serviette. Sie war längst nicht so ruhig, wie sie vorgab. Endlich erhob sich Pía, die Pfanne in der einen, die Platte mit dem Omelett in der anderen Hand. »Ich nehme an, keine von euch hat jetzt noch Hunger«, bemerkte sie und ging in die Küche. »Werdet ihr eigentlich nie schlauer?«, rief sie laut ins Esszimmer hinüber. »Wieder ein uneheliches Kind, in der dritten Generation, denn das ist es ja wohl, nehme ich an.«

Margarita und Valentina hörten nicht auf Pía, sie sahen sich weiterhin stumm an, der Streit um Margaritas Reise war vergessen. Denn niemals hatten sie geglaubt, dass Olivia diese »Tradition« fortsetzen würde. Olivia war nicht mehr das junge, unerfahrene Mädchen, das Margarita und auch Valentina gewesen waren, als sie schwanger wurden.

»Und? Freut ihr euch gar nicht?«, fragte Olivia in die Stille hinein.

»Tust du es denn?«, kam von Valentina die langsame Gegenfrage.

Olivia nickte, jetzt lächelte sie. Sie dachte an die Nacht, in der es passiert sein musste. In ihrer ersten Nacht.

Schon beim Tanzen im *Magnolia,* in dieser sinnlich aufgeheizten Stimmung durch die Musik des Paso doble, da hatten sie es beide gewusst, hatten gewusst, dass sie die Nacht miteinander verbringen würden, denn nichts zählte in diesen Stunden als die Leidenschaft, die sie füreinander empfanden. Sie hatten sich geliebt, ohne zu fragen, ohne nachzudenken.

»Ja, ich freue mich. Ich freue mich auf Leandros Kind, und ich bin mir sicher, es wird eine Tochter.«

»Wir freuen uns auch«, erklärte Valentina mit belegter Stimme, während ihr die Tränen in die Augen traten. Konnte sie das wirklich? Sich in dem Wissen freuen, dass Olivia den gleichen schwierigen Weg gehen würde wie sie und ihre Mutter Margarita? Dass ihr einziges Kind ein Baby bekam, meilenweit von ihr entfernt?

Margarita aber griff in diesem Moment nach Olivias Hand und drückte sie fest. »Du wirst alles richtig machen, da habe ich keine Zweifel, und durch dieses Kind wirst du immer mit

Leandro verbunden sein, auch über seinen Tod hinaus, und das wird dich stark machen.«

»Ja«, bekräftigte jetzt auch Valentina. »Das glaube ich auch, und natürlich wird es ein Mädchen, was sonst?«

Kapitel zweiundzwanzig

Margarita

In der *Una* war alles dunkel, die Frauen gegangen, die Tür zugesperrt. Es war später Abend, und sie sollte längst nach Hause gehen.

Margarita hatte die kleine Tischlampe angeknipst, und so saß sie hier, die Hände im Schoß gefaltet, und grübelte.

Vor zehn Tagen war Olivia bereits abgereist. Nach ihrer Ankunft in New York hatte sie ein langes Telegramm geschickt.

Der Flug war ruhig – stop – alles ganz wunderbar – stop – bitte macht euch keine Sorgen – stop – ich wohne in einem Hotel mit vielen anderen Künstlern der Oper und des Broadways – stop – ein neues Leben, ein neuer Anfang – stop

Am Tag nach Olivias Abreise hatte Margarita ihren Plan, nach *Pontevedra* zu fahren, aufgegeben. Valentinas Bemerkung, sie könne sich und vor allem auch Bartolomé in Gefahr bringen, hielt sie von ihrer Reise ab. Sie durfte es nicht riskieren, dass sie mögliche Verfolger direkt zu ihm führte.

Mit einem schweren Seufzer zog sie die Ansichtskarte der Brücke von *Pontevedra* aus ihrer Handtasche und starrte lange darauf. Sie sollte sie vernichten. Doch dazu konnte sie sich nicht entschließen. Sie drehte sie in der Hand, sah auf den kurzen Text, betrachtete die Brücke. Längst würde Bartolomé sie nicht mehr jeden Abend dort erwarten. Sie steckte die Karte zurück in die Tasche, knipste die Tischlampe aus und tastete sich im Halbdunkel vorsichtig die Treppe hinunter. Sie hatte nicht einmal mehr die Energie, den Lichtschalter zu bedienen. Gerade als sie die Eingangstür öffnen wollte, gingen draußen auf der Straße die Laternen an. Und im diffusen Licht der Straßenbeleuchtung sah sie die Silhouette eines Mannes, der ganz nahe vor ihrer Tür stand und hereinsah. Erschrocken fuhr Margarita zurück.

Da aber klopfte er, leise, einmal, dann mehrmals.

»Margarita«, flüsterte es ganz nahe an der Tür. »Bitte mach auf, ich habe gesehen, dass du noch da bist.«

Ihre Hände zitterten, es konnte nicht sein, sie täuschte sich, aber es war seine weiche Stimme, die sie nicht vergessen hatte. Vorsichtig öffnete sie bei vorgelegter Sicherheitskette die Tür.

Und da stand er, schmal geworden, seine grau melierten Locken waren ganz kurz geschnitten, das erkannte sie im schummrigen Licht.

»Lass mich rein, schnell, bitte!«

Rasch öffnete sie die Tür und ließ Bartolomé herein. Sofort sperrte sie hinter ihm wieder zu. Und so standen sie sich gegenüber, schwach beleuchtet vom Schein der Laternen, der in den Raum fiel. Und als er sie jetzt an sich zog, gab es keine Fremdheit zwischen ihnen, nur noch das Glück, sich zu sehen, sich zu spüren.

*

Sie lagen auf dem Sofa in ihrem Büro, und in der Dunkelheit liebten sie sich, seufzten leise, flüsterten sich Zärtlichkeiten zu, vergaßen die Zeit, vergaßen die Angst.

Nachdem sie sich voneinander gelöst hatten, erzählte Bartolomé, er sei jeden Abend auf die Brücke gegangen, in der Hoffnung, sie habe die Botschaft verstanden, auch von wem sie sei.

»Aber als du nicht gekommen bist, musste ich einfach hierherfahren. Ich musste wissen, wie du zu mir stehst, ob du mich überhaupt noch sehen willst.«

Da lachte Margarita leise. »Du Dummkopf«, sagte sie zärtlich, »würden wir jetzt hier liegen, wenn ich dich nicht sehen wollte? Ich bin nicht gefahren, um dich nicht in Gefahr zu bringen.« Und sie erzählte von den Männern, die gekommen waren und sich nach ihm erkundigt hatten, und von einer weiteren möglichen Überwachung, weshalb sie nichts riskieren wollte. »Aber ich dachte eigentlich, du bist in Frankreich.«

»Das war zu gefährlich. Die Grenzen wurden streng bewacht, und ich stand auf der Fahndungsliste ganz oben. So ging ich nach Galicien, in den Norden unseres Landes.«

»Und dort hast du bis jetzt gelebt?«

»Ja, in der Nähe eines einsam gelegenen Fischerdorfs am Atlantik. Aber vor drei Wochen fuhr ich nach *Pontevedra* und schickte dir von dort aus die Karte.« Während Bartolomé noch sprach, streichelte er zärtlich über Margaritas Hals, ihre Schultern, ihre Brüste. Noch enger schoben sie sich aneinander, wollten sich nicht lösen vom Körper des anderen. Margarita genoss seine Zärtlichkeit, die sie zuvor niemals erfahren hatte. Sie löste die Verbitterung, den Ekel, den sie jahrelang durch die Berührungen von Julio durchlitten und nie vergessen hatte.

»Ich bin gekommen, ich musste dich einfach sehen, bevor ...«

»Bevor was?«

Bartolomé antwortete nicht sofort. Er spielte mit Margaritas langen Haaren, die er aus dem Knoten gelöst hatte, als sie sich liebten.

»Ich habe endlich neue Papiere bekommen, eine neue Identität auf den Namen Rubén Núñez, jetzt kann ich endlich über die Grenze nach Frankreich gehen. Freunde werden mit mir fahren, das ist unverfänglicher.«

Margaritas Herz klopfte so stark, dass sie meinte, er müsse es spüren.

»Wo gehst du über die Grenze? An welcher Stelle?«

Da legte ihr Bartolomé den Finger auf die Lippen. »Es ist besser, wenn du es nicht weißt. Vielleicht gehe ich schon heute Abend, oder in der Nacht, wann und wo auch immer, du darfst es nicht wissen. Aber es wird alles gut gehen, glaube mir.«

»Und dann?«

»Ich werde in Paris unter meiner falschen Identität leben, und ich werde endlich wieder schreiben.«

»Und weiter?« Margaritas Herz ließ sich nicht beruhigen. Sie hatten sich gefunden und verloren sich bereits wieder. Da erhob sich Bartolomé, wickelte sich in die Decke, schob Margarita zärtlich zur Seite und kniete sich vor dem Sofa nieder und nahm ihre Hand.

»Margarita Serrano, möchtest du meine Frau werden?«

Margarita konnte nichts erwidern, sie spürte, wie ihr die Tränen über die Wangen liefen. Sie atmete, suchte nach Worten, nach irgendetwas, was ausdrücken konnte, was sie in diesem Moment empfand.

Es war der erste Heiratsantrag in ihrem Leben, und deswegen weinte sie. Und sie weinte auch, weil sie wusste, dass sie ihn nicht annehmen konnte. Bartolomé aber erschrak, als er ihre Tränen sah.

»Ich kann nicht, Bartolomé, ich kann nicht. Ich bin hier verwurzelt, und ich kann nicht mit dir gehen und in einem Land leben, dessen Sprache ich nicht beherrsche, und mit einem Mann verheiratet sein, der im Exil lebt. Wie sollte das überhaupt gehen?«

Margarita weinte und konnte nicht aufhören. Eine nie gekannte Schwäche überwältigte sie.

»Ich liebe dich«, flüsterte es an ihrem Ohr.

»Ich liebe dich auch, Bartolomé, aber wenn ich mit dir ginge und dann nicht mehr zurückkönnte, würde ich anfangen, dich zu hassen, und das will ich nicht.«

Bartolomé schwieg, er bedeckte ihr Gesicht, ihren Körper mit kleinen zärtlichen Küssen, es war ein Abschied, und beide wussten es.

»Eines Tages«, sagte Bartolomé beschwörend, »eines Tages werde ich wieder hier leben. Ich liebe mein Heimatland, und ich komme zurück, wenn Spanien nicht mehr von einem Diktator regiert wird. Welche Hoffnung hätte ich sonst, da ich jetzt gehen muss? Und dann wirst du meine Frau werden, willst du es dann?«

Margarita weinte noch mehr. Denn sie waren alt, und wenn Franco noch Jahre regierte, wer sagte, dass sie dann noch lebten?

»Ich werde dir eine Nachricht zukommen lassen, wenn ich in Frankreich, in Sicherheit bin«, sagte Bartolomé leise. Seine Stimme hatte jede Hoffnung verloren, und doch versuchte er, sie jetzt zu trösten.

»Wenn alles gut gegangen ist, wirst du mich dann besuchen? Würdest du das machen? Im Frühjahr ist Paris am schönsten, dann solltest du kommen.«

Es bedeutete Hoffnung für ihn, und doch auch für sie. Da lächelte sie, während ihr die Tränen noch übers Gesicht liefen. »Ja, Bartolomé, das werde ich. Ich komme, wenn der Zeitpunkt dafür da ist.«

Und das war alles, was sie ihm geben konnte, nicht mehr, aber auch nicht weniger.

»Dann bin ich glücklich, Margarita.«

Er erhob sich aus der knienden Stellung, zog sie vom Sofa hoch, nahm sie in die Arme und verbarg sein Gesicht an ihrem Hals.

So verharrten sie schweigend, bis er sich löste, und sie erkannten, dass er gehen musste. Während er sich rasch anzog, wickelte sich Margarita in die Sofadecke, und so begleitete sie ihn die Treppe hinunter und bis zur Tür. Draußen gingen die Laternen aus, und eine schwache Dämmerung des Tages trieb Bartolomé zu einem raschen Abschied.

»Wir werden uns sehen, das verspreche ich dir«, sagte Margarita. »Und wenn du sicher in Paris angekommen bist und alles gut ging, werde ich das mit einer Quiche bei Ana feiern.«

Dann sperrte sie die Tür auf, ein rascher gehauchter Kuss, und so schnell, wie er gekommen war, verschwand er im aufkommenden Licht des frühen Morgens.

Margarita aber blieb in ihrem Büro, wartete, bis es ganz hell geworden war. Sie richtete das Sofa, schüttelte die Kissen aus, ging in ihr kleines Bad und machte sich fertig für den Tag. Irgendwann schaltete sie das Radio ein.

In den Nachrichten wurde gebracht, dass Evita Perón

zurück in Argentinien sei, ihre Regenbogentour leider beendet. Margarita schüttelte mit einem wehmütigen Lächeln den Kopf. An dem Tag, als Evita in Madrid ankam, stand Bartolomé vor ihrer Tür. Nie würde sie den achten Juni vergessen können.

Wann würde Bartolomé die Grenze passieren? Und wie? Mit dem Auto, dem Zug oder sogar zu Fuß? Er hatte es nicht verraten, nur, dass Freunde ihn begleiteten. Es wird alles gut gehen, hatte er gesagt. Ja, es würde alles gut gehen, sie spürte es, nein, sie wusste es.

Und mit einem Lächeln auf dem Gesicht verließ sie die *Una* und ging hinüber zu Ana, um einen Kaffee zu trinken und *churros* zu essen.

Doch die Gelassenheit dieses Moments verflüchtigte sich bereits am nächsten Tag. Margarita ließ sich jetzt sehr früh von Diego in die *Una* fahren. Jeden Morgen fieberte sie dem Erscheinen der Tageszeitungen entgegen, in der Befürchtung, sie müsse erfahren, dass man den Regimegegner Bartolomé Llosa Martí an der Grenze verhaftet hatte. Und jeder Morgen, an dem diese Meldung nicht zu lesen war, machte Margarita glücklich, und sei es auch nur für diesen einen Tag. In der nächsten Nacht bereits kam wieder die Angst.

Zehn lange Tage wartete sie.

Am Abend dann, als sie die Tür der *Una* schloss, rief jemand nach ihr. Als sie sich umdrehte, sah sie Ana in der Tür ihres Cafés stehen und ihr zuwinken. Rasch überquerte sie die kleine Straße. »Ein Herr hat angerufen, ich soll Ihnen ausrichten, es sei Zeit für eine Quiche.«

Ana sah sie erwartungsvoll an. »Also habe ich Ihnen bereits eine backen lassen, ist das richtig?«

Margarita lachte, eine unbeschreibliche Freude ergriff sie. »Ja, *señora,* ja«, lachte sie noch weiter wie ein junges Mädchen. Bartolomé war in Sicherheit. Sie hatte ihm gesagt, sie würde mit einer Quiche feiern, wenn alles gut gegangen war. Und er hatte ihr diese Botschaft zukommen lassen.

Sie setzte sich an ihren Tisch, trank Wein und wartete, bis die Quiche aus der Küche gebracht und vor sie hingestellt wurde. Und sie sah zu, wie Ana sie in Stücke schnitt und ihr eines davon auf den Teller legte.

»Bartolomé«, flüsterte sie, nachdem Ana sich wieder abgewandt hatte. »Dieses erste Stück ist für dich. Und das zweite für uns, für unser Wiedersehen im nächsten Frühjahr, dann, wenn Paris am schönsten ist.«

Valentina

Durch das schnelle Laufen hatte sich Valentinas Herzschlag beschleunigt. Ihr Gesicht war gerötet, als sie völlig aufgelöst vor Javiers Tür stand. Sie hatten sich für heute Nachmittag verabredet, endlich waren die Abzüge der Fotos von Izans Mantelkollektion fertig.

»Es tut mir leid, aber ich musste so lange im Labor warten«, erzählte sie Javier, als er ihr öffnete und sie hereinbat.

Sie trug einen weiten karierten Rock und eine weiße Bluse, die Schachtel mit den Fotos hatte sie unter den Arm geklemmt.

»Was schaust du so?« Beunruhigt sah sie an sich herunter.

»Hübsch siehst du aus«, lächelte er. »Aber jetzt bin ich schon sehr gespannt auf deine Fotos.«

Sie übergab ihm die Schachtel, und er nahm die Fotos vorsichtig heraus und breitete sie auf dem Tisch aus. Valentina trat neben ihn.

Javier nahm eines nach dem anderen hoch und sah es sich aufmerksam an. Dann wandte er sich an Valentina, die gespannt wartete.

»Es tut mir leid«, bedauerte er.

»Gefallen sie dir nicht?« Valentina erschrak.

»Doch, natürlich. Aber es tut mir leid, dass ich die vielen Jahre, in denen du bei mir gearbeitet hast, nicht dein wahres Talent erkannt habe.«

»Und das wäre?« Sie stellte die Frage, obwohl sie wusste, was Javier meinte.

»Deine Begabung für die Modefotografie. Du hast einen unglaublichen Blick für Eleganz, auch wie man ein Kleid oder einen Mantel in Szene setzt, den Stoff lebendig erscheinen lässt. Gratuliere! Wir hätten das schon viel früher erkennen müssen.«

»Nein, ich denke nicht. Wie sagt meine Mutter immer? Für alles im Leben gibt es den richtigen Zeitpunkt. Und der ist jetzt. Für alles, Javier«, betonte sie.

Javier aber schwieg, hatte er sie nicht verstanden? Er nestelte an den Fotos herum, ließ sich Zeit, sie in die Schachtel zurückzulegen.

Valentina stand ganz nahe bei ihm. Er hob den Kopf und sah sie an. Er schien zu zögern, nahm die Brille ab, setzte sie wieder auf, räusperte sich.

»Weißt du, Valentina, du sprichst vom richtigen Zeitpunkt, und das ist gut so. Während meiner Reise erkannte ich, dass ich nicht im Ausland, eigentlich nirgends sein will außer hier, genau hier.«

Jetzt schloss er die Schachtel. »Aber in der Toskana wurde mir erst klar, warum das so ist.«

»Und warum?«

»Ich war unruhig, ich hatte plötzlich Angst, dich zu verlieren, und so flog ich so schnell wie möglich zurück, und dann ...« Der Satz blieb in der Luft hängen.

»Und dann hast du mich am Flughafen ausgerechnet mit Johannes gesehen.« Javier nickte schweigend, während er die Schachtel schloss. »Du wolltest doch noch etwas sagen, oder nicht, Javier?«, flüsterte sie, ihr Gesicht ganz nahe bei ihm. Doch er schwieg und wandte sich ab.

»Du hast mir später erklärt, du bist nur an den Flughafen gefahren, um Johannes eine Absage zu erteilen. Und weil du geliebt werden willst«, betonte Javier. Jetzt sah er sie wieder an. »Darüber habe ich lange nachgedacht.«

»Ach, Javier, ja. Das habe ich gesagt, und warum ist das so schwer zu verstehen? Ich will geliebt werden, ja. Aber von dem richtigen Mann, zu dem ich gehören will.«

Es war der Moment, in dem endlich nichts mehr schwierig schien, sich endlich alles löste, was sie früher offenbar beide davon abgehalten hatte, ihre Gefühle zu zeigen. Javiers Gesicht entspannte sich, ein Lächeln breitete sich aus.

»Weißt du«, zart nahm er ihr Gesicht in beide Hände, »ich war mir nicht sicher, ob ich dieser Mann bin, zu dem du gehören willst. Auch habe ich während all der Jahre gespürt, dass du deine Freiheit brauchst und mit den Frauen deiner Familie stark verbunden bist. Ich wollte dich niemals bedrängen. Du gehörst zu den Serrano-Frauen mit ihrer ganz eigenen, ganz besonderen Geschichte.«

Da küsste Valentina ihn zart auf den Mund und legte ihren Kopf an seine Schulter. Nie hatte sie sich glücklicher gefühlt.

»Ja, Javier«, lächelte sie, »das ist wohl so. Und unsere Geschichte begann vor genau fünfundvierzig Jahren, als meine Mutter Margarita schwanger nach Madrid kam ...«

Danksagung

Ich bedanke mich bei meiner langjährigen Lektorin Frau Dr. Andrea Müller für diese letzte Zusammenarbeit, da sie den Verlag verlassen hat, um sich neuen Aufgaben zu widmen.

Ich bedanke mich auch bei meiner Freundin Abadía Hernández, die mir mit großem Einsatz und Freude bei diesem Roman geholfen hat. Ihre sprachliche Unterstützung bei den spanischen Ausdrücken war sehr wichtig, genauso wie ihre genaue Kenntnis der Zeit von General Franco in Spanien sowie der Stellung der Frau in dieser politisch und gesellschaftlich sehr brisanten Ära.

Und ich bedanke mich auch bei meiner Tochter Mirjam, meiner »Erstleserin« des Manuskripts. Wie immer eine große Hilfe.